U0535083

红柯 著

好人难做

人民文学出版社

图书在版编目(CIP)数据

好人难做/红柯著.—北京：人民文学出版社,2012
ISBN 978-7-02-009022-8

Ⅰ.①好… Ⅱ.①红… Ⅲ.①长篇小说—中国—当代 Ⅳ.①I247.5

中国版本图书馆 CIP 数据核字(2012)第 042404 号

责任编辑　孔令燕
责任校对　刘晓强
装帧设计　李思安
责任印制　王景林

出版发行　人民文学出版社
社　　址　北京市朝内大街 166 号
邮政编码　100705
网　　址　http://www.rw-cn.com

印　　刷　北京龙之冉印务有限公司
经　　销　全国新华书店等

字　　数　207 千字
开　　本　880×1230 毫米　1/32
印　　张　8.625　插页 2
印　　数　1—10000
版　　次　2012 年 5 月北京第 1 版
印　　次　2012 年 5 月第 1 次印刷

书　　号　978-7-02-009022-8
定　　价　22.00 元

如有印装质量问题，请与本社图书销售中心调换。电话：01065233595

第一章

马奋棋没当上馆长,当了个副的。大会宣布前,老馆长跟他聊了一会儿,话里话外都能听出来,人家老馆长尽力啦。老馆长打的报告他看过,推荐他接班当正馆长,提前让他负责业务,提前让他进入馆长角色,结果上边另派一个馆长,只批准马奋棋同志为分管业务的副馆长。喜悦中有喷嚏。马奋棋还要故作轻松,不停地给老馆长说好话,老馆长还真让马奋棋给感动了,老馆长也说掏心窝子话:"我想好人做到底,偏叫人做不成么,好人就这么难做。"这话听着咋这么刺耳?好几年前王医生就说过类似的话。他还记得王医生怪怪的样子:"好人难寻好人难寻呀!"阴阳怪气就像个太监,就这么无情地揭他的伤疤。马奋棋难受了好几年,听见"好人"这个词就头大,就想爆炸。千万不能在老馆长跟前爆炸,不管心里有多少颗原子弹马奋棋那张脸都沉得平平的,说出的话钢巴硬正:"好人难做咱也得做好人!"马奋棋抓住老馆长的手摇啊摇:"副馆长就副馆长,谁还说副馆长不是馆长?""有你老马这句话我就放心啦。心态好比啥都好。"

全馆上下都叫他马馆长,大家都这么叫。马奋棋一下子就心理平衡了,跟人家新上任的王馆长配合得很好。王馆长就主动给马奋棋让烟,软好猫咂上一口就是不一样,肠肠肚肚就像裹上了绸缎绵绒绒的。

　　文化馆是个清水衙门,全馆就一部电话,搁在正馆长办公桌上,馆长本人连个长途都不轻易打。去市上开会一般都是馆长去。去省城西安就跟出国一样稀罕。马奋棋工作几十年了,只去过市上两回,暂且叫渭北市吧。王馆长把去市上开会的机会让给马奋棋。王馆长连办公室都没进,接到会议通知,在院子里撕开信封扫一眼,就随手递给马奋棋:"老马你就辛苦一趟,顺便看看儿子。"马奋棋的儿子在渭北市上大学,也不是啥名牌大学,可在王馆长眼里就等于清华北大,你听王馆长这话说的:"我能养你那么个娃,给个县长都不当,日他妈我的娃也算个娃,三天两头捅乱子,不是打架就是谈女朋友。"王馆长在边防待了二十年,把娃耽搁了,王馆长就发自内心地羡慕人家考上大学的娃娃,包括人家的父母,包括眼前站着的副馆长马奋棋。马奋棋连话都不会说了,马奋棋原本就是个农民,农民一激动就没话说只会摸后脑勺,马奋棋就摸后脑勺。毕竟是个有文化的农民,当上国家干部的农民,也顶多摸两下,脑袋就灵光了,开窍了,可人家转业军人王馆长迈着军人的步伐已经走开了,马奋棋自言自语:"老王是个好人,绝对是个好人。""好人"这个词再也不刺耳了。

　　儿子马强太懂事了,入学报到不让家长送,家里只管半年生活费,从一年级下半年开始带家教养活自己。儿子马强上大二了。父亲马奋棋下午到市上,赶到学校正好赶上学生吃晚饭,儿子多打两个菜,粉蒸肉估计儿子也没吃过几回,父子俩客气半天,各分一半。儿子说:"爸,我毕业挣钱让你一礼拜吃一次粉蒸肉。"儿子的好不光这些,儿子还带父亲马奋棋去听学术报告。北京来的大学者,像渭北这样的小城市十年八年也请不到这样的学术大师。校领导全部出席,市上来一位副书记一位副市长。那天晚上整个学校除大门口的保安,全都挤到学术报告厅。马奋棋挤在学生中间,感到自己都年轻了,都成小伙子了。大师讲的是民间文学。大师终生研究中国民间文学,在海外都有相当的影响。马奋棋不由自主地掏出本本,认认真真地做笔记,身边的学生娃都在埋头记笔记,生怕漏一个字。马奋棋只念了个中学,还是"文革"时期,正正经经没上过几天学。当了国家干部,领导检查工作,他也跟风扬碌碡奋笔疾书,领导讲一句他记十句,此时此刻他感到笔太慢,抓不住大师的语速,大师讲十句他只能记一句。大师讲两个小时,离开会场时大家满脸兴奋。马奋棋就对儿子马强说:"这么高水平的报告会,你爸我活了大半辈子还是头一回享受。"马强的同学就说:"你以为我们天天听这么好的学术报告会?几十年也是头一回,大师一般去西安,不来咱渭北。"马奋棋就告诉学生娃:"这种机会只有学校里有,叔连这个机会也没有。"学生娃就不吭声了。马奋棋就说:"叔就羡慕你们这些学生娃,叔要再活上一回,日死日活也要上大学。"学生娃们都静静地看着马奋棋,马奋棋是长辈么,马奋棋就得做出长辈的样子,在学生娃们的肩膀上挨个拍一下:"好好念书,把书念好比啥都好。"儿子马强和学生娃们把马奋棋送上班车。

　　市上的会没啥意思。回单位给王馆长三言两语汇报一下,再交上几份文件,就回自己办公室取出本本子,一页一页翻看笔记,密密麻麻二十多页。其实不用再翻这些笔记,大师讲座的要点他都记得牢牢的。儿子马强和学生娃们把他送上公交车那一刻,他脑子就像放电影一样,把大师讲座的内容放了一遍又一遍。可以想象他的神情有多么庄重,眼神有多么专注。市上的会议他心不在焉,发的文件随便往包包里一塞,文化系统的熟人跟他打招呼他也哼哼哈哈,就像个大领导,目中无人。坐班车返回县上时,他把本本揣在怀里,就像革命岁月里的地下党取回来了党的机密。现在他把这个机密拿出来,慢慢地品尝,多少有点仪式性了。内容都记在脑子里了,脑子也冷静下来了。用地下党党的机密这个比喻显然不合适,确切的说法应该是金庸武侠小说里的"九阴真经"。

马奋棋就给王馆长请了创作假,马奋棋就不再按时上班。

那几年,马奋棋很少在单位露面,年底报销的差旅费也不多。马奋棋全家迁居县城,乡下的房子还在,有人怀疑马奋棋躲在老家写鸿篇巨制,历史上渭北没有出过大作家,大作家都在东府西安陕南陕北。也有人怀疑马奋棋做生意去了。马奋棋虽然把老婆娃办成商品粮户口,全家进了城,可老婆没工作、儿子上大学、女儿上中学,靠马奋棋一个人的死工资,在县城连房子都买不起、租房子住。老婆在街上卖个饮料也不长久,挣个一瓜半枣,马奋棋花钱很细比羊毛还细。马奋棋偶尔出现在大家面前也是黑瘦黑瘦,疲惫不堪,就像刚驾完车的马。

大概是第三年,五一节刚过,马奋棋整理的《渭北民间故事集》五、六两辑,由西安一家出版社出版。渭北地区建国后曾收集出版过民间故事一至四辑。马奋棋单枪匹马完成两辑,还把手伸向全地区几十个县。当年渭北地区收集整理民间故事的时候,每个县也就入选那么几篇小故事,几十年才出四辑。马奋棋等于放了一颗小卫星,市上专门表扬了马奋棋,表彰会的差旅费由市上报销。马奋棋扛回一面锦旗还有一千元奖金,年底,又去省上领了一次奖。县电视台给马奋棋做专访,十五分钟,办公室、书房还有野外镜头。

差不多热闹了大半年,大家以为热闹完了,已经有人说风凉话了。可以理解大家的心情,陕西是文化大省,大家钦佩的是鸿篇巨制,前些年,"陕军东征"六部长篇,那才叫轰动。搜集些民间故事,又不是原创,就是搜集上几百卷又能咋?马奋棋得到的好处是显而易见的。

王馆长高兴啊,文化馆的成绩嘛。王馆长军人出身,对功勋的理解就比较透彻,光报告就打了好几次,用词一次比一次狠,先是成绩,接着就上升到成就业绩、功劳,最终上升到功勋。马奋棋心安理得。有人就不高兴了:死皮不要脸,王馆长是军人,你马馆长可是个文化人呀。难听话都说到马奋棋面上了,马奋棋不绿不红,说风凉话的人反而下不了台,总不能扯破卵子淌黄水跟人家马奋棋吵架么。另一种说法是人家马奋棋有涵养,不跟你们一般见识,干大事的人都这样。王馆长的奔走相告有了结果,县上给马奋棋解决了住房,文化馆经费加了一万多,大家的医疗费可以报销一大半,王馆长那个调皮捣蛋的儿子安排在收费站上班,领导嘛,给自己解决问题的同时没忘了大家,相当不错了。马奋棋带来的热闹也就这么过去了。

大家显然小看了人家马奋棋。马奋棋当初可是挨着给大家赠送他的大作,不但签名盖章,还特别强调重点是第六辑。民间故事又不是小说,出到第一百辑还是民间故事。大家就这么把马奋棋忘了。谁也没有看出《渭北民间故事集》第五辑与第六辑的区别。

这年年底来了一批专家。渭北地区是历史上有名的周原,周王朝从这里兴起,青铜器特别多,来的都是文物专家,县上设宴招待,再送上些土特产,再送上些介绍资料,包括刚刚出版的《民间故事集》。领导们不厌其烦地讲话,专家们还不如翻看当地的文史资料和民间故事。轮到专家发言,有位专家就专门说到马奋棋收集整理的民间故事。专家嘛,一眼就看出第五辑与第六辑的区别,第六辑是傻女婿专集,渭北方言叫凉女婿。民间有许多凉女婿的传说,十里一乡俗,版本很多,第六辑近二十万字收集了渭北农村三十多个凉女婿的故事,还分了六大类,凉女婿相亲,凉女婿入洞房,凉女婿走亲戚,凉女婿打媳妇,凉女婿务庄稼,凉女婿做生意。方言土语,诙谐风趣,用专家的话说充满了民间智慧。专家还特意提到学术大师顾颉刚先生当年收集编撰的《孟姜女的故事》。专家怕大家不知道顾颉刚,就说:"当年跟鲁迅先生吵过架。"大家都吸口冷气。

"跟鲁迅过过招!"

"华山论过剑!"

气氛热烈得不得了,王馆长在场。这种场合,王馆长只能坐在角落,领导大声问文化馆来人没有,王馆长就站起来。王馆长多聪明呀,王馆长理所当然大谈领导对文化馆的重视,经费呀,住房呀,子女安排呀,也都是事实,稍加夸张渲染。专家们频频点头:怪不得有这么高质量的《民间故事集》,领导重视,就是不一样,尤其是你们这个地方,到处是文化呀,坛坛罐罐,破砖烂瓦,农民下地干活锄头一挥都能刨出文物,空气里都是周秦汉唐,领导有文化意识呀。县领导很谦虚,不停地说领导就是服务,服务服务再服务,我们的服务还不够,还需要改进,还需要批评。县领导很艺术地请专家提意见,专家也很艺术,批评不敢,建议有这么几条,一二三,简明扼要。领导一一记在小本本上。

领导没说空话,文化馆马上换了办公设备,电脑有了,可以打长途电话了。甚至破天荒地准许在县政府宾馆招待客人若干次,当然是贵客,也就意味着大家都有机会参加宴会,王馆长指定谁就是谁。王馆长工作好做多了,大家有凝聚力了。

马奋棋的宝贝女儿该出场了。

当年全家进城,女儿小学刚毕业,初中就在县城上,就显得洋气,跟城里娃娃没啥区别,帮妈妈卖饮料摆小摊跟玩一样,女儿在场,妈妈的小生意就红火,妈妈一个人的时候,摊子就冷冷清清。女儿性格开朗,就开妈妈的玩笑,说妈妈像退休干部:门可罗雀。女儿往妈妈跟前一站,马上官复原职车水马龙。妈妈没念过书,不知道这种典故,看着马奋棋跟女儿笑得浑身发抖,妈妈就跟着一起笑。

马奋棋的老婆没文化可不等于没见识。当年全家兴高采烈进县城,那时候的县城正好旧城改造像个大工地,尘土飞扬,坑坑洼洼,这个农村妇女站在大街上就问丈夫马奋棋:"这就是城里?瓦渣滩么。"跟城里小市民交往几次,就更有话了,就对丈夫马奋棋说:"这就是吃商品粮的?还不如地主家的丫环么;心眼比针屁眼还小。"老婆满脸鄙夷,从此昂昂气壮,高喉咙大嗓门操持家务。从心里说,毕竟离开了土地,摆个小摊,挣个十块八块也比土里刨食强,老婆知好歹,是个明白人。马奋棋搜集整理民间故事那几年,老婆在老家院子里种菜拉到城里来卖,硬是熬过来了。

宝贝女儿初中毕业没上高中,嚷嚷着要自己养自己。上了职校,职校刚毕业,就碰上县领导重点关照马奋棋。说具体一点就是专家们发现《渭北民间故事集》第六辑的那年冬天,马奋棋再次受到关照,县领导就问马奋棋同志还有啥困难?宝贝女儿职校毕业半年了,准备过春节后跟一帮同学去南方打工,还没等马奋棋张嘴,王馆长快人快语:"困难就在眼皮底下么,女子在家待业么,那可是人家老马两口子的心尖尖肺把把,刮锅底的奶干女、碎女。"王馆长当兵几十年,家乡话一句没变,把县领导说得频频点头,王馆长趁热打铁:"文人爱面子,张不开口,咱是当兵的,咱性子直咱就替文人把话挑明,咱要不把这层纸捅破,老马就会捂死在一张纸下边你信不信?信不信?"老马再次表现出农民本色,咧着嘴摸着后脑勺,憨憨地笑两声。领导感动得不行,当场表示县上一定考虑,当场询问了马奋棋女儿的情况,还是人家王馆长三言两语报上马奋棋女儿的名字年龄专业技能。领导都笑了:"老马光会嘿嘿笑,要学会生活哩,要跟人交往哩。"走出文化馆大门领导也感慨:部队下来的同志就是干脆,秀才遇见兵,能把理说清嘛。马奋棋也跟老婆嘀咕:"这个老王才见过咱萌萌两三回么,记得这么清,啥都知道。"老婆就说:"人家当过营长,他老婆说了,管好几百人哩,文化馆才几个人?"

女儿马萌萌一个月后在某个部门上班了。

王馆长老婆出面给马萌萌介绍对象,男方的家长是梁局长,王馆长的亲戚,这就意味着马奋棋一家在城里扎下根啦。儿子马强再有一年就大学毕业,这个家庭兴旺在即。马奋棋自己都在想这辈子也就这样了。当年不就是从搜集民间故事开始文学生涯吗?中学毕业农业学大寨,念报纸,编快板,参加各种学习班,摆脱繁重体力活,拿起笔记录新人新事以及民间流传的各种故事,交给故事员学习班辅导员老师,老师加工润色,选出两篇收入《渭北民间故事集》第三辑。他的那些小说散文没多大动静。王馆长一口咬定他的《渭北民间故事集》第六辑埋了深水炸弹,他支支吾吾也说不清楚。王馆长快生气了:"专家都表扬你,都看出来了,你再装下去就没意思了。"马奋棋拍一下后脑勺:"其实没有啥,大前年你让我去市上出差,我去渭北大学看我娃,正好碰上专家讲座,讲民间文学,我就按人家专家讲的专门弄了一个专辑,都是专家的主意,咱就是跑跑腿,动动手。"

"还跑跑腿,动动手?这时候了还谦虚啥哩,专家的法子只有专家能看出来,这就是深水炸弹,老马你不简单。"

果然不出王馆长所料,专家带回去的《渭北民间故事集》第六辑变了书名《傻女婿故事集》重新出版,还获了全国文联的一个奖。《渭北日报》对马奋棋做了专访,登了满满一大版。马奋棋特意提到渭北大学那次学术讲座。渭北大学的薛教授就邀请马奋棋去学校做讲座,就是当年大师做讲座的那个学术报告厅,一位副校长主持,几千名师生报以热烈的掌声,儿子马强就在其中。马奋棋很激动。马奋棋的讲座只是大会的内容之一,另一个重头戏是

"民间文学研究中心"挂牌仪式,薛教授主持研究中心工作,当年那场学术讲座就是薛教授从北京邀请的大师。大师理所当然成了研究中心的名誉教授,大师发来贺信。马奋棋理所当然成了研究中心特邀教授,副校长给他发了聘书。马奋棋的著作理所当然成了研究中心的重点研究课题。

成果在继续扩大。艺术学校一位叫王岐生的教师大胆尝试把"凉女婿"搬上舞台,就叫《凉女婿》。傻女婿是城里人的叫法,农村故事就用地道的农民语言。刚开始是折子戏,半小时。艺校不景气,老师就带学生搭草台班子,草台班子走村串乡赶庙会、赶红白喜事。秦腔折子戏《凉女婿》首先在草台班子走红。

王岐生专门请马奋棋看了头一场戏,是在庙会上,人山人海,王岐生手持电喇叭把马奋棋郑重其事地介绍给大家。就像电视里那些节目主持人一样,大墨镜、贝雷帽,许多兜兜的草绿色马夹,牛仔裤,王岐生很夸张地大喊:"现在请全国著名作家马奋棋先生——隆重——登场——"

马奋棋就很不自然地上去了。那种感觉跟渭北大学做讲座很不一样,高等学府有一种庄严的气氛,庙会戏台下黑糊糊一大片乡党们,眼角挂着一丝嘲讽,马奋棋就有些慌乱脸上烧乎乎的。王岐生的电喇叭还在吼叫:

"原作者,就是编故事的人。"

台下就有人喊:"不是他编的,是大家伙儿编的。"

马奋棋汗都下来了,后悔不该串野台子。他就是个农民,他太了解农民了:农民胆小怕事又毫无忌讳,天不怕地不怕,说话没深浅。王岐生没有马奋棋那么紧张,王岐生哈哈一笑:"说得对说得好,可我告诉你乡党,把话变成字,写成书,又是另一番本事,念书识字弄啥呀,就弄这事情哩。"台下人群又咦咦服气了:"作家是弄这事情。"王岐生抓住话把儿不放:"乡亲们——"这是一句京

好人难做 9

腔,很有戏剧效果,乡党们在《沙家浜》《智取威虎山》里见识过,就轰一下笑了。王岐生又切换成秦腔:"王某人没有人家作家的本事,可王某人有演戏的本事。"王岐生大手一挥,演员们上台,马奋棋下台。马奋棋觉得自己心变小了,太敏感了,染上文人臭毛病了,老百姓可没有这些臭毛病。马奋棋手里甚至莫名其妙多了一包瓜子,马奋棋完全回到好多年前那个农民角色,挤在戏台子下边,人挤人,热烘烘,谁也不嫌谁。马奋棋就心安理得地坐在头排凳子上,边嗑瓜子边看戏。

演员水平一般,但很卖力,不停有人叫好,鼓掌。装疯卖傻的凉女婿就越疯越狂越傻越猛,小媳妇就像一条活蹦乱跳的红鲤鱼。马奋棋就觉得有东北二人转的味道了,大家喜欢的就是这种味道,又是鼓掌又是跺脚,时不时爆出一片笑声。

王岐生这狗日的不简单!

马奋棋腰板就挺直了。吃饭时就建议王岐生扩大战果,弄整本戏。这个革命性的建议让王岐生愣住了。按理说王岐生本人更应该有这个想法,他把故事变成戏的,可他在江湖上把心跑野了,又没正经朋友指点。当初马奋棋送他一套《渭北民间故事集》他没当回事,马奋棋凭这两本书有了房子,去市上开表彰会,他也懒得想这事。直到马奋棋获全国文联大奖,上了报纸,有专家定论,他的老师薛教授还请马奋棋到学校讲课,他才有兴趣看《渭北民间故事集》第六辑。打开目录,明明白白写着"凉女婿故事专辑",分六大类,可以看出"凉女婿"的性格发展过程。马奋棋是用了心的,有逻辑关系的。王岐生就抽取其中一部分编出一折子戏,就让草台班子走遍了渭河两岸。按王岐生的最初设想,凭这折子戏,就可以走遍大西北。西北五省区全是秦腔嘛,红遍陕西就能红遍整个大西北。王岐生的野心也就这么大。王岐生从来没想过整本的"凉女婿",王岐生更没想过让艺术学校演全本"凉女婿",马奋棋轻轻这么一点,王岐生的脑袋就像暴风雨前的夜空,一道道闪电窜来窜去,如同银蛇飞舞。"老哥!啊!老哥!"王岐生不停地叫老哥,"兄弟我改邪归正呀。"

王岐生就从江湖上消失了。狗日的仅仅半年时间就弄出了整本《凉女婿》六折子戏。狗日的真能折腾,艺术学校作为重头戏,投入三百多万。马奋棋得到消息时王岐生已经随单位人马去兰州参加全国文艺汇演,王岐生是在兰州白银大酒店打的电话,言外之意,拿金奖没问题,颁奖会再见。意思很明显,马奋棋最近不要外出,颁奖仪式肯定少不了原作者。马奋棋有一种做梦的感觉,马奋棋就说了一句很不得体的话:"老伙计,你开玩笑哩吗?"王岐生在电话那头毫不客气地告诉马奋棋:"算你说对了,啥事情都不能大,玩笑开大就是艺术,你懂不懂?"

马奋棋就等王岐生那边的好消息。全国性的文艺汇演至少得一个月。这期间,渭北大学的薛教授来过一次电话。薛教授消息灵通,从兰州高校朋友那里知道《凉女婿》海报贴满了兰州的大街小巷,头场演出就轰动兰州,要不是汇演至少得演五六十场,更确实的消息当然是学生王岐生提供的,有可能获奖。马奋棋不敢乱说,只说客气话。薛教授没有那么多顾虑,就不客气了,就告诉马奋棋:"民间文学研究中心"已经向全国高校发出通知,包括海外专家学者,预备召开"国际民间文学学术研讨会",马奋棋的那本"傻女婿"故事集就是大会研讨的选题之一。"当然喽,"薛教授在电话里特别强调,"本地高等学府就以马先生的作品为主啦。"这确实是一个令人振奋的消息。

马奋棋放下电话,院子里的梧桐树、大叶杨哗哗喧响,有一种山雨欲来风满楼的感觉。马奋棋没有欣赏风景的习惯,这种闲情逸致城里人才有,泥腿子出身的马奋棋为之奋斗的目标就是离开土地进入城市。树叶的喧响进入他的耳朵,他都五十多岁了,才感觉到大地上的风景,才有了闲情逸致。

事实证明那仅仅是他马奋棋的一厢情愿。仅仅过了半小时,一个惊人的消息就把他打晕了。不晕不行呀。他的宝贝女儿马萌萌跟人跑了。这个消息不用说是电话传来的,不会是别人,只能是他老婆,老婆在公用电话里带着哭腔上气不接下气说了个大概,没有细节,但基本事实是清楚的,梁局长未过门的儿媳妇,本地文化名人马奋棋的宝贝女儿跟本地最出色的流氓出走了。马奋棋就晕了,文化馆院子里那些娇艳无比郁郁葱葱的花木也就消失了。

趁着马奋棋晕头转向,交代一下马奋棋的宝贝女儿马萌萌上班以后的情况。

马萌萌十六岁初中毕业上两年职业技术学校,十八岁参加工作,半年后王馆长也就是王叔叔的妻子李阿姨热情张罗撮合,跟梁局长的儿子见面三次,用李阿姨的话说:"婚姻大事,大人不能包办,大人只能牵针引线,下来就是你们两个年轻人的事情啦,刚刚你可要主动呀。"刚刚就是梁局长的儿子,家里老小。局长一儿一女,女儿名牌大学高材生公费留学英国。儿子念书不行,可也不惹事,当兵三年转业到公安局当刑警。这样的家庭不要说在小县城,就是在省城西安也是叫人羡慕的。跟这样的人家结亲,一生的幸福就算装在兜兜里了。关键是马萌萌人长得心疼,活泼朴实,人见人爱。局长老婆在王馆长家见过马萌萌就喜欢得不得了,两个女人一鼓捣,就巧作安排,让两个年轻人很"偶然"地碰了几次面。马萌萌一片懵懂,小伙子当过兵又是警察又比萌萌大几岁,一下子就明白了大人的意思,明白大人的意思之前就一眼看中了这个姑娘。大人们把话挑明了,他们就大大方方开始交往。

小县城的人们很快就看到极为动人的一道风景,时髦话叫金童玉女,传统说法就是郎才女貌。在小县城以及农村,古老的人才观念里也包含着男人们的仪表,民歌里不是这样唱嘛"三哥哥一副好人才",说的就是男人的仪表。局长公子跟着马萌萌去乡下走亲戚,也就是回乡下老家见见村里人。叔伯姨姨婶子们把新女婿团团围住,惊叹不已:"我的爷爷,这是萌萌女婿吗?明明是从白面瓦缸里钻出来的嘛,白袍白盔的薛仁贵嘛,穆柯寨里招亲的杨宗保嘛。"说这话都是五六十岁的中老年妇女。四十岁上下的婆娘们就一口一个达式常王心刚唐国强。新女婿云里雾里不知所措。小媳妇们就爽快多了,都是马萌萌的姐姐嫂子,她们很容易说到刘德华郭富城张学友黎明这四大天王,甚至说到了安在旭莱昂纳多汤姆·克鲁斯。新女婿成明星了,脸也红了。马萌萌就嚷嚷:"人家才订婚,不要一口一个新女婿,他离新女婿还有一段距离呢。"小媳妇们都叫起来:"萌萌眼太高啦,萌萌眼睛长额颅顶顶上啦,萌萌不想在地球上待啦,上天呀,嫦娥奔月呀。"婶婶姨姨们就以长辈的口气郑重其事地告诉萌萌:"猴女子,可不能胡说,订了婚就是人家的人啦,就没距离啦,你看这娃乖的蛮的、心疼的、俊样的,就是七仙女遇上这么好的女婿都酥心啦,猴女子还不酥心?"

婶婶姨姨们边说边抻新女婿的衣服,衣襟袖子抻得平平的,有个婶婶还蹲下去抻新女婿的裤腿,拍打鞋上的尘土,把新女婿弄得不好意思,一个劲地叫姨姨,姨姨不要紧不要紧。婶婶就说:"咋不要紧?你可是我们村百年不遇的好女婿。"离开村子马萌萌就说:"我村里人咋样?"小伙子就说:"这么厚道朴实的乡亲们,我还以为在电影里头哩。""你成大明星啦。"马萌萌的毛毛眼都眯成头发丝了。

小伙子每天上下班接送马萌萌。那段时间案子少,刑警队没有多少事。小伙子都感叹老天爷长眼。他们原来在各自单位的时候还没人太注意,走在一起风景就出来了,不要说别人,他们自己都有一种电影里的感觉。他们就以为这是真正的缘分。小伙子交过两个女朋友，自然相识又自然分手，波澜不兴行云流水一般。马萌萌跟大多数女孩一样暗恋过老师，跟一个男生懵懵懂懂交往过一段时间，也搞不清是在恋爱还是在冒险，两个小屁孩又紧张又兴奋，不知为啥事吵了一架，谁也不理谁了。马萌萌上班不到半年，就在大人们巧妙的安排下与警察同志相识，就水到渠成，瓜熟蒂落，就在酒店订两桌饭，简单又不失档次，订婚仪式顺利完成。再交往上一段时间，感情基础夯实一点，就可以步入婚姻的殿堂了。目前这种状态显然是个过渡，超不过一年。小伙子二十五岁，马萌萌十九岁，到二十岁就结婚。

马萌萌再单纯也能感觉到二十岁这年意味着什么，她也没觉得有什么不好。

马奋棋两口子觉得女儿马萌萌太幸运了，他们一家辛辛苦苦，包括儿子马强都是受尽磨难。女儿马萌萌却很容易地在城里念完初中，很顺利地从职校毕业，又顺利地找到工作，上班不到半年就找到这么好的婆家。马奋棋把这种兴奋与喜悦埋在心里，不敢在单位有丝毫流露。人心险恶，小县城最好的人家与他结亲，他就得小心翼翼，但他还是抑制不住在电话里让朋友王岐生分享一下。王岐生连声叫好，叫完好之后就以艺术家的口气说了一句："人生本身就有戏剧色彩。"后来马奋棋每每想到这句话心里就不是滋味。

有一天，马奋棋远远看见未来的女婿开着小车到女儿马萌萌单位门口，不一会儿女儿马萌萌从大楼的台阶上飘然而下，美若天仙，马奋棋半天都认不出女儿了。马奋棋以为是电影里的镜头，理所当然是那种感人肺腑的艺术经典，伴随着音乐，还有低沉的画外音，画外音具体内容是什么马奋棋没听清，但那神秘的声音他听到了，他感慨了，他脑子里甚至冒出一句古诗：此曲只应天上有，人间能得几回闻。那个经典镜头就一下子固定在马萌萌上车前的低头微笑上,马奋棋就是在那一瞬间认出女儿马萌萌的。未婚夫打开车门,手搭车门上框怕碰着女儿,女儿点点头,女儿的笑容是在低头进车的时候露出来的,完全是给自己笑,是发自内心的,是实实在在的。电影镜头里不会有这样的笑容,电影镜头里的女人上车前都要扬一下头甩一下长发,风情万种地钻进车子,这种镜头大家肯定看腻了,包括小县城的人们,理所当然地对眼前这一幕感到新鲜。马奋棋因为距离的缘故,敏感地意识到人们的关注的目光。周围的人都不约而同地把目光投过去了,包括行人,包括商店里的人,甚至行驶的出租车和公共汽车里的人也把目光投过去了,有羡慕有赞叹也有嫉妒。这就是女儿的骄傲。马奋棋的自豪是货真价实的。他还担心什么呢。

从后来发生的故事来看,这种担心是有道理的。县城再小也是一个世界,跟世界上任何地方一样总有这种男人,他们在女人跟前战无不胜,游刃有余,同时周旋在几个十几个甚至几十个女人之间毫不费力,又极其隐蔽。你也不能简单地称他们为流氓,他们骨子里对女人还是很尊重的,他们多少有点游戏精神,把女人作为事业来搞,既理性又激情。我们那个小县城里就有这样的男人,他叫张万明。张先生迟早要跟马奋棋一家发生关系,这是没有办法的事情,谁让马奋棋有这么一个乖女儿呢。

马奋棋像看电影一样,远远地注视女儿乘车的时候,张万明也亲眼目睹了这感人的一幕。张万明也就多看几眼,就惹情人不高兴了,女人生气就说蠢话:"那可是天鹅肉,你吃不到口。"张万明眼睛不眨回了女人一句:"就看我有没有胃口,有胃口就是天鹅肉,没胃口就是乌鸦肉。"

说完这句话张万明就撇下女人,扬长而去。女人以为张万明赌气,不出三天就会回来。半个月了,没有动静,打手机不接,打电话单位说出差了。可当天下午女人就看见张万明领一个小妖精摇大摆逛街。女人也很勇敢,迎面而上,张万明连她正眼看都不看。身边的碎女子也不是什么妖精,是个清清爽爽的大姑娘。女人当天晚上就主动求饶,这种结局又不是第一次。女人跟丈夫吵架都是丈夫认栽,可在张万明跟前都是女人认栽,女人栽得心甘情愿。这次略有不同,张万明真生气了。女人低声下气都苦苦哀求了,张万明光抽烟不吭声,女人就盼望着张万明一句话。哪怕吐一个字她都心甘情愿,她同时埋怨自己咋这么贱,在家里简直就是女皇帝,丈夫唯唯诺诺,在情人跟前就这么窝囊。女人有几个铁杆姐妹,她们当中有良家妇女,也有她这样养野男人的,互相交换情报很重要,但基本框架跟正式夫妻没多大差别,情人们的地下生活有甜蜜也有冲突也有折磨也有烦恼,但也都是男人让着女人,女人照样可以使性子撒娇甚至当女皇帝。她就这样有了怨气,她都快抽自己嘴巴了。

张万明开始动作,她积极配合,她兴奋得浑身发抖可张万明停下来了,张万明望着天花板,长叹一声:"我换口味了,我想吃乌鸦肉。"张万明就开始穿衣服,毫不理会她的狂呼乱叫,从容撤离,连她看都不看。她唯一做的就是撕心裂肺号啕大哭,歇斯底里,然后戛然而止,一动不动,望着窗户,直到天亮,太阳升起,她把被角都咬烂了,她知道她还会去找张万明的。情人间的心有灵犀你一点办法都没有,张万明生她气呢,说明还爱着她,她抹一下眼泪,笑自己没出息耍小孩子脾气。然后一个鲤鱼打挺起来,一个充满活力的漂亮少妇出现在大家面前,生活又开始了。

张万明还真没生气。张万明怎么能生女人气呢?张万明这辈子生都是男人们的气,这毕竟是男人们的世界,生男人们的气再正常不过了。这也是张万明热爱女人的理由之一。不生女人气,老婆情人女领导女同志甚至包括大街上不相识的女性,他都觉得爽心悦目。跟女人斗嘴就当说相声,情人大呼小叫他只是皱眉头,觉得不好玩了,赶快撤离,有点危邦不入的意思。他最近爱看的电视节目就是《百家讲坛》,他不喜欢易中天讲三国,曹操不是什么好东西,值得那么捧吗,战争狂人嘛。他喜欢于丹讲《论语》,声情并茂,讲出来的孔子怎么听都是个女性。张万明也是有文化的。实话实说,张万明同志中专学历,没读过四书五经,全本《论语》完全是听于丹讲的,张万明竟然从《论语》的字里行间嗅到了女性的芬芳,他陶醉《论语》的每一句话,给他印象最深的不是什么"三人行必有我师""学而时习之不亦乐乎""有朋自远方来不亦乐乎",而是"危邦不入"。他不会说出来。尤其是对心爱的女人,他看重的是心有灵犀。我们必须强调一下,不要对张万明同志有偏见,多交几个情人又不违法。客观地讲张万明同志相当有品位,比如,他从不染指乱七八糟的女人,不是怕得脏病,他给人家说过,妓女也是人嘛,一见面就上不跟动物一样嘛。张万明同志与女性交往是相当艺术的,都是职业女性,这样的女性有灵气,有好几位就猜中了张万明心里的秘密,"危邦不入"。情人亲眼目睹了张万明那种如释重负的样子,情人忍不住问他:"这句话就这么重要?"张万明就像大国领袖:"你要说错一个字,我就跟你断交!"

"有这么严重吗?"

"你好好想去。"

女人比男人有灵气就在于女人的思想从来不离开自己的身体,包括身体里盛着的思想与情感。女人也不说破,美好的东西跟酒一样愈久弥香;女人照样使性子撒娇,但更可爱了,有分寸感了,俗话说更有女人味了,再也不会是"危邦"了。张万明同志会在恰当的时候赞美一下。

"女人可以使大地生辉,带来情调带来气氛。"

那个用"天鹅""乌鸦"刺激张万明的女人就有点笨,不但没猜中张万明心里那个"危邦不入"的秘密,还把自己整成一个泼妇、疯婆子,张万明同志又不缺女人,你以为你是谁呀你?张万明同志就不理她了,身边马上出现一位出色的女性,看样子不是本地人,县城就那么小嘛,生面孔一眼能看出来。女人们更敏感,有感情瓜葛的女人每根头发都跟雷达一样一天二十四小时全部打开贴着地皮扫啊扫,跟清洁工拖地板一样。那段日子,黄土高原渭河北岸这座小县城一下子干净了,快要达到联合国确定的地球上最适合人类居住的城市了。就在这种气氛中我们的张万明同志用自行车从一百里外的渭北市驮回一个美人。这年头美人都是名车接送,再不济也打出租车呀,下岗工人都有辆摩托车,有人用自行车驮心爱的女人,那都是农民工。女人贴着男人的后背,男人奋力蹬车,女人能听见男人的心跳和呼吸,沸腾的热血,以及江河一般的力量,全都真真切切感触到了。不是两三里,是一百多里,好几个小时的漫长的感动。那个自行车后座上的小妖精心里绝对是湿润润的。

　　此女子在县城待一个礼拜,全是自行车接送。县城就那么小,有那么几次与马萌萌乘坐的漂亮小汽车相遇。那正是渭北高原的春天,柳绿了,桃花杏花盛开了,自行车头上就插着桃花杏花,白里透红,后座上的女子手里拿着柳条编的帽子,那是张万明在郊外亲手编的,又亲手戴在女子头上的。女子的手里还有一支柳笛,肯定是在旷野上曜儿曜儿吹过了,一个出色的吹笛者会让鸟儿从云端里下来,卧自己肩上,车子后座上的女子不就是一只鸟吗?那神态就像在林子里。小汽车里的马萌萌老远就看见自行车了,街上有许多自行车,都是乡下赶早的农民工,掂着工具,驮着大包小包,突然出现一辆干净漂亮的自行车,骑车的男人一身时尚打扮,车后的女人不见面容,只见修长的腿脚与手上的柳条帽还有小巧的柳笛,整个自行车连同车上的人全都充满青春的活力。两车交错,马萌萌狠狠地盯着人家,脖子快成大雁了,快失态了,幸好在后排坐着,未婚夫看不见,未婚夫更不可能觉察到马萌萌当时心中的波澜。

马萌萌当时清清楚楚地意识到自己身上竟然有一股暮气,她脑子里闪出阔太太贵妇人的镜头,穿一身中规中矩的旗袍,车接车送,马萌萌忍不住摇下车窗,风呼一下就进来了,就像高原上的一只豹子。未婚夫说:"小心感冒。""我没那么娇气。"未婚夫就在反光镜里扫她一眼,马萌萌就问,"你在哪当的兵?"

"甘肃。"

"咋都看不出来你当过兵?"

"在团部,条件挺好。"

马萌萌不想往下问了,马萌萌想柳条与柳笛呢,这都是她熟悉的东西。她就想告诉未婚夫,星期天我们回老家去。乡下院子里的桃花杏花开了,沟里的柳树绿了。黄土高原的柳树有粗壮的树干,有密如马鬃的枝条,老远看着就像一座缓缓移动的绿房子。马萌萌不知怎么又把这个好主意打消了。未婚夫还是觉察到什么,"想啥呢?""没想啥,非想啥不可吗?"停了一会儿,未婚夫又换个话题:"星期天去钓鱼台吧,那里有度假村。""随你便。"

离星期天还有三天,这三天可太重要了。这三天的某一天中午,马萌萌去汽车站送人,听见有人在低声争执什么,扭头一看,正是骑自行车的男人与年轻女子,声音不大,说什么旁边的人可都听清楚了。男人要骑自行车把女子驮到一百多里外的渭北市,女子说一次就够了,很满足了,男人说:"活人就活个满足,满足一次算个啥吗?"女子说:"我还以为你吹牛皮,打死都不相信,谁知道你这么傻,你以为是奥运会呀。"男子说:"奥运会有自行车,有马拉松长跑嘛。"女子声音变小了,小得只有女人们能听到,马萌萌和马萌萌要送的那个女同学以及周围的女人们都听到了这个被张万明用自行车驮了一百多里路的女子无比深情的低语:"有这么一次我一辈子也忘不了。"女子眼睛里含着笑,那笑容把一双好看的大眼睛变成眯眯眼,越眯越细,谁都知道眼睛细成这样是什么意

好人难做 19

思。马萌萌也这么眯着眼睛看过异性,那个中学语文老师,那个职校男生,再就是当警察的未婚夫了,可马萌萌还是觉察出眼前这个女子眼神里让人惊叹的东西,也是她马萌萌从未体验过的一股神秘的力量。到底是什么力量?那种差异与区别她绝对是觉察到了。过不了多久,当她投入张万明的怀抱时她才明白女人一生那种眯眯眼里闪射的神光只有一次,出现在中学老师职校小男生警察未婚夫身上的仅仅是预兆。道理就这么简单。女人在男人跟前眼睛眯起来越眯越细细成头发丝了还往下细,天地都要重合的时候心一下子就敞开了,生命打开了。马萌萌还记得那个在外县上班的女同学紧紧抓住她的手,那手在抖,女同学显然比她更早地醒悟到什么,她还有点蒙。她看着女同学登上班车,汽车缓缓移动,女同学向她摇手的同时,看了一眼离她不远的悄悄私语的张万明以及张万明的自行车和手搭自行车后座上的小妖精。

马萌萌走出车站。外边正修马路,地上铺着一层碎石头,马萌萌很艰难地走着,就像被打断了腿,一瘸一拐,一点也不雅观,幸好人少。但还是有人注意她了,就在她身后说:"我捎你吧。"马萌萌连头都不抬:"我能走。""干吗受这洋罪?自行车又不是囚车。"马萌萌不能不抬头看人家了,张万明笑笑:"我刚送过人,车子空着也是空着,当一次雷锋都不成,雷锋叔叔真的不在人世了,啥世道吗?你说这啥世道吗?好人难寻好人更难做呀!"

"别嚷嚷啦,好人,给你一次机会。"

马萌萌就坐上去了,自行车跟一匹马一样扬一下脑袋,踏着碎步往前走,慢且稳,马萌萌就问:"你干啥工作?技术这么好!"

"你猜么。"

"邮局的?"

"二十年前我想当邮递员一直没机会。"

"教体育的?"

"体育课都是篮球排球单杠跳箱翻跟头,你这女子瓜的,你没上过学吗你?"

"我猜不出来我不猜啦。"

"我也劝你不要猜啦,你把头想爆炸你也猜不对。"

"你把我当瓜子?"

"瓜女子跟瓜子不是一回事。"

"嗨嗨还有这么说话的。"

"没听过吗?我就慢慢地告诉你,男人瓜是大傻瓜二百五,女子瓜就是大金瓜。你觉着我骑车技术高就一个劲地猜测我的职业,县长肯定不骑自行车,可我告诉你骑自行车的不都是农民工,我骑车子纯粹是我爱骑车子,业余爱好,我不但在县上骑我还往市上骑,我还骑车去过西安去过青海湖,沿途的风光,啧啧,你慢慢想去。"

"不单单是美好的风光吧,车子后边还驮着一个女的。"

"你这人说话咋这么噎人,一句话就把人噎住了。"

"不是我噎你,是我戳到你的痛处啦。"

"我不跟你说了,世界还有你这种人。"

车子从坑坑洼洼的碎石路上挣扎出来就像飞机上天一样一下子到了平坦的大街上,嗖嗖嗖蹿成一股风,马萌萌要是不喊叫张万明就会一直冲下去,一点也没有停下来的意思。马萌萌连喊带叫:"到啦到啦!停停停!"车子就停在单位门口,张万明瞪大眼睛,显然想起来每天来接送这个漂亮女子上下班的小汽车,"你在这上班?好单位呀。"

"好是好,可得小心翼翼不敢迟到不敢早退。"

"夸张了吧?"张万明笑容里已经有嘲讽的味道了,可张万明还是说了声"谢谢"。马萌萌说:"说谢谢的人应该是我,你谢啥哩?""谢谢你给我学雷锋的机会,雷锋叔叔死了,我张万明还

好人难做　21

活着。"

"哈,还有你这种人,世界上还有你这种人。"

张万明连同张万明的自行车消失在人群里。

马萌萌一跳一蹦上台阶,进大门,连她自己都不知道自己会情不自禁哼起歌,同事就问:"萌萌喝喜鹊尿啦这么高兴?""我高兴了吗?""你都唱上啦装啥呢?"马萌萌就冷静下来了。马萌萌是搞内务的,给每个办公室发材料,有些办公室没人,就把材料放桌上,就歇一会儿;正好临街,从楼上往下看,大半个街道尽收眼底,熙熙攘攘的人群中张万明一下子就显出来了,就像猛然跃出水面的海豚。张万明骑车的动作那么优雅潇洒,衣着那么整洁,在小县城灰蒙蒙的人群里显得那么醒目。马萌萌都看傻了,自己把自己喊醒了,真的变成了瓜女子。

她再也不敢往楼下看了。

一连几天她好像得了恐高症,连窗户都不敢靠近。未婚夫的漂亮小汽车也开始别扭起来。她一坐进车里,就马上感到一种暮气。她还怂恿警察未婚夫去冒险,星期天他们驾车到塬下高速路飙车,马萌萌发出一阵阵尖叫,那种新鲜感刺激感来得快去得也快。她再也想不出新花样了。马萌萌就像跟自己赌气一样在星期一上班的时候要跟自己赌一把,就往楼下看一次,就这一次,也是最后一次,她下决心给自己一个了断。她都奇怪她跟那个骑自行车的魔鬼没什么瓜葛她跟人家了啥呢?断啥呢?她就这么折磨着自己,踏地雷一样一点一点靠近窗户。不久前未婚夫带她去周文王访贤的钓鱼台,还爬上姜子牙垂钓的那块大石头照了相,那可是愿者上钩的地方。现在她就有上钩的感觉。没人强迫她,她心甘情愿地把目光投向楼下的大街,她在心里给自己发誓,但愿啥都没看到,可她的目光把一切都决定了,连她自己都没意识到已经是另一个春天了。渭北高原古老的周公庙会开始了,大街上人山人海,海内外的游客挤满了县城以及从县城到城外十几里以外的周公庙,潮水般的人流中那个魔鬼般的张万明还是那么悠闲,骑着车子,在人流中晃来晃去,就像黑色大海上的一叶扁舟。这个该死的家伙就有这种闹中取静的本领,瞧他的衣服,领子白得耀眼,头发一丝不乱,茶色眼镜也掩饰不住眼睛里的兴奋和喜悦,那目光肯定是热辣辣的,喜庆的日子不喜洋洋才是大瓜皮,他不吭声可他嘴角的微笑就是这意思。马萌萌的脖子伸那么长,已经不是大雁了,已经是天鹅了。

一个礼拜后马萌萌跟着张万明走了。据她后来回忆,她竟然跟渭北市那个女子惊人的一致,都不愿意让张万明启动自行车;都什么年代了,都飞机火车宇宙飞船了,汽车多得跟蚂蚁一样,他们就理直气壮地坐班车走了。

他们也不是那么不负责任,张万明最好的一位朋友从外地打电话到小县城找马奋棋的老婆,老婆再打给马奋棋,马奋棋就是被这个电话打晕的。马奋棋差不多晕了好几个小时,都缓不过劲。我们就有空闲细细回忆了一下女儿马萌萌与张万明的一些生活细节。

马奋棋作为一个父亲没有理由一直这么晕眩下去,父亲责任重大呀,马奋棋就冷静下来了。马奋棋不好意思去见王馆长,电话的优势就显示出来了,马奋棋在电话里三言两语,就把事情说个大概。王馆长眨眼就到,没有多余的话,当机立断,给萌萌请病假,急性病,送外地去了,这样可以保住工作,男女动了情,天知道会闹腾多久,先给孩子留个余地。王馆长不愧带过兵有大将风度。你再看人家王馆长,"梁局长那边我去说,老梁一家都是好人,不会为难你,不过婚事肯定没戏了,老马你要理解。"

他们就分头行动,到下午就把事情办妥了。梁局长那边果然没有闹起来,梁局长夫人还打电话过来安慰马奋棋,娃不懂事,千万不要太伤心。梁局长的儿子那个警察小伙子在大街上还喊马奋棋叔叔;渭北习惯女婿一般把岳父叫姨父,昨天小伙子还喊他姨父,仅仅过了一天,改口就改得这么自然。也难为小伙子啦。伤害最大的是小伙子嘛,男人的耻辱嘛。小伙子一脸倦容,伤心是肯定的,但还是听父母的话,没闹,他们这种家庭闹起来不好。小伙子照常上班,见了马奋棋叫声叔就把一切了结了。

这种感情纠葛肯定没有结果,两个月后马萌萌一个人回来了,整个人瘦了一圈,就像战火中归来的勇士,遍体鳞伤却斗志昂扬,看看她那双炯炯有神的眼睛就知道了。

仅仅两个月,宝贝女儿就从大姑娘变成了女人。马奋棋老婆,也就是女儿她娘再也忍不住了,哇哇大叫着追问那个流氓是谁。也仅仅喊叫了两三声,就被女儿马萌萌凌厉的眼神震住了,母亲当然明白这种目光的力量,跟男人上过床变成女人以后,就不再是羞答答胆小如鼠的黄毛丫头了,惹急了比男人还厉害。已经过了两个月准夫妻生活的女儿马萌萌就用这种目光把疯狂的母亲锁定在那儿,跟武林高手点了穴道一样,然后声音压低低地告诉母亲:"他不是流氓。"父亲马奋棋忍不住了,"不是流氓,至少是个混蛋吧。"女儿马萌萌就把目光扫过来盯住父亲:"爸,这种没礼貌的话亏你说得出口。"

马萌萌第二天就去上班,等着看笑话的同事们理所当然地让马萌萌冷飕飕的目光和尖刻无比的言辞修理了一番。其实真正的原因是人家梁局长刻意给这边领导打过招呼不要为难萌萌,年轻人嘛,要走的路还很长。萌萌的领导也就明白梁局长的良苦用心,这边搞点动静,人家会以为梁局长打击报复呢。萌萌的领导就做了大量详细的说服工作。加之马萌萌同志出人意料地斗志昂扬,理直气壮,胜利凯旋一般,大家就没脾气了。

未婚夫那边就更简单了,马萌萌一个电话把小伙子约出来,在城外庄稼地边谈五分钟,交给小伙子一包东西,大概是以前赠送的礼物之类。他们的关系就此了结,就这么简单就像老兵打扫战场。

接着是五一长假。马萌萌在家里睡了整整一个礼拜,常常半夜哭起,当然是捂着被子再压上枕头。中间只吃过一次饭上过一次厕所,披头散发跟个鬼一样。母亲全看在眼里,母亲反而镇定了,在长假的最后一天,炖了一只老母鸡。女儿真饿了,跟甘肃麦客一样连吃带喝,吃个精光,然后长长出一口气,蒙头再睡,从中午一直睡到第二天天亮,早早起床,进厨房做饭,然后喊父母吃早餐。僵硬了一个月的脸变软和了,有笑容了。

女儿也该关心关心父亲了。

那是父亲马奋棋最倒霉的日子。灾难往往会起连锁反应。就在女儿马萌萌跟张万明出走的那段时间,他们一个礼拜没开灶,烟囱不冒烟啦。第七天老婆开始做饭,老两口也是望着饭一点点变凉,凉了又热,热了又凉,最后倒掉。饭还得做,完全是仪式性的,宣告他们家没有断顿绝户。这时候马奋棋得到王岐生的消息,不是王岐生本人,是在兰州参加演出的剧团团长报的信:"王岐生,太不像话了,预演相当成功,还专门开了座谈会,总结经验,专家刚提几条意见王岐生就闹起来,桌子都掀翻了。"马奋棋以为在听天方夜谭,电话那头发出一声叹息:"王岐生这辈子从来没有正经戏,从来没上过场面,他不知道专家提意见很正常,戏剧大师的经典作品专家们都能提出那么几条,何况咱们这些小地方的文艺团体,勒紧裤腰带好不容易搞这么一个戏,就这么弄砸了。"他们是用手机通话。通完话马奋棋竟然不难受。老婆问他:"又出啥事啦?"这是一个礼拜来老婆开口说的第一句话,王岐生这狗日的来了这么一下,把女儿马萌萌的灾难巧妙地转移了,马奋棋忍不住了,就对老婆说:"王岐生这狗日的,王岐生这狗日的。"马奋棋这

好人难做 25

么兴奋,马奋棋自己都没想到。老婆也受到了马奋棋情绪的感染,也可能是老两口太累了,一个礼拜的绝食运动,身心俱损,行将崩溃,下意识里就有转移灾难的强烈欲望,老婆的反应完全是女人的方式。

"咱萌萌这卖皮子自己犯贱,跟人家老王有啥关系?那个勾引萌萌的大流氓才是狗日哈(下)的,驴日哈(下)的,猪日哈(下)的,他娘的皮叫蝎子蜇啦,叫牛犄角戳啦,叫马蹄子踏啦,他娘那瞎皮黑窝窝咋蹦出这么个害货,害我女子来啦。"

老婆在农村待大半辈子,从来跟人不争个啥,农村女人三天两头日事倒非撒泼斗嘴,骂人的话又狠又形象,可老婆没这瞎毛病。老婆做姑娘时漂亮能干,完全有更好的选择,老婆当初看上马奋棋,就因为他马奋棋识文断字,是个乡村"秀才"。老婆在农村最艰苦的日子里都没有说过脏话,更不可能泼妇骂街,刚进城吃上商品粮,就祸从天降,不当泼妇都没办法。还质问马奋棋:"你不骂你那死女子你骂人家王岐生干啥呀?"马奋棋就把王岐生大闹兰州的事情细细说一遍,还没说完,老婆就把话打断了:"我咋听着你胳膊肘往外拐哩,那是你的书编的戏,让人说三道四你连个屁都不放,人家老王有血性有志气,掀桌子还是轻的,我要在场我会吐他们一脸。"

"人家都是专家,都是好心好意为了把戏弄好,上个台阶。"

"好心好意还看个场合嘛,在会上嘛,又不是私下,给人提个醒,不叫咱吃亏,都是贴着耳朵嘀咕两句,抻抻袖子,再不行,狗子上狠狠掐一哈(下)么,谁又不是瓜子,还专家哩,啊呸!还不如农村婆娘伙,都是你这号戴眼镜的瞎熊,埋汰人不看场合,脸对脸指责骂人,眼睛对着眼睛揉沙子,这叫好心好意?这叫日人不眨眼睛。老王掀桌子我举双手赞成,老王来咱家,咱要好好待承人家,炒上几个菜,温上一壶西凤十五年,烟嘛就抽软好猫,县政府那伙当官的抽啥烟咱就让老王抽啥烟。你这瞎熊,你这吃里扒外的东西,吃搅团去,喝糊汤去。"

老婆头一回这么大胆泼辣地痛斥丈夫马奋棋,老婆很精神,马奋棋不但不反驳,还有一种被痛打后的快感。两口子都没意识到这种发泄的好处,马奋棋就本能地接上老婆的话:"我还真想喝糊汤。"

"你也只配喝糊汤,我算看清楚了,你瞎熊就长了一个糊汤嘴,我说到做到,我这就给你煮去,煮一锅糊汤。"

老婆拨开蜂窝煤炉子,煮了满满一钢精锅糊汤,又手脚麻利地切一盘红萝卜丝,还有豆腐干,拌在一起,撒上盐葱花浇上醋洒几点芝麻油,味道全出来了,马奋棋的喉结就开始上下蹿动。我们本地人把男人的喉结称为鸡喔喔,公鸡打鸣的发声器官与男人的雄性标志惊人的一致,男人们遇到心爱的女子据说不是心动而是喉结即鸡喔喔上下蹿动,再带动心脏再带动全身的血液。据说张万明就对马萌萌动了鸡喔喔,张万明后来回忆,让他心动的女人跟麦颗一样多,但让他鸡喔喔上下蹿动的女子就马萌萌一个,张万明爱骑自行车,张万明就用轴承来形容他的鸡喔喔:"鸡喔喔比轴承转得欢。"一男一女带动起来了,蒸汽火车一般山呼海啸驶向远方。此时此刻,父亲马奋棋在热糊汤和红萝卜丝的诱惑下鸡喔喔也动起来了。端起大老碗山呼海啸般地吸吼吸吼猛灌,也顾不得烫人。喝第二碗时老婆也被感染了,也端起大碗吸吼吸吼喝起来,喝个精光,出一身汗,就到阳台上去透气。几十公里外的秦岭清晰得跟水墨画一样,时不时飞过一群麻雀,几只鸽子,鸽子还带着哨音,就这么坐到下午。中间去了两次厕所,稀糊汤嘛,两泡尿肚子就空荡荡了,也等于把肠子暖热了,把粮食带进去了,肠胃就不再满足那么稀的糊汤,毛毛雨嘛。老婆就拉扯面,碗底一大块肉臊子还有蒜,老两口子真正感觉到饿,饿日塌咧,扯面吃下去,喝面汤的时候就

好人难做 27

有大梦一场的感觉。老婆说:"死女子咋嫁人呀?"

"有娶不到媳妇的光棍,没有嫁不出去的女,不用愁,没啥愁的。"

他们就这么自我安慰。事情到这种地步,考虑问题就很现实。

马奋棋开始上班了。跟大家打个招呼,往办公室一坐,马奋棋恢复了起码的理智。必须面时现实,他陷在一连串的灾难中啦,他倒霉啦。他忍不住给渭北大学的薛教授打个电话,薛教授正好没课,在研究中心的办公室枯坐发呆,正想找人吐苦水,最好把一肚子苦水吐给外单位的人,越远越好,一百多里外的马奋棋是最佳人选,多少也与马奋棋有点关联,薛教授就毫无顾忌地倾诉一番,但还是很策略地告诉马奋棋原打算年底召开的"国际民间文学学术研讨会"胎死腹中,具体原因就不说了。马奋棋一个劲地说安慰话让教授想开点,"不开就不开,又不是烟囱不冒烟啦锅盖揭不开啦"。还真把教授给说动了,教授就感慨:"对、对、对,生活还在继续,生活才是最重要的。"这时候马奋棋才明白这个学术会多少与他有点关系。他也是专家们重点研究的对象之一,他也是与会代表,但他马上又想到在一连串的灾难中,王岐生和薛教授也分担了一部分,同病相怜这个道理放之四海而皆真,不单单是个道理,简直成了真理。真理在握,马奋棋精神多了,就有了面对现实的勇气和能力,这个现实就是女儿马萌萌,选择未来丈夫的条件太有限了。

马萌萌回来的时候家里已经考虑她的婚姻大事了。

不但家人考虑马萌萌的婚姻问题,县城里的人们也考虑这个问题。马奋棋听见人们嘀嘀咕咕,街上、马路上、商店里、饭馆里、跟蚊子苍蝇一样嗡嗡嗡马奋棋就头大。小县城就这么糟糕,没秘密、是非多,添油加醋捕风捉影无中生有,极具想象力。大家都在编戏编评书,编好莱坞大片编几百集的能把地球覆盖好几遍的电视连续剧。风言风语早传开了,在家里苦熬的时候就已成燎原之势。上班露面,他的耳朵就必须接受民间故事的锤炼。他每天都要在大街溜达一圈。在女儿回来之前他必须踏地雷,一颗一颗踏过去,这么做会减轻流言蜚语的杀伤力。不要责备大家咸吃萝卜淡操心,看着各类媒体的明星绯闻就知道绯闻给我们的生活带来多大的享受,拉动了多少产业带来多大的经济效益。小县城的人们还停留在口口相传的古老的讲故事阶段,人们甚至给马奋棋设计了新的形象:马奋棋特意购置了小型雷达,骑着摩托跑遍渭北十几个县区,明察暗访;人们还为他设计了广告词和宣传手册,有女儿马萌萌的照片,配有文字介绍,类似于大学生们的求职推荐表。大家言之凿凿,从兜里掏出彩色宣传画页,有单页的,有合页的,跟折叠扇一样展开半面,估计是文化公司的广告彩页,忽隐忽现的女人头像,都是中外影视歌坛明星。县城的人们没见过真人秀,当地政府偶尔举办的文化节也只能邀请一些过气的半老徐娘,远远不能满足广大观众的心灵饥渴,大家都饥肠辘辘呼天喊地了。漂亮女子马萌萌可是土生生长的本地人,开天辟地以来这块土地出现过无数伤风败俗的绯闻,但从来没有马萌萌这样有戏剧性。人们就开始设计马萌萌的未来生活。让马奋棋吃惊的是,他与老婆考虑的种种可能,大家全都考虑到了,甚至比他们做父母的考虑得更周全、更详细。正经人家不能考虑了,范围圈定在有缺陷的男人们中间,要么缺脑子要么缺胳膊缺腿,形神齐备者年龄上就打折扣啦,老干部最合适。也有人想到了农村土财主。马奋棋都快爆炸了,但他不能发作,他咬紧牙关,人家不当着面唧唧喳喳,人家总是在他走过去之后开始谈论,他转过身,人家会转移话题。他偏不转身,他一次次出现在公众场所,他有一个信念,在女儿马萌萌回来之前,让好事者把话谈完;嘴巴会累的,会出现新话题。

马奋棋的消耗战起作用了,马奋棋大概估算一下,至少得一个月,马奋棋告诫自己不要着急,可他还是急了。一个月是很难熬的。他也在消耗,上厕所也不安宁。男人们在厕所谈绯闻更放肆,下流得不得了,更可气的是厕所墙上出现了有关女儿马萌萌的漫画,用碳条画的,擦不掉。他快绷不住了,他用卫生纸蘸上水擦厕所文学。人们把厕所里的下流话与漫画称之为厕所文学,有一段时间,马奋棋与同行还研究过能否把厕所文学与网络文学手机文学纳入民间文学,他们都准备付诸行动了,真要搞起来,效果可能也不错。宝贝女儿成为厕所文学一部分他能不伤心吗?

奇迹就这样出现了。应该感谢我们县城的人,我们那地方的老百姓不会直接损人,都以故事展示说话人的幽默与想象力,《封神演义》就讲我们那里,马奋棋就听到了另一种声音。

猫吃浆子——胡然(粘)哩!

面汤锅煮驴——冒鞭(编)哩!

半条街的人轰一声笑炸了,编下流故事的人也笑了,边笑边点头,边点头边自嘲:咱是胡然(粘)哩,咱是冒鞭(编)哩。马奋棋从小听过,这叫民间谚语,劳动人民智慧的结晶,他的文学生涯起自民间文学,又以民间文学登上创作的顶峰,竟然把这么智慧的民间谚语忘得干干净净,他就想见识一下那个及时说出谚语的人。理智告诉他不要往回看,一直往前走,稍有不慎就会节外生枝,毁掉那段谚语所带来的效果。

马奋棋默默地背诵那段谚语,回办公室就提笔记下,就记台历上。

书架上有他本人的大作,五六本呢,小说散文占了大半,尤其是小说,小说是虚构出来的,地球人都知道。马奋棋写小说是改革开放以后的事情,也属于歪打正着。《西北之北》的编辑把他整理的一个长故事修改一下,转到一家纯文学杂志发表,他就跟小说发生了关系。小说编辑鼓励他的同时,也郑重其事地告诉他:民间故事新闻报道通讯特写包括纪实都不是严格意义的创作,创作是虚构,需要想象力。然后是各种文学讲习班,读书会,专家学者评论家,狂轰滥炸各种主义,各种流派,马奋棋记了几大本,也买了好多书积极进补,就这么啃啃巴巴弄出一批小说,有短篇有中篇,差一点要弄长篇小说了。他都做这方面准备了。他翻到当年那个小说编辑的信件,满满两大张,重要句子他都用红笔勾出来,虚构与想象下边划了两道红线,他就觉得编辑这封信比专家学者们的大部头专著管用,不就这两个词嘛。他出于农民的聪明与谨慎,决定把根基夯实些,再细细琢磨琢磨这个虚构与想象,他觉得他的虚构能力与想象力还有点欠缺,这个时候他就很意外地在儿子就读的渭北大学听了那场有名的学术报告,茅塞顿开,一忙就是两年,又一次歪打正着,弄了两大卷《渭北民间故事集》一炮打响。他也快六十岁了,快退休了,他才明白虚构与想象力就是他曾经很熟悉的"胡然(粘)""冒鞭(编)"。付出的代价也有点太大了,宝贝女儿马萌萌都赔进去了。马奋棋把书摔到墙角,编辑的信也撕了,白蝴蝶一样轻轻落地上。他只有一个愿望,但愿发生在女儿马萌萌身上的故事是小说不是现实,是虚构不是现实,是想象不是现实。

马奋棋还记得女儿进门的时候他有多么紧张,他用文学名著以及戏曲中所有被损害的女子形象对女儿进行了极不合理的想象,事实再次证明马奋棋的想象力有多么糟糕,他总是落入传统作品中的"弃妇"俗套,没有任何创意。女儿马萌萌那双燃烧的神光四射的眼睛就让他大吃一惊,他的阵脚全乱了。乱中有喜悦。女儿那样子完全是胜利凯旋,好像没吃亏。理智告诉他女儿吃了大亏,女儿的状态又告诉他没吃亏。有一点马奋棋是清楚的,必须赶快嫁人。

第二章

没人逼马萌萌,马萌萌自己想嫁人了。那是一年后的事情。从出事到结婚,应该有这么一个过渡。张万明一年没露面,好像从人间消失了。马萌萌眼睛里的神光就慢慢地暗淡下去,其他男人可以接近她了。

大家还记得马萌萌再次出现的那天中午。马萌萌早晨上班,午饭时露面,小县城的工作人员大多是本地人,三条大街步行或骑车眨眼就到家,午饭也就在家里吃。年轻人就不一定,小城有小城的好处,面皮凉粉鸡蛋醪糟肉夹馍,都是本地人自己做的几块钱就能吃饱。大家就看见马萌萌从单位的玻璃门里飘然而出,拾级而下,落落大方地进了小吃一条街,慢条斯理地喝一碗鸡蛋醪糟,吃一小碗甑糕、一碗炒凉粉,用纸巾擦了嘴也不像大家那样随手一扔而是丢进垃圾桶,也不急着离开,慢悠悠地逛一圈,又懒洋洋回单位,肯定要喝喝茶休息一会儿。公家单位,每个办公室都有电脑,上网聊天看电影也说不定。马萌萌就这样在大家眼前晃一圈,大家眼睁睁看着她进楼。空气都静下来了,静了那么一会儿,有个卖烤馒头的中年妇女提醒大家,"哎呀,品麻得很么,品麻得就像个太太。"马萌萌彻底颠覆了大家对她的种种猜测。

马萌萌也不是每天都逛街,毫无规律可言,用我们当地人的说法,跟狗的脉搏一样忽高忽低,没个准。马萌萌首次亮相的地方在小吃一条街,这条街上的摊主们就兴奋了一整天,尤其是马萌萌就餐的那几家摊位,生意特别红火,大家就盼着马萌萌再次出现。马萌萌好像知道大家的心思,就是不出现,就像个垂钓高手,钓大家的胃口呢,生意人太明白这个道理了,但又说不出来,心照不宣的事情说破了不好。

马萌萌有时回家吃午餐,老娘做好饭,等马奋棋和女儿马萌萌,老娘等了整整一个礼拜,都要发脾气了,女儿马萌萌突然回来了,好像给老娘很大面子,从老娘受宠若惊的样子就可看出来。马奋棋还不错,拿得稳,只说一句:"回来吃饭嘛,让你妈着急,操心。""我天天回来呀。"老娘马上接住女儿的话:"你在家里吃的是早饭晚饭,中午你吃啥呀?""中午嘛不吃饭逛逛街。"马奋棋就说:"萌萌怕发胖,节食呢。"马萌萌就说:"还是我爸了解我,女人要善待自己。"马奋棋让"女人"这个词刺了一下,就像一把利刃穿心而过,他的头垂下去,都要贴到胸口了,女儿说自己是女人说得那么顺溜,完全是下意识,也就是说女儿从心理上认了这个现实,再也不是女儿身了,再也不是黄花闺女了。马奋棋幸好还有口气,很快缓过来,手里攥着杯子,杯子里有热茶,热气腾腾,他心里翻江倒海的时候,不由自主喝了两口,就把一切都掩饰过去了,又成了一个真正的父亲。"萌萌呀,早饭要吃好,中午随便,上网时间不要太长,电脑有毒呢。"女儿笑了。这是女儿归来后第一次微笑。马奋棋还是觉察到这种笑容的不同,不再那么柔和那么甜美了,有棱角了,冷峻了,从一幅画变成一座雕塑了。女儿摆摆手走了,马奋棋还在发呆。

马奋棋同志也在变嘛,马奋棋在女儿归来的第二天,戴上了眼镜,穿上了高领风衣。马奋棋这种年龄这种职业,二三十年前戴眼镜也不奇怪,但马奋棋同志农民出身,身体棒视力好。女儿马萌萌

好人难做　33

灾难性的事件让马奋棋深深地感受到了眼镜的好处,那等于一道马其诺防线,一个缓冲地带,一道防火墙,最起码也是一个士兵所必需的小小的掩体。别人难以看清你的面孔,特别是眼神。我们可想象马奋棋同志的眼镜有多么壮观。老婆一眼就看穿了他的鬼把戏:"你把那张脸揭了去,还是个大男人呢,还不如个婆娘女子,不就嫌萌萌做下丢人事了吗?人家害了咱女子,不是咱女子害人家,你狗日的把事情弄清楚。"关键时候老婆总是这么干脆利落。马奋棋刚摘下眼镜,女儿马萌萌就进门了,就看见马奋棋手里的眼镜了,老两口提心吊胆面面相觑,怕女儿再受刺激。女儿的反应大大出乎意料,女儿没心没肺地叫了一声:"哈,眼镜,我爸戴眼镜啦,戴上呀戴上呀。"马奋棋还愣着,女儿就给爸爸戴上了,女儿就乐了:"啊!帅呆了,爸你知道你像谁吗?麦克阿瑟,地球人都叫他麦帅。"马奋棋的身边还回响着老婆的斥责声,马奋棋在他最不是男人的时候让女儿如此赞美,马奋棋就觉得女儿在讽刺他在嘲笑他,马奋棋的神情比较怪诞。其实那是女儿受难以来最开心的笑。

女儿以为父亲马奋棋不自信,女儿就从单位电脑上下载下麦克阿瑟的相片,就是那个戴着眼镜含着葵花秆烟斗的大头像。马奋棋拿着照片看了好一会儿,才明白他买的这副眼镜也是有来头的。女儿是诚心诚意地赞美父亲马奋棋。马奋棋就戴着眼镜上街了,感觉是特别的好,满大街的人全被隔开了,整个世界也被隔开了,单位的同事,顶头上司王馆长,政府各部门的熟人,全被挡在外边。这个鸡巴世界,惹不起咱躲得起呀。

马奋棋就想更多地了解这个麦克阿瑟,联合国军总司令,在朝鲜跟志愿军打过仗,让彭德怀打败了。电影里小说里就这些内容,马奋棋小时候就知道。马奋棋找来一堆资料,外国人写的中国人写的各种麦帅的传记,看完后还意犹未尽,又找到盗版碟《麦克阿瑟》,导演导过《巴顿将军》,很过瘾。只要见到麦克阿瑟的东西,马奋棋都要瞅上几眼。马奋棋就很容易在地摊杂志上找到几本有关麦克阿瑟的民间野史,连准印号都没有,一看就知道是本地民间艺人所为,典型的《封神演义》手法。我们那地方是封神榜的发源地,三霄布黄河阵,闻太师兵败绝龙岭,还有土行孙被斩首的地洞,都分布在县城北边的群山里。封神版的麦克阿瑟,仁川登陆前,患上令人难以启齿的轻度阳痿。这个民间故事大王一本正经地告诉我们:麦帅打败日本,在东京过了一段安逸的日子,一员猛将不能太安逸了,人家巴顿就很幸运,攻占了柏林就死于车祸,真正的军人与战争共生死,和平生活等于慢性毒药,麦帅就有所松懈,就开始放纵啦,有红颜知己啦,有那么一个漂亮女兵终夜陪伴在身边,麦帅慢慢吃不消了,朝鲜人民军猛攻釜山那会儿,麦帅就已显颓势,不能与情人齐心协力,情人百般温存,媚术用尽,才勉强让麦帅体面撤离。马奋棋咋看都像在看殷纣王戏苏妲己,用民间的说法,苏妲己是女娲娘娘派到人间毁殷纣王江山的,女人的战争在炕上,把龙涎倒光,把炕压塌,天下也就完了,龙涎耗尽的君王连平头百姓都不如,甚至不如一条狗。民间另一个版本,苏妲己原本已许配周文王的长子伯邑考,纣王硬夺了妲己,妲己就跟女特务一样从堡垒里边内应周朝大军,毁了纣王的天下。麦帅开战前就耗光了男人的宝贝,彭德怀一反击,麦帅就没戏了。彭大将军,我操,横刀立马唯我彭大将军,毛主席给封的,马家军的骑兵都抵不住嘛,百团大战日本人都抵不住嘛,天子门生胡宗南都跑台湾去了,老彭将军不下马,一口气就过了鸭绿江。人家彭大将军只一个夫人,从不乱搞,没有绯闻呀,精气神那个足呀,国军日军全打,再跟美军打一把,脸不红心不跳气不喘,一口气连败美国三员大将,麦克阿瑟之后的李奇微、克拉克,比麦帅年轻,也不乱搞女人,才避免了全军覆没被赶下大海的危险,赶紧和谈,否则还得换帅,都换三次啦,再换

好人难做 35

就没人来啦。作者就像重述《封神演义》《三国演义》《隋唐演义》。马奋棋看着看着就想到了那个大流氓张万明,这种人就应该把龙涎耗光,日他妈就不祸害女人了。狗日的张万明你杀人去你放火去你日你先人你一辈子就会祸害女人。据马奋棋所知,张万明祸害的女人几十个不止,但人家都在暗中,没有啥动静,只传些流言蜚语抓不住把柄,女儿马萌萌可是天翻地覆呀。马奋棋就有点同情麦克阿瑟,一世英名毁在女人手里,包括那个大昏君殷纣王,江山都毁了嘛。

瞎女人毁男人,好女人被男人毁,就这么简单。女儿是受害者,女儿不能再受伤害了。女儿还支持他戴眼镜,这么好的宝贝女儿世界上有几个?马奋棋擦了擦眼镜,细细看一会儿,戴上,还照了照镜子。

下班回家他就告诉女儿:"要珍惜自己。"女儿的眼睛从碗边露出来,马奋棋又看到了女儿少女时那双清澈的眼睛。女儿用眼神倾听了父亲的忠告,就多喝了一碗豆豆米汤。当地人把喝豆豆米汤当做人生一大享受,爷爷奶奶喊孙子回家,就扯嗓子吆喝:狗娃回来,狗娃喝豆豆米汤——

女儿马萌萌跟张万明翻脸的那天就不想再吃亏了,回到我们那个小城她吃得好穿得好一点也不委屈自己。父亲马奋棋还是觉得女儿太委屈,需要全人类最大的关怀。父亲的话再次引起女儿的共鸣,女儿不是那种没教养不懂事的女人,女儿不怎么看重吃吃喝喝修饰打扮,女儿自然而然地想到了天下所有女人都应该有的归宿:婚姻。没人逼她,甚至不能说父亲暗示或者引导,父亲完全把她当孩子,女儿马萌萌就知道她该做什么了。那些一直关注马萌萌的男人们终于盼到了这一天。

女儿用一年时间严格挑选,最后把目标锁定在两个截然不同的男子身上。一个老实,一个灵活。马萌萌犹豫不决是有道理的,也是有眼光的。毕竟跟着张万明跑了一趟,情场如战场,锻炼人哪。

这个精明男子很容易让人想到张万明,不是指外形,她恨死狗日的张万明了,随着交往的深入,她心里一惊就跟蛇咬了一样就跟火星落身上一样差点跳起来。这个时尚男子请马萌萌喝咖啡,跟柜台小姐斗嘴跟男服务生开玩笑,殷勤地给她递纸巾,搅咖啡点烟那么优雅。她不止一次问过他我是有过麻烦的女人。人家就大大方方地告诉她,都什么年代了,你以为我是鲁四老爷。人家进而告诉她:有阅历的女人更成熟更有魅力,小丫头清纯,可那是蒸馏水,跟矿泉水没法比,单纯意味着单调呀。这话说得太高明了。马萌萌脸上闪过一丝笑容,侧着脑袋轻轻搅动咖啡。男子就产生错觉,唐伯虎点秋香也有三笑呀,战火中归来的马萌萌才笑了两次,该男子就铤而走险微微一笑,说:"女人最美的状态是咖啡,那都是结婚以后。"马萌萌差点跳起来,狠狠盯着男子,男子也不避其锋芒,目光迎上去。马萌萌就不再掩饰自己,就从男子的烟盒里拔出一支烟,再用男子的打火机点上,一口咽下半截,再吐出来,肺腑的幽兰之气与烟雾相伴,全喷在男子脸上,男子就晕了,从头到脚烟雾缭绕,燃烧起来了,湿木头烧不出火焰,马萌萌说:"谢谢你的咖啡。"马萌萌就走了。

张万明曾经用咖啡形容过女人,那是他们私奔一个月后。张万明与马萌萌一路游山玩水,住小旅馆,挤一个房间,但从不对她动手动脚。一个月后玩累了,就去渭北市逛大商场逛超市买衣服,住大酒店。酒店吃住玩一应俱全,有点度蜜月的意思,他们就在酒店吃了西餐喝了咖啡,很自然地住在一起,马萌萌的少女时代就这样结束了。她还记得吃西餐时朦胧的烛光,烛台是黄铜的,烛光是金色的,一道道西餐,就像一幅幅油画,色彩斑斓,如梦如幻,极大地满足了少女的浪漫情怀；与牛排比萨饼罗宋汤相配的红葡萄酒更是锦上添花,马萌萌就有点陶醉,上电梯时就紧紧抓住张万明的手,脑子里却清澈如水、绝对是水,嘉陵江的水,太白森林里的溪水,还有风,关山牧场的骏马与风,全都成了画面——闪现。更动人的画面在呼唤。进了房间,就很自然地拥抱在一起。然后就相拥在床上看电视,插播的正好是雀巢咖啡的广告,画面上那个漂亮女人喝一口热咖啡,笑眯眯地说：味道好极了。马萌萌就是这种心情,这种心情必须得到进一步的发挥,有情人心有灵犀一点通,张万明就及时点上眼药。

"激情燃烧的女人就是咖啡的味道。"

马萌萌狠狠盯着张万明,遥控器把电视声音放小,张万明就断续发挥,毕竟是老江湖了,犹豫了,望着笑哈哈的马萌萌,马萌萌刮一下他的鼻子,他也成马萌萌手里的遥控器,脑子不听使唤了,听马萌萌指挥了,马萌萌鼓励他："你说你说嘛。"阅尽人间春色的老狐狸张万明同志就这么不经意地说出了让他后悔终生的话："男人跟女人拜堂成亲进洞房,女人就稠嘟嘟香喷喷有滋有味了。"马萌萌就把拜堂成亲进洞房记死死的,笑成了一朵花,电视轰一下爆炸了一样,把张万明吓一跳。马萌萌把电视声音放最大,豹子一样从床上一跃而起跳到地上,光脚动手冲咖啡,酒店有咖啡,就是电视广告里宣传的雀巢咖啡。马萌萌冲了两杯,还要亲眼看着张万明喝下去,还要问张万明味道咋样？张万明只好重复那句广告词,张万明知道此时此刻马萌萌在心里重复他张万明说过的拜堂成亲进洞房,张万明叫苦不迭又不能流露,表情麻木身体也有点硬,马萌萌亲他一下："辛苦啦,好好休息。"马萌萌扶着张万明躺下。马萌萌蹿出蹿进,整理两个人的衣服,脏衣服攒一大堆。张万明说："叫服务员洗,酒店有这种服务。"马萌萌根本不听张万明的,买了洗衣粉肥皂,自己动手洗衣服。

这一天是他们关系的分水岭,在此之前都是张万明伺候马萌萌,马萌萌就像猫一样,从这一天开始,也就是晚饭后不到一小时,刚刚完成少女到女人这一历史性转变的马萌萌就从猫变成豹子,开始伺候张万明。张万明喝完咖啡,刚把烟噙上,马萌萌就给他点上火,他言不由衷地告诉马萌萌:"我自己来自己来。"

"我乐意,你管得着吗你!"

马萌萌不但给他点烟,还给他搓脚。他是懂女人的,他不能再拒绝。他一边享受,一边告诫自己:"兴许是我太敏感啦。"

他们出出进进,逛大街,看通宵电影,马萌萌跑前跑后,生机勃勃,还真像西北高原上金光闪闪的金钱豹。张万明同志很快就尝到了豹子的厉害。

在张万明的经验里,他交往过的女人有两类:已婚的与未婚的。已婚少妇,没什么大变化,顶多就是在丈夫身边刁蛮冷横,在张万明身边温柔勤快,典型的双重人格,与张万明交往可以恢复她们的本性,女人天性都不错,张万明同志不知道亲手调教过多少女人,就像高级培训班一样,从他身边走出一批批优秀学员,也算得上桃李满天下。未婚女子就比较麻烦,有个婚姻问题,最好是已经许配了人家,订过婚有未婚夫,至少也有男朋友,跟这些女子打交道就比较累,张万明同志必须跟小伙子一样伺候她们。等上了床,又会出现两种情况,有些女子依然故我,张万明继续伺候。另一类真是好女子,就像马萌萌这样,素质好,懂事,一看就知道是有教养家庭出来的乖乖女,知好歹,张万明同志只要开好头就可以了,说难听一点,哄上床就算革命成功了,人家女子跟你有了那一夜,就巴心巴肺开始伺候你这个大男人啦,女性的传统美德全都出来了。连女子自己都感到不可思议,在父母身边在男朋友身边在未婚夫身边既是乖乖女也是娇气宝宝,滴水不沾,跟大坏蛋张万明待一起就发生革命性的变化,心甘情愿,不要说做家务,做牛做马做狗都

好人难做　39

美滋滋的,这不是爱情是什么?苦中甜才是真正的甜,才是女人最需要的。

马萌萌显然突破了张万明的老经验,死心塌地不假,可咋看都是一头母豹子,要伤人的。张万明有这个心理准备。他们交往两个多月,也就是马萌萌跟张万明发生性关系,从猫变成豹子殷勤备至伺候人家张万明一个月后,马萌萌就热切地表达了想伺候张万明同志一辈子的极其美好的愿望,张万明也就冷静地告诉马萌萌:"我有老婆娃,我从来没有想过离开老婆娃。"马萌萌就吼起来:"咱俩算啥?啊?"张万明就不吭声了。马萌萌继续吼:"你这个骗子!大骗子!你咋不吭声啦你这个骗子!你嘴里把噙上啦你这个骗子!"张万明就反问马萌萌:"我骗你啥来?""哈哈,还有你这么无耻的骗子!还有你这么死皮不要脸!你亲口给人家说拜堂成亲进洞房。"张万明就问:"我说过拜堂成亲进洞房,我又没说跟你。"

"跟谁?你说跟谁?"

"跟我老婆么还能跟谁?人一辈子进一次洞房嘛,谁还想进第二回,我可不想进第二回,我可不想犯重婚罪,你这歹毒的女人心这么瞎,想叫我犯罪哩,连门都没有。"

"骗子!无赖!流氓!"

张万明不接话,望着天花板,一副死猪不怕开水烫的样子。马萌萌呜呜大哭。闹了三天,第四天,马萌萌改变策略,撒娇卖乖,张万明就积极配合,战火中的插曲,妙不可言。男欢女爱极其短暂,马萌萌又旧病复发,旧话重提,要永生永世跟人家张万明同志做正式夫妻,张万明同志在大是大非原则性问题上毫不退让。马萌萌就愤怒了,怒火中的豹子更像豹子,马萌萌愈战愈勇,就骂到了张万明的老婆,你张万明不是誓死捍卫老婆吗?咱就往你的疼处下刀。情人相爱如胶似漆,情人反目形同仇敌,往往就在瞬间,转换之快,电影镜头是万万跟不上的。张万明的脸就白了,张万明呼一下子站起来,披在肩上的皮夹克落在地上,张万明手指着马萌萌的鼻子:"赶快住口,听见没有,赶快住口。"

张万明如此诚恳地给马萌萌下最后通牒是有道理的。张万明以前遇到过这种女人,张万明没有及时制止,那女人骂他老婆,很快就骂到他娘,张万明就后悔了,脸都黑下来了。女人根本收不住嘴,天底下还有什么比骂别人的娘更痛快的呢?女人愈骂愈猛烈,已经成暴风骤雨之势了,张万明就以暴风骤雨之法严厉制止,一顿暴打,女人晕过去了,张万明就心软了。张万明同志还是很负责的,把女人送到医院抢救过来,伺候两个月女人才康复。张万明难受得要死,人家女人跟丈夫不幸福,弃暗投明投入他的怀抱,最后落这么一个结局,女人离开他的时候大哭一场,然后面如死灰地跟丈夫一起老老实实过日子。《红楼梦》说了嘛,女人是水,可以是江河湖海,也可以是洪水猛兽,你千万不要让水泛滥,把美丽女子变成泼妇。

马萌萌已经突显豹子风格,相当可怕了,这么好个女娃万万不能让她重蹈覆辙。就在马萌萌无视张万明同志的严重警告,又一次辱骂人家张万明同志老婆的时候,张万明同志毫不客气地抽了马萌萌两个耳光。马萌萌愣住了,还摸了一下挨过巴掌的脸,肯定是火辣辣的,比本地产的线线辣子还要红,又鲜又红,马萌萌一直把这种火焰般的脸色保持到返回县城以后,可以说是融愤怒与激情于一体,彻底颠覆了家乡人民对她的种种猜测,这是后话。当是时也,挨了巴掌的马萌萌完完全全变成了一只豹子,扑上去连抓带挖。张万明同志没有还手,男人打女人不能真打,制止为主。人家马萌萌只有动作没有声音,也就是说马萌萌不再骂人了,一门心思抓张万明的脸。张万明有点惨,脸上脖子上出现好几道血印子,火烧火燎。再这样抓下去整个脸就沟壑纵横了,张万明就一把推开马萌萌,拎上衣服摔门而去,再没回来。不到两小时,马萌萌也离开房间。

马萌萌在卫生间洗漱的时候发现指甲缝里全是张万明的皮肉,马萌萌就觉得自己够狠的,那些皮肉带着血呢。马萌萌好长时间不敢看自己的手。

马萌萌离开我们县城那个咖啡屋,在大街上走着走着就不由地举起手,看了一眼,马萌萌就笑了。

"谁叫你欺负我来?你以为我好欺负呀。"

这是马萌萌离开张万明以后第一次想起这个王八蛋。都是这个瓜皮小伙子献殷勤献过头了,本来马萌萌对他印象不错,马萌萌的一张笑脸就让他原形毕露,拿咖啡比女人。马萌萌已经相当成熟了,已经能够透过现象看本质了,马萌萌在小伙子身上看到了张万明的影子,黑血翻滚都冲到脑门子上了,她还是忍住了,从容撤离。

第二个人选太一般,差不多接近大家的猜测,长相职业家境都比较差,就心眼好,实诚,叫人放心又有点委屈。马萌萌不想委屈自己,就对这个小伙子若即若离,给人家一点希望,也等于给自己留条后路。这条曲里拐弯的羊肠小道眨眼间成了金光大道。马萌萌在这条大道上走得不怎么利索,可以说相当悲壮。

她走到背街没人的地方,掏出手机,好半天才翻出那个人的小灵通号码。她又犹豫了,她攥着手机,等了一会儿。我们那座县城原来只有一条大街,这些年大兴土木,南北又扩建两条大街,中央大街、南大街热闹,北大街冷清,大家就把它当背街,偶尔过几辆车子,行人很少,心事重的人,有秘密的人,就会转到背街。马萌萌把背街走了一遍,很快就走到尽头,站巷口,巷子对面是热热闹闹的中央大街,马萌萌站在冷水区看热水区,马萌萌的心就热起来,马萌萌就按响了手机,只响一下,那边就通了,马萌萌还没吭声,那边就萌萌长萌萌短地叫开了,就要立马赶过来,就一个劲地问马萌萌在什么位置,手机都被那个人嚷嚷得发烫了,对面那条热热闹闹的大街好像贴在马萌萌的耳朵上了,那人忽然开窍了,叫马萌萌站着别动,"我马上出来,我能找到你。"马萌萌反倒慌了,"你不要过来,不要过来,我有点急事,下个礼拜。"关上手机,马萌萌还不放心又细细看手机,好像那个满腔热情的家伙会从手机里跳出来,确定不会出现这种奇迹后,马萌萌把手机装进包里,拉上拉链。"傻瓜,真是个大傻瓜,我咋就叫这个傻瓜给唬住了?"

  县城不大,就东西三条大街,南北六条小街,再扩建也建不成西安宝鸡那种规模,这个大傻瓜一条街挨着一条街找下去,别说找马萌萌这么个大活人,就是一把钥匙也能找到,人家不傻。马萌萌想到这里就笑了,心里也踏实了,就是想不起那个约好下个礼拜见面的傻小子长啥模样。

  整整一个礼拜,马萌萌都在琢磨那个傻小子的模样,仅有的一点线索就是有这么一个人,对马萌萌有意思,马萌萌没明确表态,人家锲而不舍,马萌萌记下了人家的革命热情但记不住人家的模样。马萌萌怕见面闹笑话,认错人。更重要的是马萌萌开始考虑他了,他进入马萌萌的视野了,马萌萌要拿正眼看人家了,却没有形象,几乎是个无形人。马萌萌自己笑自己。反正他会出现的,马萌萌也不自寻烦恼了,等着就是了。

  跟马萌萌估计的一样,周一上班,那个傻小子就把电话打过来了,马萌萌就故意逗人家:"急啥吗,不是说下礼拜吗?"人家就更急了,就一板一眼跟马萌萌讲道理:"上礼拜约的嘛,到这礼拜已整整一个礼拜嘛。"

  "你当出纳还是当会计?"

  "你抬举我哩,我干不了那么好的工作,我搞内务打杂。"

  "你那么会算账,算得那么细。"

好人难做 43

"你讽刺我哩,挖苦我哩。"

"你生气啦?"

"没有没有,我高兴着哩,电话打通啦我就高兴,我怕打不通电话,我跟你说着话,我高兴得跟啥一样。"

"礼拜三咋样?"

"好好,就礼拜三,礼拜三我给你打电话。"

见面的地方在一家生意红火的饭馆,里边吵吵嚷嚷人气很旺。马萌萌肯定晚到几分钟,上到二楼,都是隔板隔开的小座位,两个人或四个人,一面敞开,半封闭,比一楼好一点,但还是有些吵。马萌萌在楼梯停了片刻,还是上去了,马上有人奔过来,她还以为是服务员,人家喊她名字她才知道是约她的这个傻小子,胖乎乎的中等个儿,圆脸,憨憨的,笑容很夸张,整个人就像个大红薯,热乎乎的,起码不叫人反感。落座后,傻小子把菜单递上来叫马萌萌点菜,马萌萌推过去,笑眯眯的,"你点,你点啥我吃啥。"傻小子真傻:"我可不敢点,我请客哩我点菜我成啥了?我瓜吗我?我周怀彬又不是瓜熊。"我们就知道人家叫周怀彬,周怀彬还对他这个古奥的名字做了一番解释:"咱们周原人是周文王周武王正宗的传人,咱们的老先人远古时候从豳地迁到周原,这豳后来简化成彬,就是现在的彬县,自从周人迁居周原,就没有忘记彬县,从远古就代代有人起名叫怀豳,今天叫怀彬,我爸爱我就给我起了个老名字。"马萌萌就笑了。周怀彬就说:"你都笑了,你点菜你点菜。"跟老实人不说实话还真不行。马萌萌就说:"我叫你点菜是看你的水平哩。"这话咋听着都是个实话,周怀彬还是琢磨了半天,"咱俩谈对象哩,以后还要过日子哩,吃饭起码得对口味,考考我是应该的。"这也是一句大实话,让马萌萌吃惊不小,觉得这个周怀彬还真是个人物,忍不住笑了,周怀彬就叫起来:"哈哈,你又笑了,我就有希望啦。"周怀彬很认真地看着菜单,就像学生在琢磨考题,眉疙瘩缩得紧紧的都缩成花卷了,估计琢磨得差不多了,就招呼服务员:"女子,过来。"过来一个碎女子,穿着红袄袄系着蓝花花围裙,拿着圆珠笔和本本子,周怀彬报了一个烙面皮,瞅一眼马萌萌,马萌萌就笑一下;周怀彬又认真地翻过一页,报一个腊驴肉,望一下马萌萌,马萌萌又笑一下;周怀彬得到鼓励再报一个酱牛肉,没等周怀彬望她,马萌萌就说:"够啦够啦。"周怀彬说:"再点几个再点几个。"马萌萌就说:"你把我当甘肃麦客。"开一瓶汉斯啤酒,主食要两碗一口香臊子面。周怀彬叫起来:"臊子面我要吃二十碗。"马萌萌说:"吃完再要。"服务员也说:"吃完再要。"臊子面不经吃,面皮吃完了,腊驴肉和酱牛肉剩一大半,马萌萌一定要周怀彬吃完,周怀彬不愿意:"凉女婿给多少吃多少,我又不是凉女婿,我不吃。"女服务员捂住嘴笑:"这里是饭馆,不是丈母娘家,你跟对象吃饭哩,又不是跟丈母娘吃饭,你想吃多少就吃多少。"周怀彬拍一下后脑勺:"哈,你心太细了,跟麦秆一样,你让我只吃一碗臊子面,就是给肉打主意哩,我就不客气啦,我还饿着哩。"周怀彬把两盘肉吃光,马萌萌递上餐巾纸,服务员倒上热茶,服务员就说:"大姐有福呢,女婿嬝得很,啥都听你的。"

　　见了几面,就见父母。马奋棋望女儿好半天:"萌萌,千万不要委屈自己。"女儿的回答让马奋棋吃惊:"我再不珍惜我自己我就是一头猪。"马奋棋差一点叫起来,马奋棋没叫,马奋棋声音反而小下来:"你没听懂爸的意思。"

　　"我又不是瓜子,我还不知道个屁臭麻糖香?"

　　"那你就说说屁臭麻糖香。"

　　"我要嫁一个爱我的人,啥都听我的,我想咋过就咋么过。"

　　"你咋这么瓜,你不能光让人家喜欢你,关键是你喜欢不喜欢人家,对女人来说这比命都重要。"

　　"既然这么重要,我就决定了。"

马奋棋没劝住女儿,反而让女儿加快了速度,女儿提出要与周怀彬订婚。首先得到母亲的欢迎,母亲脱口而出:"怀彬老实,萌萌不吃亏。"马奋棋狠狠瞪老婆一眼:"现在娃娃伙跟过去不一样啦,你以为老实人是香馍馍?往后麻烦大着哩。"老两口争来争去,女儿马萌萌一句话就把马奋棋打晕了:"我知道我爸贼心想啥哩,怕女儿以后惹麻烦影响他前途,都快六十岁了,升不上去了,就轻轻松松活人吧,操那么多心做啥呀?心劳了屙肉渣呀。"马奋棋指着女儿连话都说不出来了,吭哧半天就一个:"你你你。"女儿攥住马奋棋的手指头也不拨开就像抓住一根树枝,还摇了几下:"嘴里说的你你你心里想的我我我,你心里那么一点小九九想糊弄谁呀,我我我,还不是我哥,我哥是大学生,找了个城里媳妇,亲家又是重点中学的校长,要多体面有多体面,你女子不争气,把体面婆家断啦,我爸在小县城做不了体面人在渭北市做体面人呀,我也告诉你我偏要嫁给周怀彬,周怀彬不伤你的体面,戳到我爸的痛处啦,我爸鼻孔都歪了。"马萌萌手一松,马奋棋后退几步坐沙发上,老婆拧女儿马萌萌的耳朵,"死女子,你把你爸气死呀。"马萌萌嬉皮笑脸,"我可不敢气我爸,我爸自己气自己哩,跟我没关系。"

"死女子,嘴不饶人。"

"我不是死女子,我是瓜女子,瓜女子配凉女婿,天造地设金玉良缘,我不急把我爸急的。"

喝了老婆端来的热茶,马奋棋总算缓过气来,"你娃总有一天会想起你爸是为你娃好,人活一辈子不容易,爸再问你一句,在周怀彬之外就没有你喜欢的人了?"

"有那么一个,被我淘汰出局了,你对他感兴趣?你还有当侦探的爱好?"

马萌萌咄咄逼人,马奋棋无言以对。

自从女儿归来,马奋棋那双眼睛就没离开过女儿,晚上睡觉都睁着眼睛,女儿在咖啡馆与那个精明漂亮的小伙子见面,马奋棋就为女儿的选择感到吃惊,马奋棋一眼就看出小伙子与大流氓张万明所共有的东西,马奋棋暗访了张万明的老婆。

在马奋棋的想象里,张万明的老婆要么是个懒婆娘,管不了男人,男人干啥都无所谓;要么就是个荡妇,一对狗夫妻互相耍流氓;还有一种可能也许是个好女人,好女人命不好,落在混账男人手里,苦不堪言,完全可以命之为《苦难》《命运》《女人的一生》。马奋棋见到的是一个贤惠的女人,他冒称张万明的朋友,人家就热情接待,是在城郊的一个小院里,干净整洁,公公婆婆都健在,慈眉善眼,干干净净,媳妇把老人伺候得很好,老人打个招呼到他们自己屋里看电视,秦腔戏,百看不厌。女人把马奋棋让进屋里,墙上全是张万明儿子的奖章,女人自豪地说:"得过奥数一等奖呢,明年保送清华没问题,校长下了保证。"马奋棋知道这种特优生许多学校抢都抢不到。马奋棋还是曲里拐弯告诉女人你丈夫在外边乱搞女人,女人就变了脸,指着门口,声音不大,"你出去!原来你是给我们家万明扣屎盆子的。"马奋棋就往出走。女人嘴没停,"他叔你是第二十五个啦,老妖精碎妖精来过不少,你个大男人也来凑热闹,我万明人利气人俊样,打跟我结婚这屎盆子就没停过,咱又抓养这么灵性好学的儿子娃,满世界的人都想给我万明找事,我万明躲出去啦,躲鬼哩躲灾哩,把他娘给日得没皮啦,本事大把我家烟囱拔了。"马奋棋越走越快,后边一片笑声。

笑声很快传遍县城。马萌萌就怪怪地问父亲马奋棋:"张万明老婆把你修理得不轻么?"马奋棋脸就红了。女儿马萌萌就有点恶狠狠了,"我可不想过张万明老婆那种日子。"马奋棋都不知道他能说出这么愚蠢的话,"张万明的老婆是个贤妻良母。"

"我告诉你,我不想做这种女人。"

马萌萌就给周怀彬打电话,告诉他,后天就办订婚仪式。周怀彬在电话那头跟机关枪一样连问十几遍"真的吗？"手机跟鱼一样摇头摇尾都要从马萌萌手里挣脱下来了。

马奋棋黑风罩脸，这是马奋棋有生以来最愤怒的时候。老婆都害怕了，都抖起来了，老婆不停地抻女儿的袖子，女儿干脆把红衫子脱下，塞老婆怀里，眼睛却盯着父亲马奋棋那张黑脸，"你给谁黑脸哩，我也把话撂这搭，你女不争气，瞅下周怀彬这么个凉女婿，过了这个村就没那个店啦，兴许我不再嫁人，老死在娘家，你还能把我剁了煮了？"把马奋棋给吓住了，"我的爷爷，我咋养下这么个货，活活把人往死里气。"马奋棋捶胸顿足。老婆把女儿往出推，女儿就说："你真把我推出去我就不回来了。"老婆说："到你房子里躲一躲。"女儿说："我就在这待着，我听爸唱戏呀，爸你嗓子不行么，我给你弹电子琴。"女儿狼心狗肺啊，女儿上初中那年全家进城，马奋棋就给女儿买了一架雅马哈电子琴，跟城里娃一起去少年宫学音乐。女儿一提电子琴，马奋棋就不吼叫了。女儿变戏法似的拿出一条热毛巾，盖在马奋棋脸上细细擦一遍，然后蹲沙发跟前揉马奋棋的胸口，捶马奋棋的背，马奋棋任凭女儿摆布，绷紧的脸慢慢缓和下来，红润起来，长长叹口气，"把爸气死，你就酥心啦。"马萌萌就说："谁也没气你，你自己折腾你自己，你女给你找个凉女婿么，又不是一条狗一头猪，你吼叫啥哩！"马萌萌手上劲越来越大，马奋棋前后摆晃，女儿突然停下，"你还把你当碎娃哩，要人哄哩，我警告你后几个订婚你可别吊你那张黑脸，小心我拿红帖纸给你粘住。"老婆就说："你把你爸当啥哩？你爸好歹是个馆长又不是浆子官。"

女儿马萌萌订婚在即，一定要请几个乡下的长辈，马奋棋亲自去请。马奋棋骑上自行车，高领风衣，麦克阿瑟大墨镜，就像民国时期的特务，就差一把枪了。出了城，马奋棋想摘掉眼镜，手都伸出去了,不行,绝对不行,眼镜已经与眼睛融为一体,摘眼镜等于挖眼珠子。进了村,没人敢认这个外星人。马奋棋可以自由地认人家,都是家族的长辈,就不客气地要他摘下大墨镜说话,他就解释:"医生不让摘。""害病啦?""点灯熬油写书呢,费眼睛嘛,跟咱下地干活费力气一样嘛。""睡觉咋办呀?""拉灭灯就可以摘下。""怕光,怕风,这么高的大衣领子。""咋跟林彪一样,林彪就怕光怕风怕毛主席。""胡说啥哩,咱奋棋是大作家,林彪是瞎松是阴谋家野心家卖国贼,咱奋棋得过奖上过报纸,林彪得过奖吗?"当过村干部的长辈马上制止大家的胡言乱语,有人还是嘀咕了几句:"一年四季全在黑夜里,跟蝙蝠一样。""给你说了嘛,眼睛有病,医生让戴能不戴嘛?听医生呀还是听你呀?""听医生的听医生的。"

眼镜就牢牢地扣在眼窝上,马奋棋可以不动声色地在镜片后边看每一个人,外边的人谁也看不见马奋棋,麦克阿瑟到底是个军人,设计的眼镜也是军人风格,兼备盾牌装甲头盔与蒙面大盗种种优点,美观大方安全,关键是安全。

家族的男人们聚在屋里议事,女人们端茶送水上菜上酒上饭,女人们不停地打量被墨镜和风衣包裹起来的马奋棋,男人们咳嗽一声,女人们就赶紧退出,女人在场,男人们就不说话,就咳嗽,女人们也不敢偷看。吃完饭,议完事,男人们送马奋棋出去时,本家族的女人们也没认出马奋棋。村里人就问"阿达的亲戚?""城里的亲戚。""西安?宝鸡?岐山?凤翔?阿一个城嘛?这么给人说话!街坊邻里哩!啊呸!"家族的人不接话,往回走。马奋棋出村时还听见有人说难听话,"又是眼镜又是风衣,扎那么大个势,坐小汽车嘛骑自行车贩猪娃呀?"

女儿马萌萌跟梁局长儿子订婚时,村里人见识了新女婿开的小汽车,后边跟一辆小面包车,专门来接家族的长辈。那种风光不

好人难做　49

会再有了，马奋棋发誓再也不回村里了。村子离县城二十多里路，女儿惹的祸早都传遍全县的各个角落，家族的男人们跟马奋棋保持高度一致，严密封锁萌萌二次订婚的消息，家族里的女人也不知底细，女人嘴碎，结婚时再说也不迟，一定要等到婚礼那一天，面子比啥都重要，人就活个脸么，目前还得把脸捂住。马奋棋心里清楚，他的脸要捂相当长一段时间。真要感谢这副麦克阿瑟眼镜，真要感谢这身高仓健式高领风衣，把他的脸捂得严严实实，简直成了隐形人。

自行车在乡间土路上颠晃，田野，行人，包括头顶那颗大太阳都被挡在墨镜外边。马奋棋扶一下眼镜，完全是一种感谢与安慰，还拽了一下风衣领子。正好是晚春季节，麦子油菜长势凶猛，还有豌豆、豆荚很嫩，闪着绿光。在黄土高原，嫩豌豆从来都是一道美味，豆粒和褪皮的豆荚香甜可口。千百年来流传着这样一个笑话，一个被斩首的罪犯，还向往着嫩豌豆，从刑场一口气跑到田野上，寻找豌豆地，他走遍千山万水，总算走到豌豆地边，摘一把豆角，剥开，褪皮，豆粒和豆荚一起送到嘴里，才发现头没了，嘴也没了，哇一声就哭了，哭得那么伤心……马奋棋泪流满面，他都不知道他咋拐进沟里的，自行车靠着崖，他哭得那么伤心，在渭河北岸的黄土沟里，前不着村后不着店，连个鬼都没有，正是男人伤心落泪的好地方，他就靠着崖吼吼地哭了一场。浑身舒坦多了。擦眼泪时都没摘眼镜，好像真有那么一个医生叮咛过他，他有眼病离不开眼镜，他就把眼镜扶起来从下边擦泪水。痛哭如同暴雨，雨过天晴，马奋棋又轻松上路。

路过小镇。其实镇不小，相当繁华，店铺林立，工商税务银行邮电公安一应俱全，网吧游戏厅歌舞也不少。马奋棋曾经在镇文化站工作好多年，镇上全是熟人，可大墨镜与风衣让他成了陌生人。半小时前在豌角地里，他差点成了传说中的无头人。镇上人都冷漠地打量这个陌生人。马奋棋干脆下车步行,甚至走到熟人跟前伸脖子望人家,人家往后躲,"弄啥你想弄啥我不认识你。"马奋棋就笑:"我把人认错了,对不起。"马奋棋都说话了,熟人就更惊慌了,听不出马奋棋的声音了,把他娘给日的,声音都消失了,马奋棋成了无形无声的鬼!马奋棋满脸怪诞的笑,谁也看不见那种瘆人的笑。马奋棋就走到王医生的诊所门口,王医生给一个患者量血压,正面对大街,就看见了隐形的老熟人马奋棋,王医生也一脸茫然,显然没认出老熟人马奋棋,但王医生说出的话让马奋棋心惊肉跳,"来来来,来了就是病人,我老王可是华佗再世,扁鹊重生。"马奋棋就没勇气与老朋友相认,他可不想拿眼镜作代价,他实在想象不出摘下眼镜他如何面对这个世界,他可以在家族长辈跟前装模作样,王医生不会让他戴着大墨镜坐朋友跟前喝茶聊天。王医生这个小诊所有马奋棋最伤心的往事。马奋棋匆匆离开小镇。

马奋棋已经坐在办公室了,手里端上热茶了,水杯里冉冉升起的热气更像是呼吸。也不知什么时候他手里有了一本杂志,翻过来翻过去,他读的是一篇小说《诊所》:

诊　所(《小说月报》2009.4)

王医生一个礼拜接待了三个特殊病人。所谓特殊病人就是未婚先孕的女子,在肚子大起来之前把娃娃刮掉。镇上就这么一家私人诊所,王医生人可靠,技术也不错,找王医生找对了。一般情况下王医生不干这种事,王医生口碑好就好在这里,王医生有良心。话不多,心里亮亮清清。王医生虽然是个医生,人还是比较传统的,用王医生自己的话说这种事损阴德。小镇没秘密。大家印象中仅有的几次刮娃娃都是王医生推脱不了的。也就是惹不起也躲不起的病人,具体地说是把人家姑娘弄病的那些男人,谁都惹不起。王医生干瞪眼没办法,病人轻松了,王医生轻松不起来;王医生要难受好几天。王医生的女人心疼男人,那几天就尽量做好吃的,就买当地人家养的土鸡,就把王医生的状况传达给大家,大家就觉得王医生是个善人。男人们就说王医生心太软,刀子在自己手里攥着,手硬一些么,看他还胡骚情不胡骚情,看她把腿夹紧不夹紧?这就是男人,死皮不要脸的男人,把女人害成这样子,还说这种话。男人们抽烟不接话,事情又不是自己弄下的,就没必要接这个话茬子。能干这号事情的男人,都是些啥人?反正不是善人。要说善人,还数王医生。这不是害人家王医生哩嘛。男人和女人的事情,一个愿打一个愿挨,日了就日了,不能老是往王医生这里送嘛,这不是日王医生哩嘛,你看把人家王医生难受的。

　　王医生还记得礼拜一大清早他心里就乱慌慌的,心跳得那么快,就像得了心脏病,王医生除了视力不好没啥毛病,基本上是个健康人,王医生不可能得心脏病。可心脏这么慌慌,不是个啥好事情。王医生穿上白大褂的时候,愣头愣脑地望着街道,一只袖子没穿上。他女人一直给他打下手。他女人就说:不舒服就歇上一天。他女人要去关门,他不让,他穿上另一只袖子,出去了,在诊所门口站一会儿,伸了伸胳膊。街上已经有人了,三三两两,跟王医生打招呼。相邻的杂货店也开门了。小镇么,有人打扫卫生,还是脏兮兮的。王医生一身干净的白大褂,往门口一站,整条街都豁亮多了。王医生就像是古代店铺的酒幌子,就像现代生意人的广告牌,在门口站两分钟,就等于广而告之,诊所开门了。王医生就进来了。

　　里边地方不大,分里外两间,王医生坐外边看病,王医生身后有两张单人床,一个打吊针用;另一个给病人查病用。里间也有一张病床,给疑难病人用的。里间外间用砖墙隔着,不是一般私人诊所那种白布帘子一拉,病人没安全感。王医生这里还是比较讲究的,药品器械也在里间放着。整整一天都是打针吃药的小病号,最重的也就是打吊针,一两个钟头,两三个钟头。不太忙。王医生的心情也就好起来了,跟病人说说话,把早晨的心慌给冲淡了。王医生的女人总是忙里偷闲,病人打吊针,或病人少的时候,回家做中午饭。家就在诊所后边的小院子里。在背街,有条小巷子,几步路就到,做好饭,王医生抽空回去一刻钟解决问题。夫妻配合默契。王医生绝不在诊所里吃饭,端个饭盒或大碗,像其他地方私人小诊所里那些医生,在药水味里大嚼大咽,人家王医生比较正规,不是讲究,是正规,镇上的人都认后边这个,人们对正规相当看重。这就是人气,王医生人气旺。加上不错的医术,你说人家王医生这个人,有啥说的。看不了的病,王医生就实话实说,介绍县医院、地区医院哪个科,哪个大夫,连怎么挂号都交代得清清楚楚。按王医生交代的去办,绝对没问题。让人放心呀。

　　王医生就这么不紧不慢过了一天,王医生都解开白大褂上的扣子了,王医生脸上都有了淡淡的笑,笑容就堆在嘴角,王医生平时很少笑,王医生属于那种不笑也让人感到亲切的人,任何细微的笑容都证明他相当开心了。王医生都准备脱下白大褂,胳膊都抬起来了,心里都嘲笑自己过于敏感,早晨那种不祥之兆没有结果呀,是不是神经过敏呀,王医生又笑了一下,无声的笑,依然挂在嘴角,还没散开呢,外边就进来一个人。这人是镇政府的一个干部,不是镇长书记是某个部门的负责人,很严肃的一个人,中年人,我们不好意思透露人家姓名,就叫他镇干部。镇干部一脸严肃,说的事一点也不严肃,三言两语,言简意赅,也不让王医生白干,话刚说完,就把钱放在桌上,转身就走。镇干部太会挑时间了,下班的前一分钟来找王医生,完全在上班时间以内,一分钟前就是一分钟前,你没话说。付的钱不多不少,就是在公家医院也是这个价。镇干部严肃认真,前后不到一分钟,就走了。王医生很奇怪,他的心脏好好的,不快不慢,节奏极好,可见他还是一个医生,担心归担心,生气归生气,真正到干活的时候,还是很敬业的。镇干部了解他,镇干部给他说事的时候也就没必要考虑他的心情了。我们只能说王医生心情很复杂。

　　大约过了十分钟,镇干部走得相当远了,估计都回家里或进镇机关了,镇小学年轻的张老师进来了。张老师是个姑娘,不好意思地望王医生,王医生的目光躲开了。镇上的人都知道王医生也是个严肃的人,王医生不愿意做的事谁都没办法,可还是有人让王医生做王医生不愿意做的事情。张老师的不好意思里包含着愧疚的成分。张老师跟着王医生到里边的房子里,差不多有二十来分钟,就把事情办完了。张老师脸色苍白颤颤巍巍地走了。王医生从妻子手里接过热水,喝了几口,又接过热毛巾,擦擦脸。王医生都奇怪他脑子里闪出妻子这个城里人用的称呼,镇上流行的是婆娘、娘儿们、女人、谁谁的女人。王医生的女人在整个过程中一言不发,手脚麻利,王医生看得出来,女人的动作带着安慰。张老师是个姑娘么,紧张得要命,王医生的女人跟对待孩子一样,扶张老师躺下,攥着张老师的手,整个过程,张老师眼睛湿漉漉地看着王医生的女人,就像孩子望着妈妈。王医生喝水擦脸的时候,王医生的女人还望着空荡荡的街道,张老师沿着街边很想走快但走不快,街中央有摩托车,有自行车,几乎看不见行人。真是神不知鬼不觉,没人知道诊所里发生的事情。相对而言,小镇没秘密,小镇平静的外表下有多少惊涛骇浪,有多少暗流涌动,有多少无法证实的秘密啊。王医生喝完水。王医生的女人说:我先回呀。也不管王医生回答就匆匆离开。显然是两口子之间的习惯用语。女人要回家做饭,要安顿明天的事情,女人比男人忙得多。

更重要的是王医生还要办一件事情。王医生的爷爷爸爸都是乡村郎中,王医生在县医院受过培训,学的西医。中医也懂,家传嘛。王医生就不是一个纯粹的现代洋医生,王医生还保持着许多乡村的习惯。比如,夭折的孩子包括堕胎的胎儿,一般都草草掩埋,不起坟,还不能埋得太深,最好让狼或野狗吃了。你也就明白王医生要做的事情了。王医生很辛苦,也很敬业。女人离开后,王医生换掉白大褂王医生就混同于众人也。王医生就带上那包小东西,在一个小袋子里放着,就是服装店送的装衣服的硬纸壳袋子,黑色的,不引人注意。王医生就拎着这么一个黑硬纸壳袋子出了小镇。

镇外就是庄稼地,地里已经没人了,麦子还没长起来,蔬菜也都是白菜、莲花白之类,洋芋都收了。穿过田野就是真正的荒郊野外了,长着杂草野树,卧着许许多多的石头,黄鼠、野兔窜来窜去。王医生找一个地势稍高的地方,是个土冈,有四五米高,长着枸杞子,王医生用的是一把大起子,电工用的,他也能用,在沙土地带刨个坑也不难,把那包东西放进去,还压了些草,大概是蒿子,快干了。茎秆血红血红,压上沙土,拍拍手,就匆匆离开了。走了十几分钟,天就暗下来了。

开业十多年,每年都有两三桩这样的事情。据说其他地方的更多。更让人恶心的是有人还专程找王医生收购胎儿,据说是大补,王医生是医生,当然知道这是大补,王医生感到恶心,王医生拍一下桌子:"世上的事情是有哈(下)数的,把你娘给日的,你咋想得起找我来,把你娘给日的。"那人撒腿就跑,王医生追到门外,"狗日的想钱想疯啦,你去,你去把钱画你娘×上,你去把钱画你老婆×上,画你女子×上,呸!"这是王医生平生第一次骂人。再也没人找王医生做这种生意了。这种生意利润相当可观。王医生是个有哈(下)数的人,王医生不赚昧良心的钱。这就让人放心。那些跟男人们造下孽的女子就乐意找王医生,自己造的孽,可不能孽上加孽没完没了地造下去,要遭报应的。大家似乎知道王医生的处理方式,既传统又现代。

　　王医生回到家里,女人刚好把饭端上桌。还请了王医生的好朋友,开杂货店的老赵。王医生有两个好朋友,杂货店老赵,镇文化站的老马,老马是文人,老赵爱拉胡胡,算是镇上三个知识分子。老马没来,找了,找不见,就没来。老赵说老马这些天神神叨叨犯啥病哩。王医生说肯定有事情哩。女人炒了两个菜,韭菜鸡蛋、土豆丝肉片,还有油炸花生,烫一壶烧酒,就是老辈人用的锡壶,在开水里泡热,上边放一个白瓷小酒盅,很适合好朋友在一起喝酒,喝热酒,用一个盅,准确地说不是喝,是吸,长长地吱喽喽地吸下去,五脏六腑全都热啦。菜算个啥?下酒菜嘛。两个斯文人还忘不了请,你请,还忘不了吃一口,放一次筷子,还忘不了来一句老马不来后悔去吧,这么好的酒,这么好的菜。就这么你敬我让,喝了三巡,可以说话了。老赵就知道王医生遇到生气的事情了,十有八九就是给女人刮娃娃,王医生女人给他捎话来喝酒,他就猜个八九不离十。他就直接问王医生:"谁家女子么,这么不检点?"老赵嘴紧,王医生就实话实说说是小学的张老师。老赵就放下筷子:"张老师人不错么,是个好女子么。"王医生说:"好女子才遭罪哩。"老赵就问校长弄下的?王医生说不是,王医生只能说到这搭,老赵也不追问,老赵还是口快:"我知道是谁啦,除过校长就是教育专干么,旁人想弄也弄不了,把他娘给日的,来,喝,喝上,把他娘给日的。"老赵有点激动,老赵就操起胡胡,拉的是秦腔《游龟山》,田玉川痛打卢世宽那一折。老赵的胡胡一响,王医生就唱开了。无论是曲子还是唱腔,全都慷慨激昂,情绪激奋。王医生的女人让电视也开着。电视只有画面没有声音,女人把声音放到静音。女人进家门就开电视,电视开着,就证明屋里有人。就跟烟囱一样,天天冒烟就证明过着日子。刚开始王医生反对女人的浪费,有一天王医生看见大烟囱王医生也就顺从了女人。女人在其他事情上手细得很,比头发丝还细,电视除外,好像电视是个大牲口,一分钟都不能让它闲着,得让它忙起来,女人心里才踏实。女人看着电视,时不时地去给两个男人倒茶水。酒不让她插手,两个男人也就是一壶壶的量。两个男人刚刚唱上《游龟山》,电视里也是《游龟山》,大西北的地方戏全是秦腔,电视节目的黄金时间也只能播放秦腔名家唱段。女人没想到男人唱得这么好,女人就把声音放在静音状态,只欣赏名家的画面,唱腔却是自己男人的。女人很激动,女人朝男人看看又朝电视看看。王医生太投入,王医生没有意识到电视节目与他同步。伴奏的老赵也没有发现电视节目,老赵摇头晃脑,手里的胡胡出奇的好,自己嘴里也支支吾吾吐着词儿,肯定比不上王医生的唱腔,但老赵还是瞅了王医生几眼,王医生是超常发挥呀,多少年的老朋友了嘛,几斤几两清清楚楚。其实老赵也是超常发挥,老赵摇头晃脑的时候,王医生也瞅了老赵几眼。两个人都没瞅电视,两个人都无比愤怒地在戏文里借田玉川之手痛打欺男霸女的恶少卢世宽,卢世宽的赛虎犬也被田玉川打死了,解气呀,旋律与唱腔一下子高亢起来,两个唱得声泪俱下。老赵离开时还摇摇头:"老马再没机会了,叫他后悔一辈子。"王医生也是这句话。老赵就这么走了。王医生的女人听不明白男人们的话:"你俩跟老马不来往了?""看你说的,老马又没得罪谁?""你俩说的么,说老马没机会了么。"还真把王医生给问住了:"我俩说来?真的这么说来?""真的说来,我听得清清楚楚。""奇了怪了,老马好好的么,咋就没机会了?"王医生洗脸的时候总算想明白了:"我跟老赵这戏唱的,破世界纪录了,这辈子恐怕都唱不出今天这水平了,老马没机会欣赏了么。"

睡到半夜,狼在野外叫唤,不是狗是狼,狼叫像娃娃啼哭呜哇呜哇,听得人头皮发麻。王医生听见了,王医生的女人也听见了,王医生的女人把枕头抱紧紧的。王医生披上衣服跂上鞋到院子里听一阵,王医生就回到床上。"一条小命总算托生了。"王医生说得很准,北山里的狼老远闻见腥味下来叼走了死娃娃。狼一边走一边叫,说明狼饿坏了,当场吃个精光,吃得饱饱的,一路欢歌回山上去了。狼高兴狼发出声音就像娃娃叫。用当地人的说法,死娃不怕狼拉。王医生后半夜睡得很踏实,连梦都没有。

王医生中间还是翻了几次身,被子都蹬掉了,女人给他掖好,时间不长又蹬掉,又掖上。

女人没睡好,还得早起。吃早饭时女人问王医生:做噩梦啦?"没有呀,好梦噩梦都没有。"女人就说他蹬被子的事情。王医生也不知道他还有什么搁不下的事情。

吃中午饭的时候,王医生在街上看见那个教育专干,就是把人家张老师肚子弄大的那个人。那个人拎一包营养品走得不紧不慢。王医生知道教育专干去看望张老师。张老师肯定在家养上几天,张老师不会请假,那样会引人注意,张老师早早调课,空出几天,就悄悄地把事情办了,肚子没显出来嘛。王医生把昨天蹬被子的事情跟张老师联系起来是没道理的。王医生吃饭的时候还琢磨这事情。张老师斯斯文文漂漂亮亮多好的一个姑娘呀,就这么毁了。王医生还记得他把钳子伸进张老师身体里刮孩子时张老师发出的压抑至极的呻唤声。王医生饭没吃完就把筷子放下了,毛巾在嘴巴上擦好半天。王医生的担心是多余的。半年后,张老师民办转公办,年底去教育学院进修,毕业后,在县城教中学,找的丈夫也是中学老师,节假日就回来看父母,带着丈夫在镇上走来走去,笑着跟王医生两口子打招呼。后来又见到张老师抱着孩子回娘家,还在王医生这儿给孩子打针。王医生给孩子打针时脑子里就闪出那个刮掉的还未成形的孩子,王医生就尽量不看张老师。张老师的先生还给王医生敬烟,王医生不抽烟,那先生就说:"这是好习惯。"那先生笑时嘴里的牙齿白亮白亮,也只是偶尔抽抽烟。打完针小张老师跟先生一人托孩子一只手,一家三口走在小镇上,引来无数羡慕的目光。生活无限美好,无限美好啊!在此后的日子,也常常会碰到教育专干跟张老师一家街头相遇的情景,张老师跟教育专干彼此点点头,就擦肩而过,张老师会告诉先生,那是我过去的老领导。一切都过去了。生活的洪流滚滚向前。这都是几年以后的事情。回到几年以前,王医生吃饭吃不下去那天,王医生压根儿就不知道他为什么还这么紧张。整整一天,相当平静。

事情出在这两天,也就是王医生接手的第二桩特殊病例。离下班还早,下午三四点钟吧,工贸公司的朱经理带着一个漂亮女子进来了。好像来做生意。王医生还没反应过来,朱经理就开门见山,打娃娃,打掉。朱经理指一下那女子,"肚子里有啦,把人整的。"王医生就告诉朱经理:下班的时候来,方便些。那女子马上说:"下班时候来,下班时候来。"朱经理皱眉头:"早早弄了算了,拖到下班,舍不得呀。"那女子说:"下班时候人少。""噢,对对对,这个主意不错。"朱经理往王医生跟前放一个信封,不用数,刮两个娃娃都绰绰有余。朱经理带上那女子走了。朱经理是镇上最大的私营老板,准确叫法应该叫朱老板,小镇上的人分不清老板经理董事长,都一律叫经理。朱经理也不纠正,没人怀疑他的财富与能力,他也乐意人家叫他经理。镇长都让他三分,王医生算个鸟!找你王医生算看得起你,按朱经理的意思,拉到县医院刮掉算了,都是女人多事,挑挑拣拣,当然喽,遮人耳目也是必要的。朱经理家在县城,还是小心为妙。

　　过程大同小异,这次的月份偏大,胎儿都成形了,女子受的苦就大。当天夜里来的不是狼,是一群野狗,互相撕咬,动静很大。还好,没留下痕迹。狗吃起死娃娃一点也不比狼差。那个女子后来在县城开了服装店,朱老板出力不少。生意人没那么多讲究,后来他们有没有交往就不好说了。那女子结了婚倒是真的,丈夫也是个生意人,做小买卖,本本分分,女子嫁给这种男人完全可以放心地过一辈子。理所当然地养了孩子,还是龙凤胎,开心得很,在王医生这里打过针吃过药。能生养龙凤胎的女人么,长得漂亮不说,还很富态,脾气又好,爱笑。王医生给龙凤胎打针时不由得多看了那女人两眼,以前受的罪一点影儿都没有了。真是富态。王医生就笑了一下,也就一下,那胖女人就哈哈哈笑了一大串,"王医生眼热我一家子,王医生给我笑哩。"诊所里的人全都笑了。给她刮娃娃的时候王医生一点都笑不出来。晚上也没心情喝酒,更不用说拉胡胡吼秦腔了。老赵过来坐了一会儿,就走了。老马还是没来,老马让鬼捉住了,到处找就是找不着。老赵就急匆匆走了,找老马去了。那天夜里,王医生醒来好几次,野狗叼死娃娃的声音他全听见了。他没起来,他睁大眼睛望着天花板。其实天花板是望不见的。外边月亮再亮,屋子里还是黑糊糊的,只是意识里上边有天花板,天花板离床很近,人躺在中间,就相当压抑,就身不由己地把被子往下拉。这回不是脚蹬是手拉,胸口闷,好像天花板不是木头的是石头的,就压在他胸口,他就不停地折腾自己。睡眠质量就很差。

幸亏白天病人少。

一连两天,没有多少病人,王医生终于安静下来了。王医生哼起了《周仁回府》。王医生的女人就去买了鱼。女人刚学会做鱼,就想用这东西调养调养丈夫。女人理所当然地去请了老赵,请了老马,老马理所当然地不在,差不多有半个月见不到老马了。文化站的人也不知道老马跑哪去了。文化站的人就说老马嫖风去啦。老马又干又瘦,老马还能嫖风?连个兔都嫖不了,文化站的人就这么埋汰老马,反正老马又不在,人家这么埋汰他,他耳朵肯定发烧了,都冒烟啦。

这天晚上,两个大男人喝的还是烧酒,吃的可是鱼呀!鱼在当地是稀罕物,得慢慢吃,一筷子一筷子吃,吃一下喝一下。吃好喝好,就拉上胡胡支支吾吾唱开了,唱的是《梁秋燕》,声音不大情大呀,把两个大男人唱得美的,舒心呀。闹到最后,就说老马,叫老马后悔去,后悔八辈子。

谁都没想到老马也能做这种事情,把人家女娃娃肚子弄大,再打发人家女娃娃去把娃娃刮了。这个老马。快到周末了,也快要下班了,下了班,一周就过去了。私人诊所没礼拜天,过礼拜是公家人的规矩,王医生两口子只是在心理上给自己轻松一下。周末最后一天,眼看要下班了,两口子全都放松下来了。被老马糟蹋了的这个女子进来了。黑黑的胖胖的,朴朴实实的一个女子娃,怯生生地进来递给王医生一张条子,王医生没看内容,王医生先看落款马奋棋,马奋棋就是镇文化站的老马,镇上著名文人马奋棋。马奋棋的字很有特点,楷草隶篆都不像,就是有个性,好认,王医生一眼就认出这是马奋棋的真迹。王医生细细看两遍,意思很清楚拜托王兄慈悲为怀给送信女子做个小手术,小手术后边括弧注两字堕胎,刮娃娃太土不如堕胎正规文雅。王医生跟摇扇子一样把信件摇了两三下,到底是个文人,比官员比商人差远啦,白纸黑字的信件不是罪证吗?幸亏落在我老王手里,万一不慎落在别人手里麻烦就大了,这个时候的女子是六神无主,是蒙头鸡方向感极差呀。王医生不抽烟,但王医生这里有火,王医生把这封信烧了。那女子吓坏了,以为王医生不肯帮忙,王医生的女人把女子挽进里屋。王医生两口子认识这女子。瓜女子这么瓜,跟着马奋棋去过王医生家,还吃过王医生女人烙的韭菜合子。瓜女子是吓坏了,躺在病床上,看见王医生的女人一件一件摆出钳子镊子这些寒光闪闪的器械,瓜女子放心了,也安静了。不像前两个女子,上了病床就发抖,见了铁器脸发白。瓜女子就是瓜,瓜得响哩,睡下长哩。马奋棋也只能欺负这种瓜女子。整个过程,瓜女子配合得很好,比前两个女子顺利多了。前两个女子软塌塌的,王医生女人扶她们起来扶她们下床帮着穿鞋,扶到门口,要不是怕失面子还指望王医生女人扶上她们走一阵子呢。这个瓜女子自己就下床穿上鞋,还说了声谢谢,走路只是慢了些,不摇不晃,谁也看不出刚下病床。

王医生女人叹口气:"这瓜女子,一看就知道是吃下苦的,老马哎,咋欺负这号瓜女子哩,跟上老马啥都图不上。"王医生说:"咋说话哩,老马有老婆娃娃哩,咋叫跟上老马,你甭乱说,老马女人跟你像亲姊妹一样你千万不能乱说,把你的嘴扎起来,扎紧。""那你就把笼嘴给我戴上。""你又不是牲口没必要戴笼嘴嘛,不乱说就行了嘛。""幸亏我还能动弹,你不是一直想雇个人吗,哎呀,最好是护校毕业的,你说,为啥要护校毕业的?"王医生看着表,王医生笑呵呵的:"给你五分钟,这五分钟内你可以五马长枪胡说八道。""五分钟,我还要说一百分钟哩。要护校毕业的干啥呀?学马奋棋吃嫩草呀?给人家女娃娃打羔呀?咱这里多方便,自己打自己刮。"王医生摇头叹气。王医生熟人的一个亲戚护校毕业找不到工作,找到王医生诊所,是个俊俏女子。王医生女人当下急了,反应快呀,生活多年的丈夫都没想到自己的女人有这么好的心理素质,王医生女人把白大褂往自己身上一穿,把听诊器往胸前一挂,把量血压的器械都打开了:"哎呀对不起,我老王有助手哩。"熟人和俊俏女子很尴尬地走了。王医生的女人还真能干,时间不长就跟受过专业培训的护士一样了,家务活也不耽误。在外地上学的儿子放假回来也大吃一惊。这都是好多年前的事情了,王医生都忘了,可女人没忘,女人需要的时候就能撒豆成兵。王医生女人也不会闹得太厉害,闹了十分钟,鸣金收兵。丈夫说五分钟,她肯定要十分钟,女人争的就是自己的五分钟。时间一到马上和好。女人回家做饭,王医生去野外处理那包东西。

　　朋友的事情,王医生格外尽心。王医生多走了一二里路,地势更高一些,王医生希望来的是狼不是狗。

　　王医生回来的时候并不着急。刚才女人那么一闹把这件事情给冲淡了。一个人的时候脑子就清楚多了。

　　老马马奋棋以前在镇机关当文书,文章写得好,还有点小脾气,各方面关系就有点紧张。文书干好多年了,其他文书都升的升、调的调,都有不错的前程,马奋棋能有什么前程,实在看不出来。马奋棋不是不想上进,上进无门就苦闷,一苦闷就找拉胡胡的老赵,发泄,吼几声《下河东》《金沙滩》,声泪俱下,慷慨激昂,还不停地捶桌子捶板凳,动作很夸张,不像王医生那么斯文。不吼秦腔的时候,马奋棋还是比较斯文的,三个人声气相投,都是大好人,也都不说粗话,更听不到骂人话,大家把这三个视为镇上的知识分子。镇机关镇小学的公家人都算不上。大家公认的这没办法。也可能是老赵的胡胡拉得太好了,马奋棋听着听着开了窍了,马奋棋写了一篇长文章,好家伙一写就是一万五千字,在马奋棋的文字生涯中从来没有写过这么长的文章。马奋棋最早是一个农民,三十多岁以后,开始写快板、搜集民间故事,发表在《群众艺术》上,就成了县上故事员,有证书的。这都是文化馆干的事情,县上有文化馆,镇上没有,在大家眼里能发表文章的就是文化人。那时候镇还是乡,乡上建广播站,就让农民知识分子马奋棋进了广播站,写广播稿,马奋棋的广播稿生动活泼,且有文采,马奋棋很快成为乡上的名人。那时候王医生和老赵就开始跟马奋棋交朋友了。再后来,乡改镇,镇机关缺写材料的,马奋棋就进了镇机关,农转非,转干,入党,完成了一个农民到公家人的转变。那时候的马奋棋比较平和,不怎么愤世嫉俗。这种状态不可能持续太久。很快就到了写一万五千字长文的时候。马奋棋给两位朋友读了一个下午,在王医生家,王医生的女人专门备了五香牛肉和猪耳朵,烫了烧酒。老王老赵击掌叫好,马奋棋声情并茂。最后老赵以压轴戏《百鸟朝凤》结束。文章还寄《群众艺术》。《群众艺术》的编辑认为这已经不是故事了,是典型的小说,那个编辑真是好编辑,自己做主转给文学界一位朋友。马奋棋收到的样刊不是《群众艺术》而是一本著名的文学杂志,注明小说。马奋棋一不小心成了小说家。

正好成立文化站,就让马奋棋进了文化站。进了文化站,马奋棋跟镇机关的关系反而融洽了,过去办不成的事情,反而好办了。不但给自己家里办,也给亲戚朋友办。也给老赵和王医生办过不少事情。办事情归事情,前程归前程,实在看不出马奋棋有个啥好前程。弄不好就老在文化站了。文化站比清水衙门还清。马奋棋在外人面前一副无所谓的样子,在好朋友跟前就唉声叹气。他们几个在一起的时候,都是老赵拉胡胡,王医生演唱,马奋棋抽烟喝酒。马奋棋已经好多年不唱了,嗓子都生锈了。这种压抑的状态,慢慢起了作用,马奋棋的脸上有了一种窝囊委琐之态。老赵和王医生没在意,是省城来的大编辑发现的。大编辑扶助过马奋棋,偶尔下基层,马奋棋热情款待,老赵和王医生作陪。大编辑酒过三巡,实话实说:"老马呀,你的状态很不好,很不好,非常的不好。"马奋棋点点头算是默认了。那场酒喝的。老赵和王医生细细一看,可不是吗?马奋棋整个儿全变了,简直就是日本电影《追捕》里的横路敬二嘛,简直就是一个垂头丧气的小毛驴嘛,老马呀老马,啥时候变驴啦呀?老赵和王医生彼此看一眼,把要说的话压回肚子里,最好是烂在肚子里。

可能是受那个大编辑的影响吧,老赵和王医生越看越觉得马奋棋在迅速的衰败,不是衰老,马奋棋没有那么老,是整个人蔫了。又蔫又怪,神神叨叨的。见了镇机关的老同事,诚惶诚恐,包括那些村长村主任,都是一副竭力讨好的样子。老赵和王医生就看不惯,就劝他没必要嘛,不在一个单位了没必要嘛。对家里人,对机关以外的人,马奋棋还是有点脾气的,有时候脾气还很大,让人害怕。反正是真真假假,整整一个怪人。在老赵和王医生跟前,马奋棋就正常了。有时候正喝着酒,马奋棋就悄悄地说:你两个老哥把我当个人。王医生把酒盅一蹾:"马奋棋,大声说话,高喉咙大嗓门地说,怕个啥嘛。"马奋棋还是细声细气:"我后悔不该离开镇机关,文书就文书,办事员就办事员,人家还能把我当个人,我现在这样子算个啥嘛,走不到人面前嘛,狗见我都想咬哩。""那是你的心里感觉,没人小看你,你自己把自己看小啦。"王医生指指自己又指指老赵:"我两个就弄个小本生意,混个肚儿圆,我两个还不活人呀?"谁都能看出来,马奋棋嘴上说是是是,心里并不以为然。

马奋棋还是平和了许多。稍一平和,又觉得自己是个人,大家还是挺尊重他的。到老单位去串门,发现有人给他让烟,有人给他点头,有人给他招手,镇长还叫出了他的名字,马奋棋么,大文人么,不错不错。马奋棋心情就好起来了。

镇机关最先尊重马奋棋的是广播站新来的一个女子,大学没考上,就来广播站干个临时工,业务不太熟,就有人介绍马奋棋,马奋棋是镇上著名大文人。那女子就主动上门拜师学艺,虔诚得很,认真得很,马奋棋的每一句话女子都要记在本本上。马奋棋就有一种当领导的感觉,就觉得自己是县长,在做指示呢。女子进步很快,广播里很快就有女子的声音,自己写自己播,隔三差四去文化站聆听马奋棋的指导,一口一个马老师。女子还说:马奋棋真的像她过去一位老师,"那个老师跟你一样很有才。"

马奋棋有一种成就感。马奋棋彻底平和了,这些都没逃过老赵和王医生的眼睛。这也是老赵和王医生佩服马奋棋的地方。马奋棋带这女子来过几回,老赵拉胡胡,王医生唱折子戏,马奋棋也唱开了。那女子跟王医生女人一起做饭,听见马奋棋的破锣嗓子,女子放下活就过去了,女子看马奋棋是那种无限敬仰的眼神,没有杂念。这就让王医生和老赵放心。谁都能看出来,马奋棋是真心实意帮那女子,好像这是他一生最后有意义的事情了。这是马奋棋亲口对老赵和王医生说的,"咱还图个啥?能给人帮上个忙,人家能把咱当个人看,咱就图个这。"半个月前马奋棋还领着这女子来过一回,拉了胡胡,唱了《包公赔情》,马奋棋还读了一篇自己的文章。马奋棋好几年没写文章了,笔都枯了,文章干巴巴的,马奋棋念了几遍才念下去。那女子接上念,只一遍就念下去了,效果好多了。女子临场发挥润色一遍,两个人合作这篇文章才有了一点活力。

王医生估计当时女子肚子里的胎儿都听见念文章的声音了,等于做了胎教。王医生记得那胎儿都成形了,都快发育全了,绝对能感应到外边的世界。刮掉这么大的胎儿风险太大了,弄不好要出人命,王医生当时心惊肉跳,在绝望与恐怖中完成了工作。

王医生没想到他回来得这么晚,大家都等他呢,老赵、马奋棋,还有自己的女人,桌子上摆得满满的,就等着他回来。女人问他咋回事?有点事,王医生支支吾吾搪塞过去了。他也不知道他在路上能想那么多事。他洗了手,擦了脸。马奋棋不好意思地笑笑,马奋棋的脑袋就像枚干核桃,一直干到脖根,脖子都缩在肩胛骨上,给人那么强烈的印象,就是委琐。王医生有点难受,王医生觉得他朝马奋棋那一笑有些假。他

好人难做 67

根本笑不起来,他竟然笑了这么一下。整个晚上的气氛有些尴尬。也可能是马奋棋躲得太久,半个多月找不见人,突然出现,还真有点不适应。老赵开了几次玩笑,王医生也做了很大努力,王医生的女人更是忙出忙进,胡胡也拉了,也都唱了,效果不怎么好。

王医生一夜没睡,不知要发生什么事,早晨起来问女人:"你听见狼叫了吗?"女人说:"我还想问你哩。""狗叫了没有?""我告诉你,鸡都没叫。"

天阴沉沉的,天竟然就亮了。王医生一心想把这一切归结到天气上。王医生提心吊胆,多少年了,没有发生过的事情呀。王医生实在想象不出一个不能转生的生命会出现什么后果。王医生拿定主意,下班后,去野地里看个究竟。

不用等他去看,灾难就发生了。一条疯狗出现在大街上。疯狗很凶,喉咙里发出呜呜的声音,那双眼睛就更吓人了,阴森森的,白拉拉的。大家纷纷躲避。疯狗直奔广播站。

正好是机关吃午饭的时候,大家都愣住了,疯狗直奔那个黑黑胖胖的女子,就是在王医生诊所刮过娃娃的那个女子。她不像人家那两个女子,可以休息一礼拜,她第二天就上班了。疯狗出现在眼前,女子没经验,控制不住,就失态了。据现场目击者说:那狗怪得很,扑到女子跟前就不再是疯狗了,乖得很,跟个绵羊一样,蹲在地上,扬着脑袋,可怜巴巴地望着那女子。女子瓜就瓜在这个地方,狗再乖还是个狗么,你理它干啥?不能谁乖谁可怜你就搭理谁呀?瓜女子没走开,瓜女子眼睛睁大大地看那只乖狗狗,乖狗狗就呜哇呜哇叫起来,那是胎儿的哭声,那么一哭瓜女子就失态了。大家反应过来了,操起家伙冲上去,武装干事有枪,打了两枪,没打上,疯狗蹿得跟箭一样,眨眼就不见了。大家劝女子不要紧张,扶她回宿舍休息,广播站好几个人呢。大家都没有往邪处想。

　　真正紧张的是王医生,当然还有马奋棋,马奋棋趁晚上没人注意,去看望那女子,还带了些营养品。马奋棋按王医生的交代,劝女子不要上班,女子不听,女子对自己很有把握:"不上班,不是等于承认了吗,不是贼不打三年自招了吗?"女子太自信了。第二天照常上班。这回不是午饭时候,是大清早刚上班,疯狗不知从哪里蹿出来的,一下子出现在众人面前,具体地说一下子扑到女子跟前,嘴里呜哇呜哇地学婴儿叫,跟真的一样。女子一下子就失神了,手里的包包掉地上,自己根本把握不住自己,到底是个碎女子娃么,失态失得厉害,竟然伸手去捡地上的包包,狗也不再像条疯狗,狗乖得不行,跟绵羊一样跪在女子跟前,嘴里叼着那个包包,就像传说中的义犬,忠心耿耿护着小主人,比《三国》里忠心救主的赵子龙还要忠心。这个瓜女子嘴里还叫了一声我的娃呀,把包包抱在怀里就像抱着她的娃娃。武装干事上来就是一家伙,不是枪,枪会伤着人,用的是洋镐把,一家伙抽在狗背上,狗都没叫唤,当下就软了。

　　女子也软了,搀回去睡下,睡了好几天,醒来就痴呆呆的。在街上见娃娃就抱,抱得那么紧快把人家娃娃捂死了,基本上成了个疯子。

　　父母听到些风声,反复追问,女子就是不松口,女子还挨了打,就是不说,一个劲地哭,哭着哭着就不哭了,就发呆,病情显然变重了,父母始终没问出那个男人是谁。给女子看病要紧,找了许多医院,医生查问的时候就说是疯狗吓的,吓成这样子,疯狗成了罪魁祸首,反而能开脱许多事情,慢慢地就不再追问那个男人是谁了。还得为女子以后的生活考虑么。

女子在父母身边,时好时坏,好的时候就一声不吭干活,又快又好。犯病的时候就胡乱搂东西,搂个物件还罢了,搂个活物就往死里捂。猪娃羊娃狗娃都遭过殃。后来还是嫁出去了,嫁给一个残疾人,那人有耐心,待女子极好,父母算松一口气。

要说的是马奋棋。马奋棋一个劲地抱怨,先是抱怨狗:"你说那狗,狗都欺负人哩么。"后来就抱怨广播站的大喇叭,大喇叭一响,那女子的文章包括声音就传出去了,人听哩,狗也听哩,就把女子认下了,就惹出了事。王医生就说:"你就不想想狗救了你呀!"老赵就说:"还有咱的胡胡咱的折子戏,女子听了好几回呢,肚子里的娃娃肯定听下了,你就别疑神疑鬼了,好好地活人吧,过日子吧。"马奋棋就闭上了嘴,再这么纠缠下去事情就多了,他给人家女子灌过多少洋米汤?女子听下了,女子肚子里的娃娃也听下了,那个小东西灵着呢。马奋棋就闭上了嘴。

马奋棋都没脸上街。躲了半年,在王医生和老赵的规劝下慢慢地露面,一月一次到一周一次,一次十几分钟到一两个小时,大家忙出忙进,根本不在乎马奋棋都干了些啥。马奋棋可以正常上街了。

马奋棋做好一切准备去女子家里,女子的娘一个劲地哭。根本容不得马奋棋说话。女子她爸手上劲很大,死死地攥住马奋棋的手,马奋棋就不能动弹,只能听女子她爸把话说完。马奋棋总算听明白了,你跟我女子没关系,疯狗把我女子吓疯了,疯狗还呜哇呜哇怪叫,哪个黄花闺女受得了这么大的刺激!这是一个父亲保护自己女儿最好的办法了。女子都嫁出去了么。马奋棋心里面沉甸甸地离开女子的家。

回到自己家,老婆又是端水又是端饭,也不问死鬼男人大半年干啥去来,好像啥事都没发生。

有一天,马奋棋去王医生诊所开点药,碰上镇小学以前的张老师,张老师的丈夫孩子都在这里,给孩子开药打针,张老师一家子快快乐乐地到街上去了。张老师也是在这个诊所刮的娃娃。马奋棋气就不打一处来。活该他受气。又来一家看病的,是跟朱经理有过一腿的那个漂亮女子,在县城开了服装店,带上丈夫孩子回娘家待上几天,逛街,顺便给娃打针。也是热热闹闹来热热闹闹去。也在这个诊所里刮过娃娃。马奋棋越想越气。王医生就劝他:"你不要这样想问题,你要是这样想问题非把你气死不可。""已经把我气死了!气死了!"马奋棋吼叫着冲上街道。王医生的女人说:"他是不是疯了?"王医生说:"没有疯,生气倒是真的。""哪有这么生气的?""应该叫愤怒,他愤怒了。""愤怒了不要紧吧?""不要紧,愤怒出作家,这么一愤怒,他兴许能写出一篇好作品。"

马奋棋就怀疑这篇小说是他自己写的,自己把自己出卖了!马奋棋曾经写过小说,还上过《小说月报》。鬼使神差他手里就拿一本《小说月报》,2009年第4期,作者简介肯定是假的,但写的事情都是他马奋棋做下的。马奋棋就怀疑老家镇上开诊所的王医生,两个小时前见过这个阴阳怪气的王医生,还一口一个华佗再世扁鹊重生,幸亏有这副麦克阿瑟大墨镜打掩护,狗日的王医生认不出来。马奋棋不停地扶眼镜,好像怕眼镜掉下来,其实是喜欢,太喜欢了。马奋棋就抬眼看北山、北山的最高峰天柱山,狗日的眼镜成了千里眼,一下子看到山旮旯里去了,都看见深山里的黑窟窿了,就是《封神演义》里土行孙钻过的地洞。土行孙钻到北山一露头就叫人家砍了头,再远一点就是殷纣王的叔父闻太师丧命的绝龙岭,姜子牙在两条山沟交叉的地方打埋伏,堵住了闻太师,闻太师额头上的天眼让绝龙岭的陡崖遮住了。狗日的王医生,你就是长一双天眼也看不到麦克阿瑟眼镜后边这张脸。捂住这张脸,你爱咋写就咋写。马奋棋读这篇小说时就没摘眼镜,隔着眼镜,小说里的人物是马奋棋,摘下眼镜,马奋棋就是另一个化名了。王医生自己都用了化名,不用化名,马奋棋就撕破卵子淌黄水告他王医生。用了化名,又没写具体地名,谁也不会把小说里的事情扯到马奋棋身上。

老家不能回了,王医生也不能认。不知道狗日的王医生还会编多少故事。写小说编故事这门手艺到了王医生手里,他马奋棋只能搜集整理民间故事,马奋棋很失落。

订婚仪式在县宾馆,包了两桌,显然是女儿马萌萌的意思,女婿周怀彬全听马萌萌的。周怀彬的父母在乡下,大伯舅舅姐姐妹夫一起过来,坐一桌,娘家这边坐一桌,儿子马强带媳妇从渭北市赶来。还有文化馆王馆长两口子,还有老馆长。大家很感慨,两年前马萌萌在这里订过一次婚,老馆长、王馆长都是贵客,这回他们还是贵客。新女婿周怀彬敬酒时还专门强调,这次更贵重,更不容易,大家一愣,这是个大实话,可让人觉得不是滋味。老馆长退休啦把世事看开啦,就哈哈一笑,"娃是个好娃,女子跟这娃不吃亏。"周怀彬就给老馆长把酒满上,老馆长说:"敬你岳父,再敬王馆长。"周怀彬愣头愣脑,敬过了,"敬过了,我专门敬你哩。"老馆长就把酒杯放下,"老马给娃说上两句贴心话,老王,你也说两句,怀彬,这两个老没日给你不说贴心话你不敬他两个,看两个老没日那老脸往哪搁?"周怀彬就傻乎乎地拎着酒瓶站在马奋棋和王馆长跟前,王馆长咳嗽一下,就说:"怀彬是个老实娃,老实娃都是好娃。"马奋棋就说:"我萌萌跟上你享福呀。"周怀彬就乐开了花,眼睛都看不见了,但能看见饭桌,能看见岳父马奋棋和王馆长,能看见人家跟前的酒杯子,娃实诚得很,酒倒得满满的,扑流搭沿,快溢出来了。马奋棋和王馆长全都干了。王馆长就说:"老馆长把好人做了,我老想做好人,还是没做成,我要向人家老馆长学呢。"老馆长就说:"光学不成,要听毛主席话哩,毛主席说,做一时时的好人很容易,难的是一辈子做好人。"王馆长就对周怀彬说,"这话是说你哩,你娃不要对萌萌好这么一时时,要好一辈子哩。"马萌萌就说:"我还以为把我忘了不说我了。"老馆长说:"最后一张牌都是大王,你娃把大王揭手里,你娃偷着笑哩。"

　　订了婚,周怀彬就名正言顺去找马萌萌。周怀彬第一次去马萌萌单位,单位的人都一愣,都在背后偷笑,谁也不敢在马萌萌面前放肆。后来也就习惯了。

　　周怀彬包揽了马奋棋家的家务,用俗话说,马奋棋有了小长工。儿子马强又不在身边,有这么贴心的女婿你还要咋?马奋棋就对周怀彬有了笑脸,让个烟,问候两句,周怀彬就受宠若惊,更勤快更欢实了。马奋棋的老婆爱这个凉女婿,老婆也有点过分,给儿子马强打电话,"过年过节回来一哈(下),平时就甭操心家里啦,你跟你媳妇还年轻,正是干事业的时候,你给咱把事业往大里弄,给老先人争光;你妹子把人丢下啦,你要给咱争回来。家里不要你操心,你咋就不懂娘的心,家务活有你妹夫哩。"这话说的,直的,叫人家周怀彬听着咋想哩嘛。周怀彬就在厨房修水管子哩,弄得一身脏得跟个泥猴一样。马奋棋咳嗽一声,老婆才住上嘴。周怀彬离开后,老婆子还嘴硬,"他听见又能咋?等他把咱萌萌取进门,你请他来他都不来,你掏钱让他干活他都不会动一下胳膊。"老婆子就这么把女婿娃看扁了。老婆子就像个大贪官,手握大权不弄白不弄,过期作废后悔都来不及。老婆子哪里知道马奋棋的心事,马奋棋去渭北市看过儿子马强,儿子马强就是人家中学校长家的长工,校长的儿子在国外念书,身边只有一个女子,杂碎事情

好人难做　73

全压给女婿马强了,老婆子没见过儿子马强受的罪,就在小县城里胡骚情。

周怀彬一如既往来岳父家干家务活,马奋棋就说:"怀彬,力气活你帮个手,轻松活你就不要弄了,我跟你姨还能动弹,活动活动也是个锻炼。"老婆子就翻白眼。周怀彬不是那种机灵鬼,也不会看眼色,更不会揣摸马奋棋复杂的心理。马奋棋稍一客气,周怀彬就信以为真,把煤气罐放好就离开了。马奋棋又有点失落。厕所的马桶不好用,需要修理一下,马奋棋只好自己动手。马奋棋的这点小心事自然逃不过老婆子的眼睛,老婆子就数落他,"你以为女婿娃是你亲儿呀,是你老婆我呀,你打个呵欠就给你垫枕头呀,看把你美的,再别绕你那花花肠子啦,绕来绕去,绕啥哩,女婿娃么,有话直说,到心里就憋成屁啦,憋成屁只能放了,憋成病得找医生给你治。"马奋棋修马桶的心就凉了。过几天周怀彬过来,三锤两棒子把马桶拾弄好,也真是个大老实,马奋棋在外边憋半天尿,周怀彬修好马桶,关上门,自己方便,又是屙又是尿,磨蹭好半天。马奋棋夹着腿进去,像挨了一镢把把腿打断了一样。

半年后举行婚礼,周怀彬全听马萌萌安排。马萌萌的所有积蓄花在与张万明私奔的那两个月里,那是一种梦幻般的生活,也是让人悲痛欲绝的日子。马奋棋的积蓄理所当然花在儿子身上了,不可能给女儿有多么体面的嫁妆,也只能凑凑合合。周怀彬的梦想是在县城买房子,县城房子便宜,几万块钱就能买上两室一厅。这些钱周怀彬省吃俭用才攒下一大半。马萌萌看重的是婚礼而不是房子,房子可以租。周怀彬还是犹豫了一下,马奋棋支持了女婿,马萌萌就刺了父亲马奋棋一下,"你不是周怀彬他亲爸,你看周怀彬听我的还是听你的?"马萌萌用这话刺过公公婆婆,公公婆婆当然知道房子的重要性了,马萌萌就刺他们一下,"我跟周怀彬结婚哩,这是我们两个的事情,你看周怀彬听我的还是听你老两口的?"公公不吭声,婆婆咽不下这口气,"你俩结婚你俩结,到时候我不去。"周怀彬一句话把老两口卖了,"我爸我娘就我一个儿,不靠我靠谁呀,到时候就来啦。"

女儿马萌萌的那颗雄心也激励了马奋棋。马奋棋就给不少外地朋友发了请帖。周怀彬还突发奇想,给梁局长一家发请帖,大家都看马萌萌,马萌萌都愣住了,谁也没想到这个二乎乎的家伙这么缺心眼。周怀彬还问大家咋啦?"这个主意不好吗?想想吧,多好的主意呀!萌萌跟梁局长家定过亲,梁局长是个大好人呀,见了我周怀彬还专门从小卧车里摇下玻璃窗手伸长长地跟我打招呼,跟我握手,还要我好好跟萌萌过日子,说萌萌是个好女子,梁局长老婆在车里头坐着,也说萌萌是个好女子,叫我问萌萌好,有机会去他们家坐坐。人家梁局长都升到市上去啦,心长的,记畅的,梁局长能出席咱的婚礼,萌萌你想去,你慢慢想去,你细细想去,看谁还敢胡骚情。"马萌萌冷静下来了。给梁局长写上。

梁局长的请帖不是发出去的,周怀彬亲自去渭北市跑了一趟,果然不出所料,梁局长满口答应,把一个重要的会议都推掉了。

马奋棋私下问王馆长,"梁局长能来吗?"王馆长品一口茶,慢慢咽下去,"这是个好事情,还不是一般的好事情,你这女婿不简单哩,老马你想嘛,萌萌出过事,罪魁祸首是那个大流氓张万明,最大受害者是人家梁局长家,两口子你又不是不知道,街上碰面主动跟你招呼,握手让烟,人家娃娃见你还叔长叔短,最近我去市上开会碰见梁局长,梁局长还特意问到萌萌,听说萌萌订婚了,人家梁局长高兴得,一个劲说咱萌萌是个好女子,还问许配谁家啦?对象是干啥的?人好不好?关键要人好,还打问萌萌哪天结婚,让我捎话给你,一定回来喝喜酒,我还以为是客气话,就没跟你说。周怀彬回来这一说,我相信人家梁局长不是客气话,梁局长人实在,是干大事的人,心大,事才大,你想嘛,梁局长在婚礼上一露面,风度气魄全出来了,谁不说梁局长是好人一个,老马呀,你心放肚子里,你这是给梁局长一个做好人的机会。"马奋棋就感慨,"我这女婿,怪主意一个接一个,我都跟不上了。"王馆长说:"你那女婿一看就是实在人,没啥心眼,真要是算计出来这么一个好主意,梁局长会一眼看出来,不但不来还会日嘛他娃。这么实诚个娃,萌萌不吃亏。"

婚礼热闹非凡,在周原大酒店摆了两百多桌。周怀彬的老爹老娘起先板着脸,这么大场面,花的都是他娃的钱。客人越来越多,气氛越来越热闹,老两口就受到感染,开始走动,问这个问那个,都哈哈笑起来,笑得那么开心,大家就知道老两口没啥心眼,是个实在人,气氛就更热烈了。梁局长来了。薛教授和王岐生也来了,马奋棋边招呼边搓手,"你俩给我长脸来啦。"薛教授和王岐生就说:"能给咱发请帖是看得起咱。"马奋棋跟梁局长握手时光点头说不出话,梁局长就拍马奋棋肩膀,马奋棋终于吐出一句话,"我太感动了。"王馆长招呼梁局长。

原来传说梁局长要来,大家都以为仅仅是个传说,相当多的部门领导勉勉强强来了,坐在那里抽烟喝茶,嗑瓜子,说些不相干的杂皮话,制造些虚假的热闹气氛,估计中途就早早散伙,都不知道这个婚礼后半截咋收场?周怀彬的农民父亲母亲没见过这么多体面人,两个老农民紧绷绷的脸就笑开了,大家心里就冷笑,"啥父母养啥娃,养下这么个瓜娃!"大家脸上全是嘲讽与讥笑。周怀彬瓜不兮兮地给人家端茶递烟,大家都不由一愣又相视而笑,周怀彬还被感动了。大家就看门口站的新娘马萌萌,马萌萌看新郎周怀彬的目光跟大家一模一样,大家更是一愣,新娘是个明白人,你就往下想,这座小县城往后就有好戏看了。大家都情不自禁地提前演义风流韵事了,看来这个女人压根就没有收心,誓死要把风流故事进行到底,在座的诸位不知哪一个有幸成为张万明第二。大家理所当然归结到前途无量的人身上,前途无量的人振振有辞:为女人自毁前程?大家哈哈一笑。话锋就转向前程无望者身上,反正都这样了,何不风流一回?薛教授有些木讷,也可能是涵养深没啥反应,王岐生演戏的,连编带演,好奇心重,就主动打听,不到半小时,就了解了马奋棋的女儿马萌萌的全部故事,还没心没肺地嚷嚷:"太有戏剧性了,太有戏剧性了。"就无限同情地看着新郎周怀彬,"这是个瓜熊么,我还头一回见这么瓜的人,世界上还真有瓜人,我还以为是编的故事。"薛教授很深沉也很严肃,"王岐生你厚道一点,瓜人的生活也是生活,也值得尊重。"

"我可不想过这种生活。"

"嘴别硬,每个人多少有过这么一段,不承认或者没意识到罢了。"

梁局长到了,大家纷纷起立,脸上的笑容迅速地从讥笑转换成真诚灿烂的微笑,服务员都精神起来了,酒店经理都出来了,弯着腰转好几圈。

王岐生如在梦中,薛教授说:"傻了吧。"王岐生点上烟,咂一口,长长地吐出来了,"长见识啦,长见识啦。"新郎新娘过来敬酒,王岐生看新郎周怀彬的目光都变了,迷茫、惊讶,应有尽有。马奋棋来敬酒,薛教授说:"你这女婿是个人物。"马奋棋说:"女子看上啦,咱大人管不了。"王岐生说:"谦虚啥哩?打灯笼都找不下这么好的女婿,相比之下,你编的那两本《民间故事集》分量就轻了。"几个朋友就哈哈大笑。

张万明是在马萌萌结婚第二天露面的,大家带着鄙视的眼神看他,连他老婆给他端茶倒水时鼻腔都哼了一下,张万明就知道世界出了大问题。张万明的世界不太大,就我们那个小县城,要弄明

好人难做　　77

白这么一个世界，不是太难。张万明很快就明白原因出在梁局长身上，张万明就不紧张了。这也是张万明高明的地方，张万明这一生就为女人而奔忙，只要他心爱的马萌萌没出问题他才不紧张哩。忘了提醒大家，张万明同志迟迟不露面，不是胆子小，是我们的马萌萌跟雕刻家一样修理张万明同志的形象，把他搞得都快毁容了，张万明在西安一个相好那里疗养治病。

　　西安情人是个大夫，脸蛋跟医术都很精湛。张万明那张利嘴，三言两语就把罪魁祸首从马萌萌转换成老婆。家有虎妻，丈夫才有可能也有必要在外面寻求温暖，女大夫整天跟冷兵器打交道，心肠十分柔软。客观地讲是狗日的张万明让她温柔起来的，女大夫也得到了实惠，女大夫把妻子情人母亲这几样角色扮演得十分到位，女大夫找优秀的同行给张万明疗伤。

　　那真是一段神仙日子。住高级病房，单间，女大夫百般呵护又百般温存，费用由女大夫掏，张万明提到钱女大夫就跟他急。女人动了心，跟圣徒一样，献身的劲头都有，还要把这种奉献看成一种信任与机会，还对你充满感激。女大夫乘胜追击，"这段日子你回去跟你屋里那母老虎咋解释？"你看人家这西安女人，心长的，记畅的，把心操的。张万明就很感动，张万明就说掏心窝子话，"这有啥难的，脸上的伤疤顶多半年就能好，我再跑上半年生意，挣上些钱，男人嘛，只要把钱带回家老婆就不好说啥。""那还不累死你。"说完这句话女大夫脸都红了，显然是想到他俩晚上进行的激烈运动，人家张万明又不是铁打的，幸亏是外科的皮肉伤，内脏有病的话还不把人家张万明折腾死，女大夫就声音小小的，"钱也不那么好挣，你以为你是比尔·盖茨。"女大夫就以张万明的名义给张万明家里寄一笔钱，还在附言里问老人好问老婆娃好，还告诉老婆我在西安做生意，马上回来。女大夫知道张万明的单位，也知道张万明老婆的单位，连张万明儿子学习好年年得奖得过全国奥数一等奖都知道。女大夫一个劲问娃上学的事情,"上北大清华干啥呀,就上咱西安的交大西工大,交大西工大好得跟啥一样,在西安上学,我他姨还能给娃操上一份心,娃每个礼拜还能到我这他姨家里吃个热汤饭。"

"那可把你麻烦的。"

"心甘情愿就不是麻烦,就是一个机会,我感谢你还来不及哩。"

女大夫就当着张万明的面打手机,分别打了西交大西工大两个院士的电话,院士一听,奥数冠军报考他们学校差一点从手机里跳出来。女大夫说:"咋样?这叫麻烦吗?这叫锦上添花,保不定娃学士硕士博士一路读上去,读成未来的院士。"女大夫就这么热情。女大夫喜欢张万明么,女大夫嫌西安男人油滑奸诈虚伪,一句话:假!不如小县城的男人精明还保留着朴实。女大夫就有必要在西安丈夫之外开辟张万明这么一个第二战场,相当于农家乐,隔二见三换换口味,加强些绿色食品,给整个家庭带来了活力,这是显而易见的。

张万明同志回去的时候有点洋洋得意,有点登泰山而小天下的意思,确切地说应该是华山,华山就在西安跟前,张万明养伤那段日子,正好碰上金庸金大侠华山论剑,张万明从西安归来,就有下华山那种势不可挡的气概。张万明同志就很自然地拿西安女大夫的水准来衡量小县城里他的那些情人们。第一个被考量的肯定是马萌萌。这也是张万明多年来的老习惯,阅尽人间春色,眼光就很挑剔,诸多情人单线联系,她们互不相识,但凭女人的直觉还是能感觉到张万明的目光里那种藏而不露的考核标准,那是女性的奥林匹亚,那是永远也无法企及的永恒的美,女人只要意识到这个人类性记录,就飞蛾扑火奋不顾身了。让女人们竞争,反复淘汰,张万明同志做裁判,只要不吹黑哨就行。

张万明乘坐长途汽车上了北塬,离县城越来越近,张万明就紧张起来了。到处充满竞争,像他张万明,没权没势,也没有几个钱,凭啥勾引女人?就凭男人的真本事,文明说法是风度魅力,女人才死心塌地跟你交往。这世界上有风度有魅力的男人又不是你张万明一个人,要保持绝对优势很不容易。前边提到过那个长相近于洋人的小伙子,在咖啡馆差点得手,这家伙就是张万明的竞争对手,也是最有实力的挑战者,这些年频频得手,魅力指数一路飙升,直逼张万明。趁张万明在西安养伤,乘虚而入,向马萌萌进攻。拿下马萌萌就等于拿下张万明。张万明从梁局长公子手里火中取栗,名声大振,有人要是从张万明手中夺其所爱,那声望只能是水涨船高棋胜一筹。小伙子有年龄优势,张万明比人家大近二十岁,也难为张万明了。张万明从汽车站出来时紧张死了。不知情的人还以为张万明在扫防梁局长的公子,梁局长公子是最大受害者么。

进了家门,给老婆子一个纸袋子,挣下的钱么。老婆子说:"又是寄又是带现款,看把你烧的。"张万明就吃一惊,老婆从来没跟他这么说过话。他不接话,闭上眼睛抽烟。老婆就叨叨开了,就说马奋棋来扣屎盆子,就说马奋棋给女子找了个凉女婿,张万明眼睛就亮了一下,故意逗老婆,"女婿卖凉粉?""你咋听话哩,出去一趟耳朵都不灵了。"老婆就把马萌萌的婚礼细细学说一番,张万明就笑了,老婆说啥张万明就听不见了。老婆就发现他脸上的伤,治疗得很好,伤口很光滑但细看还是能看出些痕迹,张万明就说:"贩枸杞,车上的铁丝划的,我又不是姑娘娃要那么光堂弄啥,怕你这死老婆子不要我?"老婆子心疼得不得了。张万明就套老婆话,三套两套套出梁局长。人家梁局长做好人哩,张万明就放心了。张万明还知道人家传到老婆耳朵里的闲话都是改了又改变了又变。张万明同志若干年前就在老婆的脑子里安装了杀毒软件,真凭实据都会在老婆这里走样,张万明这点自信还是有的。张万明累了,美美地睡一觉。睡得真踏实,连梦都没有。不用多想,那个比张万明年轻二十岁的挑战者不用等张万明归来,马萌萌举办婚礼那天,他就远走他乡,再也没脸在我们这个小县城待下去了。

你可以想象张万明与马萌萌在街头相遇的情景。马萌萌肯定先看人家张万明那张脸,狗日的一年不见真的脱胎换骨啦,抓过的伤痕一点踪影都没有了,连个疤都没留下。马萌萌呼吸急促。再看他那副嘴脸,还笑眯眯的,不光对着她笑,还对着整条大街笑,你可以理解成他对你笑,跟你打个招呼,也可以理解成人家也认识别人不是你一个。在马萌萌的想象中,张万明会死皮赖脸来缠她,或者相反,不理她,冷脸相对,昂然而过,她自己都觉得她下手太狠,她指甲缝里还保留着抓张万明脸上皮肉的感觉,她的手都抖起来啦,她两眼冒火,她唯独没想到这个不要脸的家伙会面带微笑,就是周润发式的让女人们喘不过气的那种微笑,幸好没有在街上发作。马萌萌毕竟结婚啦,还在蜜月期。

马萌萌就回家朝周怀彬乱发火,周怀彬满脸无辜,只能硬挨,毫无还手之力。这是他们婚后第一次吵架。也不算吵架,马萌萌一个人发火,周怀彬莫名其妙,吵不起来,马萌萌大获全胜,又胜之不武,自己都觉得窝火,就火上加火,继续找周怀彬出气,这种气越出越大,就失控了,就尖声大叫,周怀彬吓坏了,都跪下求她了,"你别叫啦,人家以为我杀人哩。""你杀我?哈你杀我?"马萌萌还真不敢乱叫了,她要保持强势就不能让人家产生错觉,就适可而止。反正周怀彬打不还手,骂不还口,任她五马长缰乱踢腾,她也不能把坑跳塌。

每个礼拜,马萌萌总能跟张万明碰上那么一两回,人家张万明很随意,朝她点头示意,丝毫没有躲她的意思。那么大个小县城么,躲不开么。马萌萌碰上张万明一回,就咚咚咚跑回去大闹一回,周怀彬还必须在家里,闹不起来,至少得有个发泄对象,周怀彬不在家也得把他喊回来。

周怀彬也有受不了的时候,就去丈母娘家诉苦,丈母娘在女婿跟前做好人。骂女儿几句,还拧女儿几下,不拧说不过去,马萌萌把人家周怀彬的脖子抓破了,在领子底下,在脖子根上,领子竖起来就看不着,显然是吸取了张万明的教训,又重温了一下老技术,果然十分了得,尖指甲跟刻刀一样划出又深又长的血槽子,周怀彬疼得嘴都歪了。吸吼吸吼跟吃辣子一样。马奋棋跟女婿一起抽两支烟,告诉女婿,"男人嘛心放大一点,婚姻都有个磨合期。"马奋棋嗓子就高起来,"萌萌,你好歹是个职业女性,吃公家饭,咋跟个农村泼妇一样,怀彬,下一次她胡闹你就把门打开,把街上人叫进来,叫她当着众人面乱跳踹,看她能跳多高。"马萌萌叫起来,"爸你是我爸吗?"马奋棋光抽烟不说话。

马萌萌跟周怀彬下到楼梯,马萌萌踹周怀彬一脚,"我爸眼瞎啦,把你当亲儿啦没良心的东西,现在你就把我往大街上拉,你不拉你不是你娘养的。"周怀彬求饶,"我不是流氓我不是无赖,我能干那些事情吗?"马萌萌拧拉周怀彬耳朵,"和爸胡说八道那时候我看你这一个劲点头哩。那是姨父考验我哩,我能么么干吗我不是瓜熊。"马萌萌吭哧一声就笑了,"还知道你不是瓜熊,你要是个瓜人就不跟你过了。"

马奋棋长吁短叹,老婆子就说:"怀彬这娃对着哩,你唉声叹气啥哩?"马奋棋把茶缸子重重一放,"城门楼对戏楼哩对着哩?对啥哩?你女子贼头翻天,女婿娃凉不兮兮压不住阵脚,再出几桩丑事你女就上戏楼啦。"老婆子就叫起来:"你把咱女子当啥人了?你还是她亲爸你就把咱女子看扁啦,你还是个人吗?"马奋棋说不过老婆子马奋棋就闭上嘴,老婆子就在他跟前连跳带吼,"这么看咱女子哩,我女子咋啦?啊?在娘家做下丑事是娘家的,嫁出去就难说了。"马奋棋心里翻江倒海,嘴抿得紧紧的。老婆子觉得话说过头了,老婆子马上改口,"你眼黑我女都不顶,人家怀彬不眼黑就成。"老婆子喊叫够,睡觉去了。

马萌萌在街上碰见张万明就远远躲开。也不知道啥原因,她又回头看一眼,根本就没有张万明的影子,完全是她的幻觉。县城的大街总是让人一览无余,不想见的人躲都没法躲。或许是人家张万明躲她呢。这么一想她的火又冒上来。这回她清清楚楚看见张万明走过来了,她要在他看见她的时候猛然转过身去,给他一个背影,给十次一百次。这个念头刚刚冒出来,张万明就闪进照相馆。里边挤一群人,还有几块布景,布景后边都看了,肯定从人群里溜了。

这么一溜就是半年,张万明再没出现。马萌萌就安静下来了。对周怀彬来说那真是一段神仙般的日子,周怀彬同志买菜做饭,打扫卫生,乐此不疲,关键是能看到马萌萌一张笑脸了。和平来之不易。马萌萌都感到奇怪。

"我就心甘情愿这么过下去?"

马萌萌已经在办公室了,还在问自己,还不经意地朝楼下看一眼。周文化艺术节又到了,楼下大街上人山人海,海外华人都来了嘛,更要命的是张万明那混蛋挤在人群里,骑着自行车就比众人高出半截,自行车上还有盛开的桃花杏花,红的白的,还有一个柳条帽……马萌萌快晕过去了。

马萌萌自己找过去的,跟他们第一次一样,马萌萌在一个库房外边找到张万明。应该交代一下张万明同志的工作,张万明是一家企业的车间主任,企业早都不行了,一年只干几个月,发个生活费,基本处于自谋生路,张万明同志就给几家私人企业跑推销,收入时多时少,应该比一般公务员高,一般的政府职员见了张万明都很客气。马萌萌找的地方很准,就是张万明兼职当推销员的一家企业的仓库,张万明负责在这里提货,大卡车开走,关上门就可以

好人难做 83

回家了。张万明点一根烟,正要锁门,马萌萌就跟狐狸一样闪进空荡荡的仓库,张万明跟着进去。没有语言过渡,他们出来时,马萌萌告诉张万明,"我明天去市上参加一个培训班,一个月。"张万明的销售点分布整个大西北,张万明就说:"只要不去北京上海,去哪儿都成。"

各走各的,他们在市上相会。马萌萌白天认真学习,晚上到张万明住的宾馆会面,天亮再赶过去,给培训班的老师说是住在亲戚那里。张万明说:"这就对啦,把我们的活动纳入正常渠道,两面兼顾多好!"马萌萌沉浸在幸福中,张万明同志就继续开导:"也不要跟丈夫闹,家庭和谐稳定很重要。"马萌萌就叫起来:"你说话跟我爸一样,你莫不是让我死心塌地爱周怀彬吧?""你爸都这么看问题说明什么?说明这话有某种道理,我不是说全部都对,有一点点道理我们就得认,你跟你丈夫闹翻影响咱俩的生活质量问题很严重,你丈夫要是待你不好,是个混账,咱另当别论,咱毫不客气,不叫妹子你吃亏,我私下观察过,人家周怀彬是个老实人,没亏待过你。""真的假的?"张万明就说了周怀彬的几个习惯性动作,还学了几下,马萌萌就叫起来,"你当过特务得是?""妹子在他身边我能不操心吗?告诉你妹子,我把他家三代都查啦,周怀彬,人好着哩。"马萌萌望着张万明半天不说话。张万明就说:"心里有妹子,才操这份闲心哩,甭胡思乱想啦。"马萌萌就说:"好人都叫你做了,把我放火上烤哩。"张万明就说:"你千万不要把我当好人,我从来没想过做好人,这世界上就没好人,也没坏人,只有可爱的人和不可爱的人。"

培训班也有礼拜天,马萌萌跟张万明就在渭北市的大街上手挽手逛来逛去,就碰到了梁局长,马萌萌手忙脚乱不知所措,梁局长哈哈一笑,"这是张万明么,咱县上的能人么。"张万明不卑不亢,"梁局长抬举我哩,我不过是个无业游民,混饭吃,算不上能人。"梁局长夫人意味深长地看着马萌萌,连张万明望都不望。马萌萌冷静下来了,上去拉住梁局长夫人的手阿姨长阿姨短。局长夫人脸上有了笑容,摸着马萌萌的头,家长里短聊了一会儿,过往的人还以为亲朋好友碰上聊天哩。

走到人少处,张万明说:"我要不插一杠子,你们就是一家人,你现在就在市上工作啦。"马萌萌就说:"你少说这种咬人话,也少拿这话拷问我,我马萌萌没后悔过,你得是怯火人家梁局长?"张万明就叫起来,"你说我怯火梁局长?你就这么看我了?"张万明手脚发抖,像得了羊痫风。马萌萌说:"你咋跟碎娃一样,我看人家梁局长心大气魄大,一点也没跟你计较的意思。"张万明就笑,"不要说让咱当市上重要部门的局长,当一个科长咱就成佛爷啦就成圣人啦。"

回到住处,张万明就拿梁局长说事。"男人心要大,人家梁局长心胸大,能容人,人家能参加你的婚礼,这一点就让人佩服。听说是你丈夫亲自来市上送的请帖,你丈夫人实在,心胸大的人跟实在人碰在一起,惊天地动鬼神哩。你说我怯火梁局长,我怯他个,我佩服人家,不服不行,男人就是这么个东西,一个服一个,你不服人家周怀彬,梁局长服哩,我张万明服哩。"马萌萌就冷笑,"这么无耻,睡着人家老婆还满口掏脑髓服人家,你服周怀彬的啥?服他的锤子吗服他的卵子?你蒙谁哩,你不就是要我一边服侍周怀彬一边服侍你吗,你就直说嘛,绕那么大个圈圈。"张万明就说:"你不明白我的意思,我的意思是让你服人家周怀彬。"

"做你的大头梦去吧!"

马萌萌一路上咬牙切齿琢磨回去如何收拾周怀彬,回到家里看到周怀彬那张笑脸,自己反而把自己给吓住了,她平生第一次不反感这个男人。周怀彬也真会说话:"出去学习学习好,学了跟不学就是不一样。"

"咋不一样?"

"素质高多了。"

马萌萌没刺他。人家跑来跑去牛马一般服侍你,你好意思翻脸吗?马萌萌那些计划全乱套了。晚上跟周怀彬同房的时候,也变主动啦。这可太可怕了。周怀彬完事后呼呼大睡,马萌萌诈尸一般坐起,撕着头发问自己怎么这么贱。婚后同床她一直僵硬不动,跟烈火中的勇士一样。有时候她也同情周怀彬,看着这个瓜不兮兮的男人忙上忙下就像一个奸尸的罪犯,就想帮他一下,配合他一下,可做出的动作正好相反,更僵硬更让人家受不了。她就怀疑是在市上这个月太幸福了,跟度蜜月一样。当时她还对张万明说了这种美好的感觉,张万明就说:"咋把上次蜜月给忘了,上次可是两个月呀。"张万明这辈子度了无数次蜜月,尝到甜头就费尽心思三番五次勾引女人出来度蜜月。正常情况,女人回去往往会延续这种美好的感觉,丈夫也得益不少,形成良性循环,张万明就成为许多家庭幸福的根源。女人会慢慢意识到这一点的。马萌萌刚刚纳入正轨,就难受得不得了,跟丈夫同床好像失身一样。

整整一个月马萌萌没找张万明,张万明发短信她也不回。她有点破罐子破摔,对周怀彬有求必应,把周怀彬美得跟馋娃偷吃美味佳肴一样,瓜不兮兮都叫开了,"老婆!——老婆!——老婆你咋这么好啊!"狗日的都幽默起来啦,模仿《少林寺》主题歌来歌唱老婆。

一个月后他们还是见面了,张万明发短信说有大好事,马萌萌心想狗屁好事,还是不回。张万明马上又来一条短信,再不回我就到你家来找你,有点威胁的意思了,马萌萌怕谁呀?马萌萌就过去了。在一家茶座包厢里,坐下,张万明就来一个亲热的动作,马萌萌跳一边,"不许强奸我!"把张万明给逗笑了,张万明就说好好好,坐她对面,告诉她,有一个好玩的故事,不是面汤锅里煮驴冒鞭

（编）下的,是真的,你老哥我亲身经历下的。马萌萌鼻子一哼,"你就编,看你能编出个草帽嘛能编出个蒲篮,还面汤锅里煮驴哩,煮老虎也是那么大个事。"张万明让马萌萌下保证:不许外传,传出去出人命哩。马萌萌就说:"我还不知道你那点小九九,把我哄高兴,再解我裤带,再让你受活,姑奶奶今儿个就看着你给我灌多少洋米汤?"马萌萌站起来撩起外套,露出裤腰,腰上扎的是牛皮皮带,不锈钢扣子上有许多机关,马萌萌武装到牙齿了,十分得意地看着张万明,"有屁就放,姑奶奶听着。"张万明就讲开了。果然是一个惊心动魄的故事。一个礼拜前,一个神秘的电话把张万明约到崛山风景区,那里有度假村。在一个僻静的小小的房子里,张万明见到了梁局长。

"我不知道他要干啥,我站着不动,他一个劲叫我坐,我就是不坐,梁局长就双手搭我肩膀上,笑呵呵地硬把我压在椅子上,给我点上烟,倒上茶,还一个劲地挖苦我,张万明一个大男人么,怕我老梁吃了你?他这么一说,我反而不紧张了,怕啥呢?不就日了你没过门的儿媳妇吗?我又没强迫她,心甘情愿的事情嘛,拉到法庭上我还这么说,我怕谁,我就美美地抽了一根好猫,喝了两口普洱茶。梁局长就说别忘了,咱可是乡里乡党,我就是到市上省上我还是咱北塬人,咱都是周公的后人,我诚心诚意想跟你张万明谝一谝,今儿个你别把我当领导,就把我当乡党,权当咱两个在另外一个星球遇上啦,你说咱两个乡党该不该谝一谝?我就说:梁局长把话说到这份上啦,我也把你当乡党,你想谝啥呀?梁局长就说:我最近遇上了难题。梁局长说到这,就一个劲地打量我。我心想,都成市领导啦,交往大得没边边,能请教我张万明?该不是日弄我耍骚我?可看他诚恳的样子又不像。这几年人家当官的黑道白道都交往哩,我张万明哪个道都不是,我当的最大官就是车间主任,厂长是个科级,副厂长副科,车间主任连个都算不上,女人是日了些,

好人难做　87

但咱又没贩卖妇女,没强迫妇女,更没有让女同志卖淫盈利,咱诚心诚意跟妇女交朋友,把妇女当宝贝,咱也辛苦得很,咱也冤得跟耿劳一样。梁局长多厉害,梁局长把烟往烟灰缸里一摁就说:我也是诚心诚意的。把我吓一跳,我刚想到诚心诚意,人家也想到了。人家梁局长就实话实说:我请教你张万明是有原因的,我梁某人遇到的难题就是女人的问题。梁局长捂住脸长吁短叹,话都说不下去了。这下我放心了。我应该早早想到这一层,还是我心不大,一个劲把人家梁局长往坏处想你说我还是个人吗?女人这方面我确实有两下子,这点自信我还是有的,你别拧我,你别抓我,你还没抓够?还想毁我容,你住手,赶快住手,你再不住手我就不讲了,这就对了,给老哥些安慰,把老哥哄高兴,老哥就能讲利索些。梁局长那样子,肯定叫女人把夹住了,女人好日也难日,看对谁哩,弄不好就跟夹老虎豹子一样被夹得死死的。你没见过泼妇打架,你算不上,你只会抓脸,告诉你,女人都会抓脖子抓脸,这是女人的常规武器,凭你抓我脸的功夫我就知道你是个好女人,你别叫,你叫啥哩,我知道你当时就像个豹子,成了豹子也只会抓男人的脸,这么好的女人你说我在哪儿找去?我张万明又不是瓜皮,我这就告诉你马萌萌,啥女人最祸害,你对天发誓你往后可不许对你老哥来这一手,你发誓,再叫三声哥,不行,不行,非发誓不可,这是损招,是女人的核武器,核武器你懂吗?千万不敢落到恐怖分子手里,像本·拉登这些人提个核武器还不把地球炸个大窟窿?女人变恐怖分子更可怕,电视上报道的那些人肉炸弹大多都是女人,女人啥都好,就是爱激动,控制不住自己的情绪,燃点很低,一点就着,有时候都不用点火,哈口热气她就能爆炸,属于易燃易爆物品,咱俩好到这份上了,我也不敢轻易告诉你。你发誓我就放心了,我还得告诉你,你不但不能对老哥来这一手,给人家周怀彬也不能来这一手,损招啊,除非有人强奸你,跟你胡骚情也不行,男人动手动脚很正常,世界上这些核大国,雷声大雨点小,压根就没雨点,互相吓唬吓唬,谁也不敢撂原子弹,你说广岛长崎,日本人把人家美国摁到地上裤带都撕下了,锤子都塞进珍珠港了,塞到纽约华盛顿就来不及啦,就跟上人家一起动弹一起跳踹啦。你别拧我,我这就告诉你,厉害女人不在男人脸上打主意,下身么,不是鸡,抓鸡巴是鸡,为啥把妓女叫鸡,妓女就知道个鸡巴,也不能怪人家,人家的生意在鸡巴上么,鸡巴是越拨越硬,越拨弄男人越舒服,再往下想,还想不出,跟周怀彬过了两天,也瓜不兮兮成瓜女人了,老哥给你说,卵子,明白没有?卵子,对!对!就是鸡巴下边那两个蛋蛋,没想到吧?这才是男人的命根子,轻轻捏,为人就浑身打战,稍用些力,男人就哭爹喊娘,再加一点点力,男人就口吐白沫不省人事。不敢使劲捏,使劲一捏,就出人命啦,你就是个盖世英雄也立马气绝身亡。梁局长的卵子让女人给攥住啦,攥得牢牢的,不放手么,梁局长真是的,养二奶嘛,跟女下属弄啥哩嘛,女下属大小也是个干部,至少也是个职业女性,有知识有文化有技术有经验,那可是个双刃剑,能跟你好也能要你的命,一万只鸡也顶不上一个职业女性。你别胡说八道,我不弄鸡,鸡太脏,对对,人家梁局长也不会弄鸡,我打个比方么。梁局长也不会包二奶,二奶容易暴露,咱这里不像东南沿海,咱这里是周秦汉唐,弄啥事都要顾忌个影响。你看人家梁局长人好的、和蔼的,见谁都是笑眯眯的,问长问短,没架子,据说调市上走的时候,老单位看大门的老汉都流眼泪哩。这么好个人,叫女人把卵子攥手里确实不是个办法,你没见当时的情景,把梁局长愁的。这种事跟别人没办法商量,官场险恶,跟老婆更不敢说,想来想去我张万明最合适,我至少不会出卖他,没有利害冲突么。我干过不少缺德事,都是女人的事情,其他事上没啥恶名,这个梁局长都知道,咱俩的事情,人家梁局长心大肚量大,没跟我计较,我再要做出些对不起人家梁局长的事情,我还是个人吗?我还能栽在世上吗？我就给梁局长点上烟，倒上茶，叫梁局长别上火，别着急，有话慢慢说。梁局长一口气交代了五个女人，有县上的有市上的，有长达十几年的，也有新发展进来不到两年的，都是女方主动，这就很要命，梁局长基本上是顺手牵羊，我就告诉梁局长，跟女人打交道是门学问，是门技术，你得付出艰苦的劳动，酸甜苦辣百味俱全。梁局长似懂非懂，我就给他打个比方，就像手擀面与方便面，你梁局长交下的女人都是方便面，顶多也是轧面机轧出来的，机械操作，你就没动手么。最理想的状态应该从犁地开始，把地整好，把肥施足，把种子选好，还要撒种、出苗、除草、松土、浇水、打农药、收割、晾晒、磨成面粉，再和面，揉好几遍，再擀开，一点都不敢马虎，丝丝入扣，慢工出细活，这样交下的女人，你就慢慢受用，你就会觉得女人日他妈太美好了，没有女人的世界一天都活不下去。我这一套土洋结合的理论把梁局长听得目瞪口呆。梁局长又问了一个瓜不兮兮的问题，女人再好，老让你花钱。我就告诉梁局长，女人真心喜欢你不但不花你的钱，连她的命都能拿给你。梁局长就说我张万明面汤锅里煮驴哩冒鞭（编）哩。梁局长会说粗话了，这就好办，我就趁热打铁，告诉梁局长，女人的本性是奉献不是索取，一个男人活到让女人把血咂干，把骨髓咂光，还不如死，还不如拔根毛吊死去，棉花包上栽死去，撒泡尿淹死去。你梁局长把女人变成了吸人血吸人骨髓的妖精，最大受害者是谁还不清楚吗？你卵子疼算个啥嘛，女人变成妖精比让你死了还惨，让你受的是活罪你明白吗？哈，我都不知道我张万明能说出这么出色的话，一下就把梁局长给噎住了，眼睛瞪得跟牛卵子一样，瞪我好半天，就垂下头，光抽烟不说话。我也不说话，我戳到梁局长心窝窝里了，男人嘛，日男人上半身日女人下半身。抓捏卵子那是女人干的，咱个大男人咱不干那事，咱又往梁局长伤疤上搓一把盐，我救他哩你以为我害他呀。我就咳嗽一声对梁局长说，你细细想一想嘛梁局长，这些年从中纪委到省纪委市纪委县纪委纪检了的干部有多少,多得很嘛,每个贪官背后都有一个几个甚至几十个女人,网上说了嘛,贪官是女人炼成的,咋炼哩?吸血咂骨髓嘛,快咂干的时候,纪检委就双规呀,移交法院呀,我估计你快让人家咂得差不多了,老百姓把纪检叫鸡奸,哈,梁局长知道鸡奸。梁局长左右为难,情妇们贪得无厌,牛笼嘴尿不满,不答应就捏他卵子,答应嘛,纪检委反贪局要盯上你,前后都难受,梁局长把人活得,艰难的。这时候梁局长还有心思问我,我付出那么大代价咋就打动不了一个女人的心呢?哪怕一个呀!哪怕一会会儿呀,梁局长又是拍椅子扶手又是拍大腿,都快控制不住了。我就知道梁局长有救啦!梁局长良知未泯,属于可以教育好的子女,这个你不懂,'文革'时有个说法,出身不能选择,道路可以选择,给家庭出身有问题的子女一条出路。咱得给梁局长一条出路呀。我就告诉梁局长:女人没有那么复杂,简单得跟啥一样,你真心跟她好,她就跟你好,啥也不图你,就图你这个人,我知道那些女人当初都信誓旦旦给你说过这种话,这种话谁都能说,告诉你梁局长,我交下的女人没有给我说过这种话,萌萌你说过吗?你想说我也不让你说,你真的说了,我就不理你了,感情是交哈(下)的,不是说哈(下)的。你试火一哈(下),啥好处都别给女人,看女人跟你交不交?梁局长就说,刚开始是这样啊,啥都不要,给她,她还发脾气,后来就变了。我就问多长时间?梁局长就说:一般都是一年,也有两三年以后的,也有的平常不要,偶尔要一下,可胃口大得够呛。我就笑,这哪是情人嘛,高级特务高级间谍,潜伏下来的阶级敌人嘛,你踩上地雷啦,你要抽身,还不能让她爆炸,你首先想到了哪里跌倒就从哪里爬起,说明你是个好同志,感情问题就从感情上解决,咱真心实意地爱上一个女人,同时让人家女人也真心实意爱上咱,那些咂骨髓的妖精就跟伤疤一样慢慢结痂,咱先把血止住。梁局长点头,我就说,过去皇帝都微服私访呢,你想办法把你身份变一下,跟我这个平头百姓一样,实心实意交上一个女人就不会有麻达。梁局长眼睛亮了一下,梁局长放松了。我也是老江湖,跑推销见识过不少当官的,遇到事,就知道拿钱拿女人打通关节把事情摆平,像梁局长这种临危不惧,寻找真正爱情的人还真让人稀罕。女人快把他毁了,他还对女人没死心,这世界就有救了,凭这一点我张万明就得帮他。"

马萌萌就说:"你真的认为女人这么好?"张万明连想都没想就说:"你这不是废话吗?"

马萌萌回去就问周怀彬:"你得是给张万明胡说啥来?"周怀彬说:"我知道人家张万明,人家张万明不知道我,我想和人家说话说不上,正经话都说不上,还胡说哩,你抬举我周怀彬哩。""你这些天的活动全部交代,对,全部。"周怀彬就端个小板凳坐马萌萌跟前,一五一十地回忆他这些天的每一桩事,碰到的人,说过的话。周怀彬记忆力相当好,跟放电影一样,过一遍镜头,还扳着指头一个一个算,马萌萌嗯嗯地听着,很快就听出了问题,周怀彬在大街上碰见过梁局长。

梁局长升到市上,父母还在县上住着,两位老人死活不离开县城,梁局长的弟弟妹妹在县上,梁局长每月都要回来看望老人,就在街上碰见周怀彬。人家梁局长也是随便问了一下,"小两口日子过得咋样?"周怀彬就实话实说:"这两天美得很,在这之前,就不是人过的日子,天天吵天天闹,早知道结婚是这样子都不结婚了,我虽然不跟她计较,可我也不是瓜熊,我姨父是文化人,我姨父安慰我,说是婚姻磨合期,渡过磨合期就好啦,还真让我姨父说着啦。前些天萌萌去渭北学习一个月,回来就变了,哎呀,待我好的,跟做梦一样,女人原来是这个样子,这才是人过的日子。"梁局长就想到在渭北市街头碰见马萌萌与张万明一起逛街的情景,梁局长就意味深长地说:"怀彬是个好娃娃,萌萌跟上你是她一辈子的福气。"

马萌萌叫起来:"再说一遍!"周怀彬就把当时的情形细细回放一遍,全成了特写镜头。马萌萌站起来,"真是这么说的?"周怀彬就说:"你知道我从来不说假话,人家梁叔叔心长的,记畅的,人好的。"马萌萌尖叫一声倒沙发上,"我这辈子咋这么倒霉遇上这么个货!"周怀彬就说:"我是人我不是货,我祸害不了你,你细细想去,手搭心口想去,人家梁叔叔那么大的干部,都说你跟上我享福哩你不要人在福中不知福。"马萌萌手脚发抖,说不出话,恶狠狠地瞪着周怀彬牙咬得咯铮铮就像老鼠咬铁锨。周怀彬就说:"想看你就细细看,能把我看成一朵花也是个好事情,情人眼里出西施老婆眼里出皇上反正你是我老婆咯。"马萌萌就闭上眼睛,闭得死死的,涌出的眼泪跟胶水一样。

第三章

参加完马萌萌和周怀彬的婚礼,王岐生就知道自己这辈子没戏了,他当时就对薛教授说:"马奋棋真是的,把宝贝女儿都许配给凉女婿了,还收集那么多凉女婿的故事,还害得我费劲把脑编啥狗屁秦腔戏,戏都叫他女婿演了,叫咱跑龙套呀,把咱当成啥了。"薛教授就说:"你气糊涂了,你可不敢当着马奋棋面说这话。"分手时薛教授说了公道话:"你在兰州闹那么凶是有道理的。"王岐生是薛教授的学徒,由于种种原因,多年不来往,《傻女婿故事集》让师生重归于好。兰州事件后,王岐生总算听到了一句安慰话,王岐生就说:"有老师这句话,我今晚就睡他个安生觉,我这一年多都是睁着眼睛睡觉哩,我冤得跟耿劳一样。"薛教授就说:"就这么煎熬自己?为啥要等到晚上?现在就睡,大白天就睡,白天睡觉养人哩,你看你憔悴成啥了,都成七八十岁个老汉了,再这么下去老婆就跟人跑了,谁跟老汉过呀?演了个凉女婿,你都凉了,瓜了。"王岐生给老师鞠躬,薛教授拍拍王岐生肩膀,王岐生摇头晃脑,走着走着唱开了。

"凉娃娃啊凉娃娃,
你把蔫噢噢当黄瓜。"

秦腔戏《凉女婿》倾尽了王岐生的全部心血。他把民间传说

《凉女婿》作为整个故事框架,融合电影《阿甘正传》的喜剧色彩和卓别林早期无声电影的戏剧动作。他也跟卓别林一样自编自导自演,你就明白剧中第一号主角凉女婿由编导王岐生自己扮演,你也就明白在兰州会演时王岐生罢演意味着什么。

王岐生的举动超出所有人的意料,单位领导以为有人栽赃陷害。团长上厕所离开座谈会片刻,得到证实后,团长就说,这家伙肯定吃定时炸弹啦。团长还想保护王岐生,别人就叫起来:"这叫自我爆炸,团长真会说话,还定时炸弹,好像有人遥控,罪魁祸首成受害者啦。"王岐生这么一闹,戏演不成,大家白忙活了,能不气吗,杀王岐生的心都有。团长毕竟是领导,说话得留有余地,团长问了一下当时的情况。同事们对王岐生有情绪,会议工作人员与专家学者就比较客观。王岐生确实不像话,专家谈得很好,媒体来了不少记者,专家说优点的时候王岐生频频点头,他还认真做笔记,专家就很感动,就对王岐生另眼相看,就说掏心窝子的话,从结构主题到细节对话,说得很具体,参加座谈会的还有不少同行,这些人就坐不住了,他们也是搞戏的,他们可没有得到过如此真诚的关照,有个年轻同行以玩笑的方式表示抗议:王岐生要采纳了这些意见,那就不是一般水平了。专家只有一个想法,搞一个戏不容易,尽量使其完美,能成为经典也说不定。一位大师级的专家开始发言了,王岐生就是这个时候发难的。他一直认真记笔记,大家的目光都在专家身上,高水平的意见,特别吸引人,专家越说越好,超常发挥。这时候王岐生已经停下笔了,头越来越低,快到桌子底下了,大家就听到一阵低沉的怒吼。

"我的戏!我的戏!这是我的戏!"

专家也不发言了,冷静地告诉王岐生:"没人抢你的戏,更没有人说不是你的戏。"王岐生的声音大起来,"我的戏都叫你给抹黑了。你竟然恶毒攻击、亵渎,你们不感到羞耻吗?"王岐生越说越激动,声音越来越高,就失控了,大声宣布:"这是我的戏,不许再演我的戏。"王岐生罢演,整个剧组就瘫痪了。团长差点给王岐生下跪。到目前为止,也只有团长能跟王岐生说上话,其他人没门儿,带队副市长文化局长都让王岐生吼出去了。王岐生当初是人家团长招进艺校的,还破格给王岐生评了中级职称,团长也只能劝,王岐生不吼他滚出去,就已经给他面子了。团长都有点后悔,为演这个戏,团长带上王岐生从局里跑市上,连市领导都见了,麻烦也出在这里,戏排了一年半,王岐生集导演编剧主演于一身,动不动拿常香玉说事,就是那句有名的"戏比天大"。王岐生那时候就动不动找市领导。领导们似乎都有越级关怀的美德,比如将军跟士兵,大师与小学生,就极为和谐,与同僚或下属,就极不和谐。团长引见的,团长必须一颗一颗咽下这些苦果。我们的王岐生同志并没闲着,他手机上有各级领导的联系方式,他大闹座谈会后,立即回房间,任凭同事们包括团长敲门,他向远方各级领导报告了刚刚发生的恶劣事件,当然是以他王岐生的角度进行阐述,难以避免地加入戏剧色彩,演戏的嘛。记者们稿子还没写完,领导们的大脑已经输入了王岐生感情充沛的软件,王岐生不理记者,媒体轰炸也不是啥坏事。

领导很快做出指示:安抚王岐生同志,尽量满足王岐生同志的要求。带队的副市长文化局长包括团长都为难了,王岐生同志要求专家们消除影响,在相关报刊做一个专栏,充分肯定《凉女婿》巨大的艺术贡献,换句话说就是要专家们说好不说坏。带队领导做了大量工作,死缠硬磨总算弄了一整版锦绣文章。会演结束,《凉女婿》连提名的资格都没有。

王岐生又是一番折腾,责任全落到几个带队领导身上,王岐生反而成了受害者。市上某领导当着大家的面打电话,安慰王岐生同志,再接再厉,再演出一台好戏。大家马上要上火车了,散伙了,白忙活一场,大家肚子窝着一把火,可人家王岐生就把怒火燃烧在脸上,燃烧在眼睛里。有人气极生悲,调侃王岐生是戏剧大师。王岐生毫不客气地说:"你才知道?""这么多年咋看不出来哩?""那是你眼睛没水。"有人就出来纠正:"那是王岐生同志没有发现自己,发现自我很重要,王岐生同志你要好好发现自己哩,你的潜力还大着哩。"

　　团长咋都不相信这是王岐生弄下的事情,好多人都不相信。好多年都不排戏了,都发不出工资了,各自为政,组成大小不等的戏班子,奔走在乡村,农民红白喜事,甚至给人家哭坟,一场五十块钱,庙会演出就相当上春晚,除过回家连进城的机会都很少,能在县城演一场戏,跟做梦一样。王岐生跟同事们合不来,他们那个戏班子跑江湖不到一年,王岐生就跟大家闹翻了,自己单独拉一伙人,都是艺校刚毕业的学生,其他戏班子淘汰下来的职业演员也有两三个,这些人都待不长,经常换,人家受不了王岐生的怪脾气,暂时找个落脚点,机会成熟就拍屁股走人。王岐生就带着这么一支不三不四的戏班子,吃了上顿没下顿,到处瞎混,竟然也混下来了。用他的话说比农民工强不了多少,甚至不如农民工。

　　当初王岐生找团长谈他的构思创意,团长觉得王岐生脑子发热说梦话。王岐生拿出《渭北日报》,上边有一大版有关马奋棋的内容。团长就问这人跟你有啥关系?"啥关系?关系大着呢!"王岐生又拿出几张照片,两三个人的合影,其中就有马奋棋与王岐生,最牛皮的是俩人的单独合影,王岐生胳膊搭在马奋棋肩膀上,脑袋快要挤在一起了。团长就抬眼看王岐生一下,王岐生拉开黑色人造革皮包又拿出一本杂志,停办多年的地区文学刊物《西北之北》,团长记得王岐生曾在杂志干过几年,王岐生就是从这家杂志跳槽到团长手下的,可团长很少看这本杂志,王岐生就一页一页翻开,让团长细细看,上边有马奋棋的文章,全都是民间故事,后边注明责编王岐生,团长就说:"这个马奋棋跟你有点关系啊。"王岐生就说:"给你说么,关系大着呢,还有点关系?这是一点点关系吗?我再给你透露些内幕,当初马奋棋从民间故事转向小说创作还是我指导的,老马寄来一个万把字的民间故事,我一看就是胡编下的,已经有小说色彩了,就推荐给小说界的朋友,老马就开始写小说,写来写去又回到老本行,狗日的,天生是搞民间文学的,还真搞出了名堂,你细细看,不着急,细细看。"团长就把杂志细细看一遍,团长就说:"这个老马还真有那么两下子。"王岐生从包里掏出两本书,即《渭北民间故事集》(五)(六),扉页上有马奋棋的亲笔签名,还有几句感谢之类的话,团长就说:"看来你俩关系不一般。"团长就对王岐生的设想与创意有了兴趣,王岐生就说:"不着急,不着急,咱先把兴趣放在老马的著作上,先看看人家作品再说。"王岐生不容团长客气,抓住团长的手就往外拖,跟土匪抢劫一样,"走咱喝酒去。""家里喝么,怕我管不起饭?"团长边挣扎边喊叫,团长不喊叫不行么,人家王岐生带一大包东西来看他,都是青藏高原的土特产,青稞酒,雪莲,团长老婆已经在厨房吱喽喽炒开了,王岐生硬把团长劫走了。

俩人在馆子里要了一盘猪耳朵、一盘牛肉、一盘炸小黄鱼,一瓶西凤六年。上酒时发生了争执,王岐生要上西凤十五年;团长虽然是个团长,好几年没喝过西凤十五年了,西凤六年都很少喝,团长这回来硬的,王岐生只好妥协,上西凤六年。干了第一杯,话就多了,团长就说:"你挨的五六年没露面啦,哪搭野去来?"王岐生就说:"反正没在陕西。"

"把老婆娃撇家里,一个人吃饱全家不饿。"

"往家寄钱哩,回来给老婆缴公粮哩,你把我看成啥啦?"

"没见你露过面么,都是你老婆来领个生活费,骂骂咧咧说狼把你吃了。"

"这死婆娘欠揍,女人的话你都信,看你这水平。话又说回来,回家少也是事实,回来了也跟贼一样天黑进家天亮走人。"

"那不是贼,那是嫖客野汉。"

两人哈哈大笑,碰杯干了。王岐生就说:"都混成无业游民了,跟旋风一样,忽儿起来又忽儿消失,凄惶得很,没脸见人嘛,叫我咋露面?要不是这张报纸,我也不会来见你。"团长就呵呵笑:"马奋棋这张脸太值钱了,姜太公钓鱼哩,把我这可怜的碎兄弟给钓出来了。"

团长就重点看了《渭北民间故事集》第六辑,也就是最有特色的《凉女婿》专辑。团长就有信心了,就给王岐生打电话。团长太了解王岐生了,点子多胆子大,变化也大,总是提出设想,让别人去干,干差不多了,再插进来,完全是领导做派,同行都忌讳这种做法,领导插进来是好事,挂个名,又不当真还能要来经费,还能当保护伞,你一个业务人员来这一手,就破坏游戏规则了。团长还是得问问王岐生,剧本出来了没有?王岐生就说:"没影子的事能干吗?团长就知道咋回事了,团长就骂王岐生,狗日的我上辈子欠你的,我又要挨骂呀。"

以往都是这种模式:王岐生跟团长说个创意构想,把团长鼓动起来,再由团长去鼓动领导,争取经费,团长唱完红脸,又咬咬牙去唱白脸,死缠硬磨让其他人完成剧本,团里交代的任务嘛,人家拿出草稿,王岐生拿去再润色一番,就毫不客气地写上自己的名字。团长又一番折腾调理,原作者与修改者排名前后很让人头疼,王岐生有时在前,有时在后。第一次最麻烦,差点打起来,团长好话说尽,人家也不干,没先例呀,写出草稿的人嚷嚷不让团里修改,自己找人修改,修改一下都要署名,全世界的编辑都可以把自己的大名署在作家的前边或后边,这世界还算是世界吗?团长当时给人家派任务时没说这是谁的创意是以组织名义说的,人家就没在意,以为最多挂上团长的大名,要经费,出事有人顶着,人家就这么想,定稿本上赫然出现王岐生的名字,定稿本打印了几十本,分送各部门,等于公开了,人家肯定要闹,团长都快捂不住了,上级来追查,团长那里有王岐生留下的文字记录,王岐生把主要设想写成千字左右的文稿,团长都记不清了,王岐生就说,当初我给你两份复印件,原件在我手里,创意是我的,后期工作我也做了,理所当然要署上我的名字。团长也只好说:"都怪我,我给人家派活的时候没说清楚。"就这么不了了之。这个先例一开,团长派活的时候人家先问有没有创意?王岐生插不插手?王岐生照插不误,团长就备受折磨,工作又不能不做,王岐生就出主意,咱们一块儿去找领导,从上边往下压,同事们只能忍气吞声。大家就开玩笑,说王岐生把粮食不往面粉厂扛也不往厨房扛,直接扛上饭桌还要坐上席,还要当酒司令,不会磨面不会和面更不会擀面,就一张吃饭的嘴,吃饭这本领,傻瓜都会。有些说法就比较难听:从王岐生做事方式上我们终于明白初夜权是咋回事,媳妇娶下让别人先开苞,甚至让别人把种子撒上,把孕妇经管上,再送到产房,人家王岐生连产妇都不见,直接去抱娃。王岐生只淡淡说一句,"人活世上,啥难听话没有听过?"大家慢慢习惯了。王岐生就是这么个人,你有啥办法。

王岐生五六年没露面,但这个习惯不等于不存在。团长就很策略地问一下,王岐生一副照老规矩办的样子,团长就知道该怎么做了。

团长就领上王岐生一个部门一个部门找领导。王岐生比以前腰杆硬多了,带十几本马奋棋亲笔签名的《渭北民间故事集》第六辑,也就是《凉女婿》专辑,再加上十几份刊有马奋棋专访的《渭北日报》。团长说:"你下了大工夫啊。"事情就很顺利,跟领导说明来意,把书与报纸往桌上一放。本地的文化资源,又是获奖作品,领导高兴啊,尽量满足文艺团体的要求,好多年都没排戏了,领导自责一番,又特别强调,加大力度,加强力量,编好、导好、演好,一、二、三,简明扼要。领导关心,经费很快到位。

艺校好多年没有这么风光了,市财政拿出几百万,局领导都眼红了,不要说一个小小的艺术学校。文化部门长期冷落,过年过节挂个灯笼,组织个社火,偶尔有专家来搞田野调查,才想起文化部门,上上下下对文化的理解就是电视,广播电视局就是文化局,真正的文化局露个面都很难。你就可以想象艺校剧团团长那段时间有多么牛皮!腰杆有多么硬!办公室电话就打了两三天,各路人马早就分散于大江南北,有些人都联系不上了,打手机发短信打电报,限期报到,要开工了,要排戏了,有人戏言烟囱要冒烟了。

大家见面百感交集,演员爱激动,有人相拥而泣。跟王岐生积怨很深的导演们编剧们也做好当傻瓜的准备,挨宰吧,团长在经济上从来没让大家吃过亏,这样的领导已经很少了。王岐生也一反常态,剧本草稿才进行一半,他就提前介入,都动手写了,这就让同事们很吃惊,王岐山把大家耍大头耍好多年了,也等于让大家从心里蔑视了好多年,这回大家诚心诚意地表示钦佩。王岐生亲手写的那几段还真漂亮,王岐生自己都兴奋起来了,又是呵气,又是搓手,又是拍桌子,大家就循循善诱。

"怎么样老王?品尝到创作的快乐了吧?"

"太绝了!太妙了!我都不是我了!"

王岐生进入了真正的创作,大家就退出去了。那是王岐生最感动人的一段日子,连家都不回,老婆送饭,老婆都认不出丈夫了,整个人都处于王蒙先生说的燃烧状态,王蒙有本书就叫《文学是一种燃烧》。王岐生这种状态把老婆吓坏了。王岐生在这里翻阅剧本草稿时突然神灵附体进入状态,奋笔疾书写一上午,写出近两千字,大家震翻了,不要说王岐生老婆,这些在场的老同事也认不出他了，几句玩笑话之后，大家就把整个房子腾出来，虽然有恩怨，干出漂亮活的时候，人家还是很支持的。团长当然高兴，团结比什么都重要，马上给大家另安排办公地点。中午饭是同事掏钱买的盒饭，同事们说了，王岐生肯干活，我们给他牵马坠镫都愿意。王岐生同志开始劳动了，人人高兴。王岐生老婆是第二天中午去单位送饭的，王岐生同志当天晚上没回去，晚饭草草吃两口，就不让打扰，挑灯夜战，房子里有旧沙发，有军大衣，实际是戏装，可以过夜了。

老婆第二天中午十二点准时赶到。老婆接到电话时还以为人家开玩笑，结婚这么多年啦，王岐生啥时候加过夜班，怕不是打麻将吧？男人们打牌搓麻将通宵达旦是常有的事，老婆早就习惯丈夫夜不归宿了，给她打招呼还是让她感动："狗日的，学会尊重人了。"老婆第二天早早下班，买菜包饺子，赶到艺校。艺校的人就看到可笑的一幕，演滑稽戏也不一定有这种效果，老婆拎着饭盒推开门，王岐生正好侧面对门，老婆看一眼，又退出来，以为走错门了，还嘟嘟囔囔："这死鬼到哪去了？"就问楼道里的人，"我家老王哩？"人家就说："你刚进去没看见？"老婆就返回去，走到王岐生跟前，左一下，右一下，看好几遍又退出来，"是我们家老王吗？热乎乎的，发烧了呀，咋不送医院？"老婆就掏手机打120，人家就拦住了，"你家老王进入创作状态啦。"老婆就嚷嚷："有这么创作的吗？比我煮的饺子还烫，都烧起来啦。"人家就说："你家老王这还是初级阶段，刚入门，也就是干蒿子火，烧不开锅，烧个势，硬柴火才叫火，真正的艺术家都是炼钢炉，都能炼金子，你家老王还在烧瓦盆，就把老嫂子吓成这样。"

"结婚这么多年，没见过他这样子嘛。"

"追求你的时候都没有？"

"疯疯癫癫过一阵子，但也没烧嘛，人家骂男人胡骚情说把你烧的,我老王从来没烧过。"
"他没有正经写过东西嘛。"
"你咋这么说我家老王哩?"
"老王现在烧着哩,烧着了就好么,你千万别打断他,你打断他的燃烧,他会打断你的腿,别看你是他老婆,就是亲娘老子都不行。"
老婆被唬住了。人家继续发挥。
"你把饺子放桌上就赶紧往回走,以后送饭就这样送,悄悄上楼,悄悄进去,他不跟你说话你就别理他,你走你的。"
"坐月子哩吗?"
"比坐月子邪乎,就像你两口子在床上跳米倒倒,那是全身心投入。"
我们那里把跳舞叫跳米倒倒,夫妻同房状如舞蹈,王岐生老婆脸就红了:"艺校的人咋这么流氓。"
"你老王才是大流氓。"
王岐生老婆第二次送饭时轻手轻脚把饭盒放桌子上,轻手轻脚整理了行军床,军大衣换成了被子,还加了个枕头。那么小个床,枕头边都是书,书掉地上啪地一下女人吓了一跳,赶紧捂上脸,好像谁扇了她一耳光。她老王没反应,照写不误,她就坐床边,怕板床响,担半个屁股,跟鸟儿落树梢一样,静静地看着她老王。她老王这么专心,她真的没见过,她就想起艺校那些不正经的家伙用夫妻同床打比方。她都是中年妇女了,儿子都上中学了,啥话没听过?她还是脸红了。这话流氓是流氓还有那么点道理,甚至比这个比方更邪乎,因为老王跟她热火朝天的时候都没有这么专注,她老王在床上还走神哩。目光望着天花板或者窗户外边,她就刺他一句:"想你娘哩?"她老王也不生气,认真把活干完。你看他现在这样子别说说话,大气都不敢出,嘴里还念念有词就像说胡话。

好人难做 103

老王半夜说胡话就是这样子。她怕魇住,使劲摇把老王摇醒,有时候还摇不醒。老王哎哟哟起来还能想起梦里的情景。她就担心死鬼男人常年在外,在梦里给憋死咋办?老王说:"身边有人哩。"她还为这话拷问过老王,身边是男人还是女人?老王满嘴胡说她也只能信,不信还能咋?反正她老王在外边也没出过啥事。出去再久都能活着回来,女人心大心也善,只要能够定期回来她也就满足了。

老王跟她是大学同学,恢复高考第三批入学的。当时大学生都是天之骄子,人五人六很像一回事。相比之下王岐生更是豪情万丈,完全是登泰山而小天下的气派。有人嘲笑王岐生,王岐生就义正词严,"人要把自己当人,人家才把你当人,甚至当神。"大家为之一振,对王岐生刮目相看。王岐生士气大振。课堂上老师表扬他一下,他就两眼放光,浮想联翩,穷追不舍。课前课后围着老师,问题不断,老师都胆战心惊,束手无策,穷于应付。不是老师水平不高,而是王岐生同学"为问题而问题",问题就像聚光灯,可以把所有的目光吸引过去。有人就开王岐生的玩笑:"猴儿都是顺竿往上爬,你这家伙把竿当成卫星发射架了。"王岐生更邪乎,"阿基米德说过,给他一个支点他就能把地球撬起来,我比人家差远了。"大家目瞪口呆。

集体活动,只要王岐生参加,即使一两句意见,也会被他几十倍甚至上千倍地放大。都是一帮学生,大家说说怪话也就算了,尽量躲开他也就是了。一次搞文艺活动,没有他的份,他蹭过去,大家就停下来,他还往跟前走,大家互相看一眼就散了。期末总结,王岐生总能挖掘自己的重要作用,美其名曰:"深情的目光。"深情的目光是一种力量,远远地望着你,鼓励着你给你希望给你信心,无声胜有声。大家都捂着嘴听王岐生的慷慨陈词。马上有同学模仿王岐生的腔调，就叫"王岐生的脚步声"，有幸能与王岐生同学在一个学校里，不要说王岐生深情的目光，就是他轻轻的脚步声都让我心跳加快，激情澎湃，学习成绩大幅度提高。如果脚步声消失那么一会儿，肯定有几门功课亮红灯；如果王岐生同学外出不在，我们就坐卧不安六神无主；但又一想，王岐生还在这座城市里，还在这个地球上还在太阳系，还在宇宙间，跟我们一起呼吸，他放的屁都让植物吸收了，而植物给我们美化环境净化空气。一句话，我们任何一点点进步都与王岐生同学有关，王岐生同学，这么说你该满意了吧？大家准备看王岐生的尴尬样子，王岐生站起来热烈鼓掌，大家面面相觑，无言以对，教室里静悄悄的。班主任咳嗽一下，说："大家这么幽默我就放心了，幽默是心胸开阔的一种表现，是一种智慧，建设四化成为四有新人就需要这种智慧。"大家都没反应。

回宿舍都不说话，洗漱完也不像平常那样开始"宿舍广播电台联播"。王岐生同学丝毫也意识不到气氛的不对，或者心里清楚故意装糊涂，往床上一躺，小呼噜响起，同宿舍六位同学彻夜难眠。

第二天早晨，王岐生睁开眼睛，就听见有人打破沉默："我们总算明白你把自己当个人是啥意思了，你把全世界当傻瓜啊！"王岐生坐起来，微微一笑，"就为这一夜没睡？六个瓷锤、六个瓜皮，我会走路的时候就明白了这个道理，你们才明白？也不晚么，可怕的是执迷不悟，瓷锤一辈子、瓜皮一辈子。"

女同学跟他打交道特别小心。女同学心细，怕他胡思乱想，任何友好的表示都不敢表露，叫他名字一定是全称，连名带姓口气冷淡，眼睛望天。他帮了女同学，女同学更冷淡，连声谢谢都不说。王岐生忍不住问同宿舍的男生，男同学就说："人家是尊重自己，把自己当个人。女性的自尊自重比啥都重要。"王岐生又嘀咕：

"我又没侮辱女性。"平心而论王岐生对女性还是相当尊重的,能帮就帮,从来没有女生求助于他,他都是主动帮人家。机会就这样来了。

那时候的学生食堂主食和副食在不同的窗口,得排两次队,本班同学彼此照应,排一次就可以了。如果来晚了,男生一般任劳任怨排两次队,女生可以求自己不认识的男生帮忙。一个外系女生瓜不兮兮地求到王岐生头上,王岐生那样子就像上了奥运会,更让王岐生感动的是人家这个女生接过滚烫的稀饭和馒头时还说了声谢谢。王岐生就跟雕像一样凝固在那里,静静地看着那女生越走越远。那女生也没走多远。改革开放初期,西北普通大学的学生食堂相当简陋,没有饭桌,男女生两大片,站着或蹲着吃饭,比较讲究的女生就到食堂外边,站在窗台边上,窗台可以当饭桌用。那女生就到外边的窗台上吃饭,把王岐生的目光也牵出去了。那肯定是第一个给王岐生说谢谢的女生。王岐生很容易联想到全校的女生,进而扩展到全中国大中专院校的所有女生甚至全人类的女性。在1979年秋天,天高云淡的日子里,王岐生同学荣幸地得到了女生对他说了一声谢谢,而且面带微笑。如果猜得不错的话,这个女生没有谈过恋爱。那个年代,早恋一般出现在高中,校长直接掌握,几千人的中学也是凤毛麟角。女生上了大学也不敢轻举妄动,爱情是禁区嘛。最先闯入禁区者,跟第一批先富起来的人一样,跟原始积累阶段一样,不需要智慧,不讲究方式,不讲策略更不讲艺术,不讲品位,只需要一种素质:胆大。胆大就可以妄为嘛。最先富起来的人都有坐牢的经历。第一批冲向女生的男生差不多也都有流氓的素质。王岐生同学就以大无畏的开拓者气概野牛一般冲向第一个向他微笑的女生。该女生被吓傻了,晕头转向了,暴风骤雨轮番轰炸,死缠硬磨,就是一口大铁锅也非把你烧红不可。小女生难以招架,乖乖受擒。这个女生就是王岐生现在的老婆。

婚后相当长时间,夫妻感情很好。有了孩子,小女生也成熟起来。一个周末,他们一家去电影院看《高山下的花环》,观众都很激动,也都很安静,完全沉浸在剧情里,突然有一个人站起来大叫:"我要写一篇文章!我要写一篇文章!"大家的目光都从银幕转到那个大叫的人身上。电影院工作人员的手电照过去,放映机那边以为下边发生了突发事件,大灯都亮了,王岐生在众目睽睽之下依然大叫:"我要写一篇文章!"女人抱起孩子夺路而逃。西北小城都轰动了。女人感到绝望,甚至都想离婚。劝她的同事也有过去的同学,同学消息灵通,上学时就听说过王岐生的不少故事,一般来说,恋爱双方的笑话都不会传到双方耳朵里。这个同学就告诉她:"人家王岐生上学期间就在课堂上偷看《十月》杂志上的《高山下的花环》,看着看着就号啕大哭,把老师都感动了,人家看电影就不可能再哭啦,人家说要写文章嘛,爱激动又不是啥毛病,为这闹离婚划不来。"女人就放弃了离婚打算。

王岐生还真写了一篇文章,发表在《渭北日报》第四版左下角,一千多字,介于影评和读后感之间,大家对王岐生刮目相看。老婆这回没有发昏,别人唧唧喳喳的时候,老婆没有跟着起哄,老婆知道是咋回事反而平静了。王岐生不会让一篇文章仅仅得到众人的赞扬仅仅得到十二块钱的稿费,王岐生拿着样报开始了他的万里长征。不久,王岐生调到了某文化单位编辑《西北之北》杂志。结识了在乡文化站工作的马奋棋。王岐生的天地大多了。有机会也有条件帮助更多的女性。但女性越来越难打交道了,光有胆子还不够,还得有风度,讲究艺术,灌洋米汤行不通了。王岐生的目光就放在了校园小女生身上,还常常捅娄子,领导没少叫他。同事可不像同学那么厚道,就挖苦他:"直接找鸡算了,水平那么差。"也有人开导他:"你这水平也不是不能搞,当官或者发财,女人对你要求就很低,比鸡还低。"多少有点侮辱王岐生同志。

在《西北之北》干不到两年就调到艺术学校。艺术学校女生多，单纯好哄，还可以打"艺术学校"这个金字招牌拉上一干人马，走州过县，吃不饱也饿不死。频繁换人，总有新鲜血液输入，年轻女性俊的，丑的，出出进进比鸡还方便。直到有一天老婆警告他："你咋弄我不管，但要把脏病带回来我就把你的鸡巴割了喂狗。"老婆是半夜三更披着衣服坐被窝里说这话的。王岐生不能不认真对待。王岐生对自己下身还是很关心的。各种药物用具一应俱全。跟他交往的那些浪荡女人也严肃了许多，就像房子里摆了许多家具，你就不由自主地收敛自己。浪荡女人从王岐生身边起来都要躺好几天，可以负责任地告诉你，王岐生同志去过医院，但从来没有去过泌尿科，更不用说去找花柳病大夫。戏班子里的人不管男人还是女人差不多都是花柳科大夫的常客，清理下身的药物跟战场上的急救包一样。看着同志们痛苦不堪遍体鳞伤的样子，王岐生就想起老婆的好。同志们也奇怪王岐生这只馋猫比谁都贪吃，却屁事也没有，千方百计也套不出这个秘密。其实没什么秘密可言，人家王岐生肯下本钱，买的都是真货，这帮瞎熊图便宜买的都是假货，对自己的下半身包括女性的下半身都不负责任。这些东西王岐生是不会带回家的，跟戏装放在一起。回家前一个月收敛自己，清心寡欲，用农民的话说要给老婆缴公粮啦。一茬庄稼都有大半年的生长期，给自己老婆至少有一个月的生长期吧。

王岐生理了发，换身干净衣服，买几件礼物回家洗澡。垢痂留在自己家。老婆说过好几次：发都理了胡子都刮了，就不知道洗澡。王岐生不吭声，老婆也不说破。王岐生跟外边女人最后一次同床后马上洗澡，一个月后就是比较纯洁的垢痂了，给老婆攒下的当然要洗在自己家里。卫生间的洗澡水都是老婆烧好的。那身垢痂再也没有其他女人的气味。垢痂这东西干净着呢。偏远地区的老一辈人一生只洗三次澡。刚生下洗一回，结婚进洞房洗一回，死了进棺材洗一回。洗多了不好,耗人元气。垢痂和虱子都是自己身上的东西。自己都不爱自己身上的东西,还指望别人爱你?"人把自己当一个人,人家才把你当人,甚至当神。"这话说得多好。

王岐生老婆就这么静静地看着王岐生,看了整整一下午。

王岐生老婆每天送两次饭,中午饭和晚饭,送晚饭时多带两个煮鸡蛋,一袋牛奶。

王岐生忙了两个礼拜,跟关禁闭差不多,吃住在单位,身上都有味了。

王岐生回家那天,老婆早早烧好洗澡水,王岐生搓掉一身垢痂就像蛇蜕了一层皮,王岐生跟虚脱一样,倒头就睡。

王岐生休息那几天,同事们传阅了那份手稿,大家动手润色了一番,王岐生上班后一看,连说不错不错,大家就说:"老王不容易,单独完成一本戏。"王岐生就很感动。平心而论,他是在人家写了一半时插进来的,人家毫不介意。润色一遍改了几十个地方不下一万字。王岐生以前改人家的本子也就改个几百字,都要署上自己的名字。王岐生脸上的肉跳了几下,客气话还是要说的。团长就做了好人,"老王你就别客气了,大家都知道这是你的劳动成果嘛,互相帮一下也没啥。"大家都说没啥没啥。王岐生就找人打印,打印稿复印五十多份,封面上署王岐生一个人名字。王岐生忍不住摸一下,他从来没有这么理直气壮过。五十岁知天命之年他有了自己的作品。

排练了大半年,马上彩排的时候,王岐山突然有了新的设想,跟导演吵起来,导演不干了,王岐生自己干。带戏班走南闯北这些年都是自编自导,那都是传统戏的压缩版、删节版,野台子戏不讲究,只图个刺激。剧本的成功让王岐山豪情万丈,大胆突进,更重要的是他进入真正的创作,用同事们的话讲,老王刚刚摸着门道。"五十岁的中年却是二十岁小伙子的劲头。"王岐生自编自导还不算,头号主角他也要演,团长劝他不要胡闹,王岐生就抬出张艺谋,《老井》里人演男主角都在国际上拿大奖了,接着又抬出卓别林,卓别林的拿手好戏就是自编自导自演,团长和同事们没有见识过王岐生同志当年在学校里的那些青春往事,就以为人家王岐生同志胡整脑子发热。只有老婆知道王岐生脑子热了一辈子这次很理智。

王岐生在家休息那几天,整天给老婆读《渭北民间故事集》第六辑,也就是《凉女婿》专辑,老婆听第一遍还觉得有趣,笑了好几次,王岐生反复读她就觉得没那么好笑了。王岐生读得那么投入,那么深情,老婆都感到吃惊。老婆是城里普通职工的女儿,不了解流传在农村的凉女婿的故事。王岐生家在农村,王岐生的父母亲戚就是老婆接触最多的农民。老婆就告诉王岐生:"这些故事好像说你父亲。"王岐生差点跳起来。王岐生跟父亲关系不好,具体原因老婆不清楚,王岐生对母亲感情很深,两位老人去世王岐生表现各异,对父亲王岐生只是尽父子之情,对母亲则悲痛欲绝。老婆一直觉得公公为人善良,有些软弱,甚至有些傻,用我们当地农村的话说凉不兮兮。老婆就很容易把凉女婿这个角色扯到公公身上,王岐生就冷笑,"我爸是个老汉,凉女婿是个小伙娃,年龄就不对劲。"

艺校的人还记得王岐生上台走戏的那个上午,换上戏装的王岐生就让大家暗吃一惊,锣鼓一响,王岐生袖子一抖,衣襟一撩,满脸憨态,跌跌撞撞地上来了。秦腔经典剧目,大多都是苦戏,悲怆壮烈,一腔热血,激愤难忍。《凉女婿》排练一直不顺。曲子跟角色合不上,生涩干硬不顺畅。难度太大。王岐生走上台的那一瞬间,乐师手里的锣鼓二胡梆鼓一下子就嘹亮起来,乐曲与角色相应相合,天衣无缝又收缩自如,二号人物那个小媳妇,跟辣子一样被热油一泼,喷散而出的是烈火般的香味,丈母娘公公婆婆,小姨子小姑子,次要角色纷纷登场,劲头十足,鲜亮无比,整台戏全活了。排练一个月就成功了。团长摆头叹息:"狗日的王岐生,就是邪乎。"大家也说:"王岐生把全世界当傻瓜,世界就是一台戏,也让他傻上一回。"

原作者马奋棋观摩了在市上的头场演出,跟草台班子的戏有云泥之别。渭北大学的薛教授也看了演出,薛教授从理论高度总结说:"这叫寻找自我,完成自我。"王岐生就把这句记下了。

兰州全国文艺会演,座谈会上专家们提出批评意见时,王岐生同志就觉得专家说的不是戏,是他王岐生,是刚刚被薛教授强调过的自我。薛教授不但提到了美国学者马斯洛的巨著《自我实现的人》,还提到了人的七个需要层次,从低层次的动物式的吃喝拉撒生存需求上升到高层次的友谊爱情荣誉,事业成功,高峰体验,这些他王岐生都体验了都经历了,他王岐生已经上升到薛教授肯定过的寻找自我,完成自我,超越自我。突显了自我的人,这样的人,你们都要指责,想干吗?想否定我!想把好不容易从最低层次上升到最高层次的我从顶端上推下去!王岐生火山爆发似的吼起来。

"戏演不成咱就不演,那个最高层次要保住,这是底线。"团长跟王岐生交谈时王岐生才这样对团长说。团长还真不懂马斯洛,渭北市头场演出团长去了呀,薛教授发言团长也在场呀,薛教授讲了好多话,好像讲了马斯洛,王岐生纠正好几次,团长才把人家马斯洛这个名字搞齐全。这个狗日的王岐生最近换了个人似的,脑子特别好使,动不动就来一大段谁也听不懂的话。团长咳嗽一下,"老王你不要把我当大教授,咱们就说戏,戏之外的东西,以后咱慢慢说,咱想办法再把戏演起来,戏还是好戏,咱还按原来的演,咱不听专家的,权当放屁、放狗屁可以了吧?"这话王岐生爱听。团长不这么说没办法呀,王岐生不急,团长急,几百万块钱投进去了,西部中等城市这么大的文化投入是下了血本的,不能打水漂了呀。王岐生就告诉团长:"兰州事件对我刺激很大,我得缓缓劲,薛老师那边有个国际民间文学学术会,跟咱们戏有些关联,到时候报道一下,宣传一下,咱也能火起来。"

祸不单行,薛教授的学术会议因学校内部的种种纠纷搁浅。戏不能不演,先在市上演,声势浩大,渭北市被煽起来了。戏却演砸了。慢慢软下去的。第一场王岐生自我感觉挺好,可大家觉得不如在兰州那两场好,市上领导也感觉不像宣传得那么好。第二场王岐生自己意识到了,嘴上不说脸上摆着呢。团长有点紧张。王岐生就抱怨:"台上戏跟床上戏一样,不要老说不行不行。"团长就给大家做工作,一定要对自己有信心,一定要觉得自己行,不行也行。第三场就很滑稽,演员都很投入,效果越差劲头越大,观众吹哨喝倒彩,他们劲头反而上来,都疯狂了,观众哄笑都捂上脸了。团长接到有关部门电话,"也不能这么搞笑嘛,幸亏在本地区,要是在外地区你想有多严重!本地区三百万人民的整体形象都毁掉了。"人家还在电话里提到某某省的例子,几代甚至十几代人都恢复不过来。团长头就大了。团长也没对王岐生说过分的话,只问了一句,"你寻找到的自我咋不见啦?"王岐生也在犯嘀咕。大家就说:"把全世界当傻瓜的人,让戏给耍啦。"

那是王岐生一生最谦虚的时候。他重新拿起剧本,一页页看下去,那是在渭北市大剧院的化妆室,全是剧组的人,全是世界上最不安静的人,比集市还热闹,一点也不影响王岐生的阅读,他都情不自禁地朗读起来,还不停地叫好,有人就弯下腰都快要钻王岐山裤裆了,那人看到了打印本的封面,然后站起来告诉大家:"他在看自己写的戏。"有人就乐:"王岐生在欣赏王岐生。"

　　细心的妻子在丈夫洗过澡吃过饭重新拿起打印本埋头阅读的时候发现了丈夫的巨大变化。"瘦啦,跟龙王爷爷一样又干又瘦。"丈夫没有反应,翻过一页,眼睛紧紧跟上,鼻子忽大忽小,妻子不用做俯首称臣状,妻子就认出丈夫手里捧的东西。"自己写的东西还看不够啊。"丈夫说话了,说出的话把妻子吓一跳。

　　"我修炼八辈子也写不出这么好的作品,我能写出其中一句话,这辈子就没白活。"

　　妻子就摸丈夫的脸,脸没发烧反而冰凉冰凉,摸摸手,也是冰凉冰凉,妻子说不出话,丈夫说了:"我很冷静,要是二十年前三十年前读到这本书我就不会是这样子。"妻子叫起来。

　　"这是你的书你睁大眼看看。"

　　"看了看了。"

　　"你是个睁眼瞎子吗?啊?你眼睛被老鸹叼了吗?啊?你眼瞎了吗?啊?"

　　妻子一遍一遍地吼叫,丈夫无动于衷,还是那句话:"这是一位大作家的书,我日死日活也写不出这么好的书。"妻子扑通跪丈夫跟前,把那打印本翻到封面:"你扫上一眼,不用正眼,就拿眼睛角轻轻扫一下,上边是你的名字。"丈夫口气很淡:"这种名字谁都能加,容易得很!"

　　"那些天你在单位小房子里家都不回,废寝忘食点灯熬油做啥哩?"

　　"你说的是我吗?"

　　"是你是你,死鬼是你!"妻子都急出泪来了,"人烧得跟火一样,眼睛亮得跟灯盏朵脑一样,艺校的人都说你燃烧起来啦,都说你弄大事哩,干大活哩。"

"哈哈,老婆你说的是我吗?你说神话故事哩吗?你比马奋棋都厉害,马奋棋弄得的都是民间故事,好啦好啦,你别吼啦,我听你的。那凉不兮兮的人就是我。"

"你别自己哄自己,你要相信自己,那写书的人才是你。"

"就是我,就是我。"

妻子带丈夫去看医生,医生说:"正常得不能再正常啦,这是搞特工的料,来错地方啦。"

妻子相信自己的直觉,丈夫有病,有大病。妻子就跟姐妹们商量,有人提议去庙里看看,周公庙求子,法门寺求富贵,求生就去崛山寺。妻子下了血本,给庙里上了一千元。老方丈出面捻弄丈夫王岐生。人家老方丈给施主负责,前后左右看了王岐生一圈,说:"遮云蔽日也不是瞎事情,散散心,顶多一年就过去啦,再大的云朵还能把月亮挡一辈子吗?"

王岐生在家里待了一年,啥都听老婆的,乖得跟个狗娃一样。过完年,天刚变暖,就收到马奋棋的请帖,邀请他参加女儿马萌萌的婚礼。王岐生就见到了真正的凉女婿周怀彬。周怀彬也不知道是有意还是无意,在那么短的时间里,把凉女婿的形象淋漓尽致地展现出来了,王岐生感到他这一辈子再也没戏了。老天爷只是借用了他一下,神灵附体不到半年就把他抛弃了,庆幸的是他没失态,还调侃了马奋棋和凉女婿。

回到家里,老婆把王岐生端详了半天:"老公啊,你印堂发亮,好运就要来了,乌云遮不住你啦。"

他跟老婆谈了他的打算,他不想再乱跑了,戏班子散伙了,他就待在市上,单位有活就上班,没活就做点小生意。老婆越听越爱听,老婆不停地摸他脊背:"你说你说,我就想听你说,你说的比唱的还好听,我没有讽刺你的意思,这些年你天南地北胡跑,没人跟我说话,娃大啦跟娃说不起,电视又没意思,跟外人说话一个哄一个,满嘴假话,就自己跟自己说话,跟二百五一样,跟瓜皮瓷锤凉娃冷熊一样,我就像个弃妇。"老婆就呜呜地哭开了,捂着脸吼吼地哭,脊背越耸越高就像个驼背,就像地上卧个骆驼,王岐生就轻轻地拍老婆的背,拍了一会儿,老婆就不哭了,就抬起头,抹眼泪,还笑了:"哎呀,我咋跟碎娃一样。"

第二天老婆拉上王岐生去崛山寺还愿,又上了一千块钱。老方丈好记性,问施主咋样。老婆把王岐生往跟前一拉:"师父谢谢你,乌云散开啦,太阳出来啦月亮也出来啦,我老汉回我身边啦,谁也把他遮不住啦。"老方丈口气淡淡的,"心回来啦,人走了都没啥。"

从崛山寺返回市上途中,王岐山提出去给父母上坟,老婆反应过来了:"方丈说了,你的心回来了,就该给父母烧些纸。"父母去世十多年,三周年后就很少回去,都是在市上十字路口烧些纸钱,到城隍庙上上香,老家的亲戚也很少来往。他们在镇上买好东西,搭三轮到村外,先去坟上烧纸,再进村串亲戚,就在乡下多住了两天。王岐生带几个堂弟扛上铁锹把坟修了修,杂草太多,有些地方陷进去了,整理一番,坟高了许多。

乡下亲戚接上头了,三天两头找王岐生,王岐生家里跟饭馆一样热闹。时间一长老婆就受不了。那些年王岐生跑江湖,唯一的好处就是断了乡下的亲戚,一年四季不着家,有时两三年不见人影,只见电报电话短信,时不时寄点钱表示世界上还有这么个大活人,乡下亲戚就不好意思登门。王岐生回来了,亲戚们没理由不来呀,王岐生老婆脸难看,人家不看娘儿们的脸,人家看王岐生的脸。

还没等老婆发作,王岐山的江湖劲就上来了。王岐生当天就去商场骑一辆本田摩托回来,老婆一个劲地叫:"你神经病呀,你以为你是小伙子,你都成半大老汉啦。"渭北市到乡下老家一百多里路,老婆不心疼他谁心疼他。

第二天，王岐生去市场买一大包小玩艺，都是乡下人喜欢的，不值几个钱，王岐生骑上新摩托驮上大礼包回乡下串亲戚去了。一礼拜后回来，摩托后边两个蛇皮袋里全是土鸡，在楼下露个面，让老婆下来挑两只，就直接去了大饭店。不用说这些是在亲戚家鸡窝里抓的。提两瓶可乐、橙汁，几盒鸡黄饼干，往亲戚家一坐，再给孩子几个泡泡糖，再三声明不吃饭，不用忙，亲戚就找瓜果蔬菜豆子，王岐生说不用不用，城里鸡都是洋鸡，都是吃添加剂养的，拉奄松皮跟豆腐一样，没嚼头，亲戚就客气了"抓两只鸡吧"，王岐生便不客气，一欠手抓两只，两只手就是四只。每家不到半小时，一个礼拜后上百只土鸡就驮回来啦。如此三番五次，鬼子扫荡一般，亲戚们听见王岐生的摩托声就心惊肉跳。老婆都看不下去了："你是串亲戚吗？你这是土匪抢人哩。"王岐生就收敛了，亲戚们也收敛了。

王岐生还往乡下跑，不是去打扰亲戚，是专门收购土鸡。这是一条财路，隔二见三跑上一回，效益不错。他就把父母住过的老屋翻修一下，热天就待老屋，一会儿想他妈，一会儿想他爸，常常发呆。

第四章

薛教授主讲古典文论，对《文心雕龙》有独到的研究，经常参加全国性的学术会议，受到国外著名大学的邀请也不是一次两次，就在薛教授学术声望迈向新台阶的时候，薛教授突然停滞不动了，不进不退，故步自封，仅仅满足于传道授业解惑，完成规定的学校教学任务，至于学术嘛，目前的科研成果在本校吃一辈子没问题。文史哲相通，历史系一位教授遗憾之余，戏称薛教授为西北高原的海上苏武。这是一个典故。第二次鸦片战争，两广总督叶名琛面对英法联军的进攻，不战不和，不守不退不逃不降。被俘后被英国人流放印度绝食而亡，被称为海上苏武。薛教授听后哈哈一笑，不置可否。

薛教授事业上不思进步不等于闭门谢客自我封闭。散步，羽毛球，围棋、象棋、扑克牌、麻将一样都不含糊，知识分子热衷的国内外大事也能谈出一二三，校门口报亭的《参考消息》《环球时报》每天必买，还不算随身带的小收音机，办公室和家里都有电脑上网。大家时不时地套他的话，也滴水不漏，完全像个退休干部。大家就想起薛教授叱咤风云大展宏图的那些年，除过早晨跑步几乎不见踪影，晚上书房的灯光一直燃到天亮，大家见最多的是薛教授频频出现在各种学术期刊上的大名。薛教授离大家越来越远，人们议论纷纷,小道消息不断,真真假假由不得你不信,北京上海的大学研究单位已经动员薛教授,条件有多么优厚云云。就在大家快要看不见薛教授身影的时候,薛教授平易近人地来到大家中间,跟大家一起散步、一起打羽毛球、打牌、打麻将,一起交谈各种时政要闻,并发表独特的看法。令人吃惊的是薛教授的看法一点也不独特,几乎应和了众人的见解。大家就怀疑他那些煌煌大作。有人甚至做了不好的联想:蒙咱们吧?装傻装孙子吧?马上有人反驳:距离产生敬畏,那是我们对人家薛教授期待太高。这么一说,大家也就平衡了。

到薛教授家串门的人越来越多。相当长一段时间,薛教授只与少数几个名教授来往进行学术切磋,大家都很自觉不去打扰薛教授,无法交流呀。既然大教授不思进取,就有点回归民间的意思,就可以做我们大家的朋友了。薛教授的神秘感就这样消失了。挺好的一个人嘛。相由心生,那张脸也不再那么庄严肃穆,变柔和了,慈眉善眼有几分佛相。

这种生活持续了十年,大家都记不得以前的薛教授了。薛教授自己大概也记不得当年的自己了。

薛教授是我们渭北本地人。父母是渭北市的中学教师,为人谨慎小心,"文革"期间没有揭发过别人也没有被别人揭发过,给子女的书信可以上报纸。薛教授本人"文革"开始时已经在西安上大学,受父母影响对政治不热心,跟着游行喊口号砸拳头,那拳头绝不会砸在人家身上,没有上山下乡,也没有去边疆农场,又不能马上就业,就跟解放军编在一起叫学兵连,在距渭北市一百多里的崛山林场劳动两年多,就在当地一个小县城当老师了。崛山林场劳动期间他表现不错,不但干林业工人的活,还常常到附近农村去支农。割麦子,曾被村里的狗追了五六里,山民们目睹了狗撵兔的奇观,薛老师曾经是学校的长跑冠军,狗累坏了,就毫不客气地咬了薛老师的小腿肚子,裤子被撕掉一大片,狗都哭了,狗从来没有这么疯狂地追过一个人,狗咬着破布片呜呜咽咽极为愤怒极为悲伤,村民们赶过来安慰在地上发抖的薛老师:"狗咬了好么,从今往后你就顺当了,你是狗剩么。"林场医生给他包扎一番,打了狂犬疫苗。狗剩就成了他的小名。村里人先叫起来的,林场工人也这么叫。学兵连的同学偷着叫,这是人家外号,谁敢当面叫?农民就敢当面叫,碰上了,就一口一个狗剩,绝没有歧视你的意思,农民给村里的知青都起了小名,猪娃、狗熊、拴牛,越贱越好养,一生顺当,避邪驱鬼。把城里娃当自家娃,学工学农与劳动相结合,再也没有什么比贫下中农工人阶级给你起小名那么光荣了,说明你进步了。学兵连的指导员专门开会表扬了薛老师,也就是薛狗剩。这个小名得到组织上的肯定。父亲来信连连称好。父亲被下放过一段时间,知道农村的习俗,父亲在信中把狗剩这个小名当成他走与工农相结合道路的最大收获。父亲在信中首次透露家族秘史,谈到了祖父。祖父曾有过这种打算,以农村的习惯给孙子起小名,被儿媳,也就是他的母亲否决掉了,城市的知识女性绝不允许自己的孩子有这么土气的什么狗屁小名,甚至拿离婚相威胁。祖父去世时都引以为憾。也是他们夫妻间的心病。父亲在信的末尾引用了杜甫的诗句:"剑外忽传收蓟北,初闻涕泪满衣裳。却看妻子愁何在,漫卷诗书喜欲狂。"母亲只关心儿子的伤势,母亲绾起儿子的裤腿,伤口愈合很好、很光滑,劳动锻炼过的小腿肚子圆浑浑松木杠子一样。母亲还是一边摸儿子的小腿一边流泪,跟那个年代所有城市母亲一样,她们对政治运动不感兴趣,她们唯一关心的就是孩子早早进城,哪怕是小县城。父亲安慰母亲时说:"咱娃受表扬了,进步了,一顺百顺。""都受伤啦,还顺,顺什么顺?"父亲差点说出农村的习俗:狗剩即狗顺,比狗跑得还顺。儿子看着父亲咽下去了一样坚硬的东西,父亲满足的样子就像咽下去一个肉夹馍。

家在渭北市的同学有十几个,半年后母亲听到狗剩这个小名,都蒙了,好长时间不理父亲。好多年后薛教授都能想象出母亲当时的心情,母亲肯定在琢磨一个让人无法不悲伤的词:命运。她的公公,也就是坚持要给孙子起小名的老人遗像就挂在墙上,正看着她哪。

母亲的悲伤不到两个月,儿子就离开山区林场,被分配到山下平原地带的县城中学当教师,儿子连夜赶回家给父母报喜,儿子又看到父亲连声说好好之后,往肚子里咽一些很想说又不能说的话,父亲把这个喜讯肯定与狗剩这个小名联系起来了。母亲首先想到的是儿子的婚事。儿子工作了,就有成家立业的资本。他有过一个女朋友,他的大学同学,又分在一个学兵连,她小资情调很浓,总觉得狗剩土气,总是把他跟农民连在一起,俩人的关系就慢慢淡了。他被安排进城工作,她还在林场劳动锻炼,只是在欢送会上祝贺他,单独见面的机会都不给。母亲问到婚事。他暗中庆幸,幸亏没有把那个女同学的事透露给家里,就当什么都没有发生过。父亲因为有狗剩这个秘密,父亲就对儿子的命运有了把握,就理直气壮地开导妻子:"进城了,有工作了,你还操心啥哩。""我是他妈我不操心谁操心?"好运再次降临。批林批孔,工矿企业需要地方文化单位支持,县上就从各个中学抽调教师去厂矿搞运动。他去的是一家国防大企业,光职工就两三万,比十个县城还气派,简直就是一座城市,他的文史知识有了用武之地,四书五经,孔孟之道,秦皇汉武,工人兄弟听得心花怒放,尤其是那些年轻女工,一下子就被这个儒雅的书生给吸引住了。有一个女工勇敢地迈出一步,跟他确定了革命的恋爱关系。不要说"文革"时期,就是改革开放后的八十年代初期,知识分子火起来的时候,教师的地位也远远不如工人。你就可以想象1974年一个国防大企业的年轻女工主动跟中学教师确立恋爱关系需要多大勇气。女方家里坚决反对,这位工人师傅有五个漂亮女儿,号称五朵金花,其中三朵嫁给师傅最贴心的徒弟,师徒变翁婿,几乎可以左右几百人的车间,车间主任都让他三分。这个叛逆的女儿排行老四,本厂技校毕业,早有一群青工在围追堵截,这个老四不知吃错什么药,对工人阶级不感兴趣,对几个整天围着父亲转的姐夫们更是嗤之以鼻。父母越反对,老四越坚决,直到父母妥协低头。最后一朵金花老五,太听话,没主见,老四嫁穷教师的时候,老五才上小学。改革开放后的八十年代,来工厂实习的名牌大学学生死追老五,老五还是没有勇气反抗父亲,老四的忠告也充耳不闻,嫁给父亲最后一个徒弟。父亲快要退休了,父亲只认大工业,小女儿出嫁不到三年,企业倒闭,五朵金花只有老四这朵花越开越红。老师傅常常半夜惊起,遥望夜空里无数闪亮的星星,那样子就像三千年前被殷纣王囚禁土牢推演八卦的周文王,老头总想从天道推演出一丁点人世变幻的规律。这个时候他才想起那个中学教师亲家,多少年来他一直瞧不起这个亲家,都是亲家主动上门,他去亲家那里仅仅出于礼节,即使礼节性的见面,眼皮也不抬的。老师傅那四个亲家都在一个厂子里,跟互联网一样,亲戚套亲戚,一有风吹草动,立马就能聚数百人于帐下,驱使如奴仆如牛马,那种威风,那种辉煌,都成了明日黄花。薛老师当年与四姑娘谈对象的时候,亲眼目睹未来的岳丈大人下班回家的情景,老师傅大概累了,有个徒儿就托着老头的右手,就像捧着红宝书,四姑娘小声对薛老师说:"老头就是我爸,托他手的小子就是我爸的贴心徒弟,也是我爸给我定的男朋友。"薛老师就说:"他应该给你献殷勤才对呀。"四姑娘就说:"他要这么捧着我的手走一百米,你就没戏了。"薛老师就给四姑娘介绍:这动作古代就有,《礼记》里有"长者与之提携,则两手奉长者之手"的记载。两个没心没肺的狗男女就这么调配工人阶级。一年后运动结束,薛老师回原单位,他们的关系公开了,那个捧热了师傅双手的小徒弟拎着三棱刮刀去找四眼老师拼命,四姑娘当场给小伙子一头,一根手指头被砸扁了,小伙子都叫不出声了。从那以后每个周末都是薛老师从十几公里外的县城骑自行车来厂子里接四姑娘,天黑再送回来。生米做成熟饭,父母只有低头的份儿了。婚后几年中学老师每天狂奔几十里接送妻子。家安在县城中学,有时候上夜班,薛老师就有点悲壮了。相当长一段时间他们不敢要孩子,四姑娘曾打算把丈夫调到厂子校,父亲不支持,父亲和姐夫们就喜欢看小两口的热闹,薛老师幸亏在崛山林场锻炼过,接送妻子的力气还是有的。

1978年,中学老师考上研究生,成为全县的大新闻,那时候,大学生很吃香了,人们不知道在大学生之上还有研究生,渭北地区才考取三个。薛老师又看到父亲神秘的微笑,父亲把要说的话全咽下去了。妻子与母亲都是典型的城市女性,对薛老师林场经历不感兴趣,一切都向大都市看齐,狗剩这个土得掉渣的小名不管过去现在还是未来能给薛老师带来多少好运,再也没有机会被人提起了,想都不要想。父亲也实在想不出儿子还能顺到什么程度?研究生在那个年代相当了不起了,讲师、副教授、教授就这么一路上去了,你还要怎么顺?再顺的话就有点人心不足蛇吞象了。父亲是个知足常乐的人。这就是父亲得知儿子考上研究生时的真实想法。

薛老师读研究生期间,正赶上思想解放的热潮,薛老师就写了几篇有关传统文化的论文,引起全国学术界的注意,毕业分配就很顺利,渭北大学点名要他。他的教学水平更是了得,教过中学嘛,科研、教学都很硬,很快成为骨干教师,第二年就顺利评上讲师。上个世纪八十年代初,大学教授、副教授都是白发苍苍的老学者,中青年教师能评上讲师都很困难。那时候讲师相当有地位了,有了职称,传道授业解惑就名正言顺了,我们就有必要公开薛老师的全名——薛道成,小名薛狗剩,顺得让人觉得不可思议。校领导主动问薛老师有啥困难?薛老师还在思索该不该说自己的困难,领导就自己拿主意了:"这时候了薛老师还文绉绉的,我知道你有啥困难。"夫妻分居两地的问题就这么解决了,妻子被安排在实验室。房子挤点,十六平方米。很满足了。学校人事处去厂子协商调动的时候,妻子正在车间,一点准备都没有,三下五除二进了渭北市进了大学,大家想起那个评法批儒很起劲的薛老师。妻子在娘家五姐妹中越来越显赫。五朵金花中的最后一朵金花老五,五姑娘技校刚刚毕业学徒期未满,就被一所名牌大学的实习生盯上了。这个时候,大家才知道她的父亲,那个快要退休的八级工老师傅,电焊手艺堪称一绝,霸道而傲慢,一点没有把四姑娘与姑爷放在眼里,从来都没有原谅过他们,每年节假日四姑娘与姑爷都回娘家,外孙抓外公的胡子外公都笑了嘛,外婆去给四姑娘带孩子,外公很支持嘛,直到五姑娘的婚事遭受到老头激烈反对,反对得那么不近情理,大家才意识到老头心里的梁子结得这么深。实习带队老师与厂里的工程师来给老头做工作:人家小伙子很优秀,要留校给名教授当助手,未来的生活图景看得见摸得着,出国深造,读博士,成为那所名牌大学的顶梁柱,你的宝贝女儿会在西安那所著名大学里生活一辈子。老头把烟灭了,问他们说完没有?老头就扬长而去。老头之所以耐下性子听他们唠叨,完全是看工程师的面子,工程师是厂子里的人。平心而论老师傅就是傲慢,凭手艺吃饭,有绝活,大家服气。不像有些当师傅的,把男徒弟当奴仆,把女徒弟当妃子,不献出贞操休想过关。老师傅绝无这种恶习。老师傅只接受那些准备当姑爷的徒弟们的义务劳动。老师傅无情地掐灭五姑娘的初恋之火,厂子还很红火,谁知道三年后厂子就垮了,老师傅又不是神仙。五朵金花就只剩下老四一枝独秀了。

薛道成在渭北大学的顺利发展与本校元老著名学者孟云卿的

提携有很大关系。这也是一段学界佳话。话说当年薛道成读研究生的时候,就学术问题与孟云卿争论,几家著名的大学学报一年当中有好几篇孟、薛二人与某某先生商榷的文章。那时大学学报没有作者介绍,两人互相猜测对方一定是白发学者,互相钦佩之至。等到薛道成来校工作,两人见面,吃惊,继而大笑,便成为学术界一段感人的佳话。

俩人走动就比较频繁,有时在家里,有时在校园散步,都能切磋学术问题,那也是校园一大美景。很可能在校史上留下一笔。

这是一所百年老校,初创于清末戊戌变法失败后的王朝新政,产生过不少著名学者,能成为杰出校友或本校校史上的名师,理所当然成为老师们的美好愿望,也很正常。但百年老校历经风雨,沧海桑田,变化极大,难免鱼龙混杂。

刚开始大家只是把孟、薛两位的交往当做佳话当做美景。慢慢地就发展到不断有人插进来,不断有人变成美景中的景点。多少年后薛道成回忆这一幕幕往事,才发现人家是有意识加进来,当时他却一点感觉都没有,他记得孟云卿用咳嗽暗示他,他没有反应。孟云卿比他年长近二十岁,那时已经五十岁了,薛道成三十出头,经历过"文革",成家立业,但与孟云卿相比还是嫩了一点。那些加进来的人,不完全是投机分子。大多数老师是谈学问。我们只能说是少数那么一两个,连名字都记不住,等你记住的时候,你就难以摆脱了。人家刚开始对你赞美赞美,薛道成很受用,孟云卿就是这时候咳嗽的,孟云卿是经历过"反右"运动的人,又是本校元老,知根知底,孟云卿都皱眉头了,薛道成毫无反应,人家就利用他的弱点,继续赞美他。确切地说是赞美他的学术成就,不是那么露骨地赞美他本人,他就容易接受这种赞美。这时候孟云卿就开始咳嗽,因为赞美词中有孟云卿了,孟云卿一边咳嗽一边打手势,意思是实在抱歉,继续说,不碍事不碍事。这种情况出现过三四次,薛道成都感觉到孟云卿的反常。单独相处时,薛道成问孟云卿:"你讨厌他们?"孟云卿说:"我要讨厌我可以走开嘛,我硬撑着干吗?"孟云卿就用咳嗽搅乱人家对他的廉价赞美,赞美刚结束,孟云卿马上停止咳嗽。据说孟云卿用咳嗽躲过了无数次灾难,从上个世纪五十年代到"文革"十年,孟云卿总是在关键时刻本能地咳嗽会咳出血,这不是假装的,孟云卿边喘气边解释——教师职业病,咽喉炎。不能抽烟不能吃辣子,不能吃大葱,这都是当地人的几大嗜好,孟云卿同志都放弃了。停课闹革命的时候,孟云卿被下放到山区农村,一待就是七八年,"文革"后期,毛主席说大学还是要办的,招收工农兵学员,孟云卿就回来了,一身的腱子肉,打土坯垒墙还会做家具,跟工宣队军宣队掰手腕胜多负少,跟工农兵学员又说又笑。面临表态站队就咳嗽不断。腱子肉,代替不了喉咙与肺脏,该咳嗽一点也不含糊。新时期了,拨乱反正了,面对的不是政治气候了,是另有想法的同事,孟云卿还是一顿时高时低变幻莫测的咳嗽。一句话,拒绝廉价赞美。孟云卿能暗示薛道成已经相当不错了,破例了,薛道成后来才明白过来。当时薛道成觉得孟云卿篱笆墙扎得太高太密,没必要草木皆兵嘛,孟云卿就告诉薛道成那是需要回报的,世界上没有免费的午餐。"难道让我指导他写论文?"孟云卿含笑不语。"或者当枪手替他写?"孟云卿还是摇头不语。"当王婆拉皮条?"孟云卿不笑也不语,薛道成自己笑了。人家顶多拉进个教研室主任,系领导都没有介入,如临大敌,草木皆兵,有必要吗?

还真有几个教研室主任在几个跟孟、薛两位混熟的同事介绍下掺和进来。孟云卿进退两难就硬撑着,实在不行就搭上两句,不能冷场。薛道成就滔滔不绝,那个同事稍加引导,教研室主任就接上话题又是一番滔滔不绝,给人印象,此公也十分了得,好像在跟学术新秀薛道成打擂台,孟元老助阵嘛,效果相当不错。事情就慢慢明朗起来,那个在孟、薛两位与教研室主任之间搭桥引线的热心人叫常建。

那时候学术研讨会的会议通知一般不发给个人,都发给教研室,教研室主任签字就可以领出差费去参加会议了。我们这里一般都是孟、薛两位去开会,国际性的学术会议,应该去最佳选手。薛道成就积极准备论文。孟云卿不太积极,去不去还不一定,还劝薛道成放弃:"这种会议会越来越多,对你我来说多一次少一次无所谓。""我把论文都准备好了,提要都寄出去了。""你真写了论文?你要去也行,但我劝你老弟悠着点,学问是一辈子的事情,你可要多保重啊。"临走时薛道成才知道教研室主任与常建一起去,薛道成也只是愣了一下。

这次学术研讨会,薛道成的论文得到主持人当场赞扬,与会学者也纷纷表示赞赏,会后前来交流的人更多。教研室主任与常建的发言反应平平,主持人是个老学者,以严厉著称,毫不客气地批评这两位见解平庸,观点陈旧,有失这次会议水准。从大家惊讶的表情可以看出,同一所大学,同一个教研室,水平高下竟有云泥之别。薛道成这时才明白孟云卿的良苦用心,孟老师不忍心看到同事出丑。事后证明,薛道成判断严重失误。薛道成吃饭时就尽量跟常建与教研室主任坐一起,热情有加,人家这两位也不含糊,口口声声,薛老师给咱校争光啦,薛老师高水平呀,会后要多多向薛老师请教学习。薛老师就当真了。

三位老师顺利返校,休息两天。校报记者采访了三位,满满一大版,会议的盛况,薛老师的发言,教研室主任的发言,常建老师的发言,不细心看不出来其中的差异。学生就更看不出来了。更热闹的是报告会,三人同时登台。教研室主任与常建一前一后,薛道成夹在中间。有意思的是这两位照搬大会其他学者的观点,加以发挥。台下有青年教师,教务处科研处的同志,学生更多,窗户与走廊都挤满学生。这两位肆无忌惮挪用人家成果,薛道成脸都红了,又不好揭穿。这种难受跟孟云卿都无法说。一连举办了三场,薛道成拒绝没用。教务处科研处的同志都生气了:薛老师你不能光顾自己进步,人家那两位以前很一般嘛,这次都脱胎换骨了,你不配合一下,说不过去。

后两场就有戏剧效果。有心者提前两小时占座位,也是男生向女生献殷勤的良机。能得到提问或发言的机会,就如同现在的大学生跟克林顿小布什奥巴马进行了短暂的对话,学生们要激动很久很久。外专业的学生也慕名而来。在校园里,常常被学生围半天不能脱身,那时候,梅贻琦的名言:大学非大楼之谓也,大师之谓也。重新流行天下。最后一场讲座,有学生递条子,用梅大师的话赞扬三位老师。这个递条子的学生就是七九级的王岐生,再有一年就毕业了。王岐生对学校越来越失望,台上三位老师中他最钦佩薛道成,薛道成不接茬。课堂上也是如此,王岐生的问题都是无聊的问题,薛道成没法给这个豪情万丈的学生提供崭露头角的机会。这场学术讲座对他们师生来讲是最后的机会了,薛道成毫无察觉,而且暗暗叫苦。常建老师故作谦虚,一再强调他们不是大师,他们离大师相当遥远,能做大师的徒儿都有相当距离,更重要的是常建老师充分肯定了王岐生的革命热情。常建老师越谦虚,学生们越相信,与遥远的大师相比,学生更相信眼前活生生的大师,得到鼓励的王岐生奋臂高呼。梅贻琦的名言在西北高原得到雷鸣般的回声。原计划两小时的讲座延长三小时,晚上11点半勉强结束。学生们还意犹未尽,在校园里朗诵唱歌。那是个激情澎湃的年代,女排国际上频频夺冠,每次喜讯传来,学生们都要游行狂欢,举着火把,燃起篝火,通宵达旦。学术不同于体育,体育可以动用肢体,学术大师对你的感召就是文化的魅力。学生们吟诗、唱歌,然后抱膝而坐,看着星星升起,又一个一个落进太阳洞里,就像小溪归大海。大师就是大海,大师就是太阳,学生们需要,就这么简单。常建老师又撰文《大师离我们有多远》,发表在《渭北日报》上,这可是社会报纸。

有关大师的话题就这样从校园扩展到社会,渭北大地议论纷纷,读者来信来电雪片一般,报纸发行量大增。那时晚报晨报之类的生活娱乐报纸很少,党报有如此销量很少见。报社就跟踪报道,对常老师做了专访接着专访教研室主任。专访薛道成时,薛道成已经学会了孟云卿的绝招,躲开了。这并不影响大师话题的热播,更不影响报纸发行量。渭北大学声望空前高涨。这也很罕见,老百姓总是对本地大学评价很低,对外地尤其是远方的大学给予极高评价,就像男人总是觉得别人的老婆好一样。常建老师破天荒地扭转了这个局面。

年底评职称,常建老师顺利评上讲师,教研室主任与薛道成评上副教授。教研室主任升系副主任,常建老师接任教研室主任。我们都不好意思说出人家教研室主任的名字,人家学术水平一般般,人还是不错的,常建老师当初可是费了好大劲才把人家教研室主任动员出山的。从参加国际学术研讨会到返校做学术讲座,与《渭北日报》打交道,都是常建老师前后打点,人家教研室主任很勉强很为难地参与了,包括这次评职称,人家教研室主任一再表示,先考虑薛道成老师,本人评不评无所谓,薛老师评不上要闹笑话的。常建老师更激动,到各个部门奔走相告,大讲国际学术研讨会上他们三人的精彩表现,给学校争光了。这种结果既在意料之外又在预料之中。孟云卿老师说了嘛,人家这么做是要有回报的,你要想开点。薛道成就急:你躲得美,让我一个人受洋罪。孟云卿就笑:你不去,人家怎么进行学术表演?孟云卿与薛道成不同,孟云卿从教时间长,学术影响大,桃李遍天下,也遍布大西北了,不用担任任何职务,照样活得很自在,就这样孟云卿依然低调谨慎,孟云卿以学术立身不任一职。薛道成只能眼睁睁看着人家常建以讲师身份接任教研室主任。薛道成嘴上不说,心里郁闷。更可笑的是那个叫王岐生的学生写了一篇广播稿,内容大致讲常建老师的教学水平有多么高,效果有多么好,对他本人及广大学员的启发有多么大,理所当然列举许多事例;这些事例都是薛道成课外辅导王岐生的,只有他们师生两人知道。薛道成不可能说出真相,只觉得后背冷飕飕的。来自学生的嘲弄穿透力都比较大。师生两人在校园相见,薛道成还是客客气气。王岐生都大四了,快毕业了,真让人不可思议。

妻子的优势就显示出来了,悄悄地把公公婆婆接过来过元旦。婆媳上街买菜下厨大炒特炒。公公与丈夫聊天喝酒。老头不用大酒杯,老头总是随身带一个小白瓷酒盅,像个农村老汉,吱喽喽吸完,捂住嘴巴,啊——哈口气:"这是好事情,送上门的好事情。"老头又吱喽喽吸完一盅子。"这下你就平安啦,名呀利呀可不敢落在你一个人头上,一个人顶不起,别瞪眼,喝酒喝酒。"父亲劝儿子喝酒。儿子就喝了一杯,脸就红了。妻子上热菜了,凉菜还没动哩,妻子就说:"你要劝爸吃菜哩,光顾你自己。"父子两个就吃了一阵子。又喝了几杯,薛道成不太难受了,脑子也活了,给父亲斟酒,夹菜。老头点上烟抽几口。薛道成还记得"文革"时父亲被下放到偏远农村劳动锻炼,没有星期天没有假期,过春节才能回来,回来时就成了一个地道的农村老汉,连旱烟袋都别上了,生活习惯都农民化了,包括喝酒喝得像吹哨子。母亲就毫不犹豫再次改造父亲,父亲就在双重改造中摇摆。有时父亲会发脾气,警告母亲小心我打小报告,把你下放一回,好好改造。父亲这乌鸦嘴还真给说着了。半年后,母亲被下放到更偏远的山区待两年,但母亲没有变成农村妇女,母亲干净整洁,只是皮肤黑了粗了,身体壮实了,知识女性的风韵丝毫未减。薛道成那时候有了女朋友,就是现在的妻

好人难做 129

子,妻子就羡慕:"你妈风度真好。"那年代不讲这个。"文革"后期,生活安定下来了,父亲完全让母亲改造过来了。现在他们父子俩又在恢复一些老习惯,父亲说:"你试一下。"儿子就用白瓷酒盅试一下,吹不出那种哨子声,也吹不长,把衣服都弄湿了。父亲就做示范,轻轻贴嘴唇上,跟吹笛吹箫一样用气要匀,要连成一气,不能断。儿子试了两次,吹长了,可没声音。父亲就说:"心别急,慢慢学,这里头学问大。"父亲就问:"不难受啦?"儿子站起来扩一下胸:"我没难受么谁说我难受啦?"父亲就说:"没难受就好,那么艰难的日子都过来了,现在这日子好得跟啥一样,爸一辈子就是个中学教师么,你娃可是大学教师,教授都当上了,过去想都不敢想,这么好的日子,你娃要知足呢。"

从那以后,薛道成对别人的廉价赞美保持高度警惕,也不管人家动机如何,先哈哈一笑,就像搅了喜鹊窝,铺天盖地全是哈哈哈,人家只好闭上嘴听他笑,笑够了,要谈的话也没影儿了。今天天气哈哈哈这种传统打法很管用。其实要破薛道成的哈哈哈很容易,反其道而行之,挑刺泼冷水嘛。世上无难事,只怕有心人。有本事的人不多,有心人多得不得了。就有一个叫李光仪的有心人,上来就给薛道成当头一棒,然后扬长而去。薛道成都蒙了,就有人告诉他:那人叫李光仪。

人家李光仪不可能再玩常建那套把戏嘛。大家对常建有许多说法,难听话叫王婆再世,皮条客,文明说法叫桥梁专家,什么地方都能牵线搭桥,有关系没关系硬接。李光仪不可能这么小儿科。从后来事情的发展来看,人家李光仪用的是《封神榜》中土行孙的办法,有遁地术,能钻洞打地道,搞地下工程。我们渭北高原周原一带,原本就是殷周古战场,三千年前土行孙就把我们那里穿梭子一样钻穿了。三千年后的大学老师采用这种古法,熟门熟路,轻松自如。

半年前从地方调来一位领导,对教育是个外行,半年后,这位领导给学校提交一套关于筹建周文化研究所的方案,横跨文史哲几个专业。校领导很吃惊,不由得对这位地方来的中层领导刮目相看,经过一段时间论证酝酿,校务会议通过了。大家也就知道了。有人就怀疑有高人指点。文史哲三个专业的权威学者也互相猜测,也都一头雾水。眼看马上要实施了,大家也只知道那个提方案的新领导,大家也都猜测,这位领导同志无非想在大学里立稳脚跟,做些实际工作,最多在新成立的研究所担任一个副职,这种外行领导社会关系多,往往能给大家解决许多实际困难,往往能跟业务人员搞好关系,领导也是一门艺术,彼此都钦佩对方的能力,互不了解反而好打交道。真正的幕后策划者李光仪跟隐形人一样,只有这位提交方案的新领导知道,校领导都不知道。在这个方案里,文史哲三个专业,每个专业出一个副所长,都是顶尖的学者,中文系不用说就是孟云卿,提方案的新领导理所当然担任常务副所长,也就是实际负责人。基本框架就这么搭起来的。李光仪老师就有必要给薛道成老师当头棒喝,让他清醒清醒,在新成立的研究所里薛道成将扮演相当重要的角色。当然喽,李光仪老师的角色更重要。马上就见分晓。学校只管大方向大框架,具体事务由常务副所长去处理。经费到位,办公地点也定下来了,就等挂牌仪式了。这个时候了,孟云卿也没有觉察到有什么不妥。历史系与哲学系那两位老教授跟孟云卿一样,也没觉察到有什么不妥,反而觉得这是一件好事,可以少上课,多搞研究,学校又那么重视,有专门经费有新的办公地点,以后可以搞许多学术研讨活动。谁也没想到研究所还设有秘书长,你也就明白了,秘书长由常务副所长提名,秘书长李光仪,副秘书长薛道成。挂牌仪式的前一天,孟云卿告诉薛道成研究所里有你,俩人都估计可能是专门从事研究的业务人员,据说列入业务人员的副教授讲师有七八个,都是各专业的业务骨干。他们甚至都想到秘书长这个职位,但他们只想到要设的话肯定由常务副会长兼任。当天晚上,薛道成就接到电话,由他担任副秘书长,薛道成马上把这个消息告诉孟云卿,孟云卿认为这是喜讯,肯定常务副所长兼任秘书长,业务方面薛道成是实际负责人。第二天挂牌仪式,正式名单宣布,你可以想象薛道成的心情。李光仪老师区区助教啊,一下子搞这么大一座跨海大桥,把全校的著名学者一网打尽。相比之下,常建老师那两下子只能是小儿科了。不用说那天的核心人物成了李光仪助教,方案的制订者,真正的幕后策划人,光这个创意就让人佩服得五体投地。出席仪式的校领导都抖了一下,很快掩饰过去了,但大家都看见了。宴会有位副教授对李光仪说:"你插过队,我也插过队,我咋就学不会你老兄这种杨子荣式的大劈叉呢?"人家李光仪就说:"人生重要的不是经历是阅历。"

　　常务副所长只要成绩,具体事务一概不管,秘书长李光仪成了实际负责人。前三年研究所做了三件事。第一件,给每位副所长出一本学术选集,常务副所长除外。再出一本论文合集,秘书长副秘书长以及搞业务的副教授、讲师每人入选代表性论文若干。发行仪式相当隆重,各大媒体做了报道。学校收藏一批,作为标志性成果赠送来访的客人来检查指导工作的各部门领导。第二件事,调入一批青年教师,都是新分来的研究生和留校的本科生。副秘书长薛道成就负责指导这些青年教师。那些年薛道成跟手工作坊的师傅传艺一样,呕心沥血帮助这些年轻人,这些年轻人的论文变戏法似的,以研究所名义出版发表,或参加学术会议去宣读。人家李光仪用这种隔山打虎的办法囊中探物一样合理地运用薛道成的智慧与成果,人家李光仪不直接跟他打交道他怎么忍心去拒绝无限钦佩无限热爱自己的青年学子呢。第三件事就是周文化国际学术研讨会。此时此刻,李光仪老师已经从助教破格直评副教授。

职称与业绩有目共睹,开会让人心服口服。孟云卿连连称奇:"这个人太要强了,这不单是要强,是期强。"期强是我们当地人的说法,形容蚂蚁撼大象,不自量力挑战权威,还出人意料地大获成功。我们那地方从古到今出过不少这种期强人。李光仪期强得很。这种人据说小时候屙屎尿尿都跟人比高低,长大后就藏在心里,伺机而动,比报仇雪耻的伍子胥勾践还厉害。

我们全都静静地看着这一切。

这三年当中,薛道成评上了教授,李光仪再次破格成为教授。常务副所长同志差不多著作等身了,理所当然成了教授,去地方单位见过去的老朋友老同事,名片一撒,让人目瞪口呆。常务副所长同志还真有几分儒雅之气,大学校园熏陶的结果。地方官员有点怵这家伙。几年后大批官员读硕士、读博士,常务副所长就有引领新潮流的意思了。不管咋说,爱文化,提升自己没有错吧。这时候,周文化研究所的权威地位在全校就相当稳固了。

研究所还有十几个编制空着呢。正副所长以及相当多的教授副教授讲师们教学研究不分离,编制还在系上,进退自如,以防万一。领导开明,也不强迫。十几个助教与七八个教辅人员都是临时借调,现在要给他们定编制了;此外还有许多教学人员与教辅人员想调进所里。原有人员肯定得淘汰一些。找所长,找副所长,都不如找常务副所长与秘书长。薛道成副秘书长也有人找,薛道成副秘书长就亲眼目睹了这奇特的一幕。现有人员,正副所长包括薛道成副秘书长都可以推荐人选,但决定权都在常务副所长与李光仪秘书长手里。表面上还得把大家尊重一下,开个会,走走形式。都是一个学校的,彼此都了解。取舍的结果让人吃惊。这个吃惊的人其实只有薛道成。孟云卿所长都没吃惊嘛,几位副所长也见怪不怪。薛道成的吃惊是有道理的,因为淘汰的都是优秀的,留下的都很勉强,好多人连工作都胜任不了。有个担任副所长的老教授就自我解嘲:"直接办好了,没必要让我们推荐嘛,打我们的名头,推荐成了推贱。"大家都笑了:"推贱难度更大,聪明人好找,笨人不好找,而且没法培养,哪个学校哪个专业都培养不了,无法学习无法培养的都是天才,我们研究所成为天才汇聚的地方啦。"薛道成讲了一个农村习俗,大家才发现这不是玩笑,这是一个相当严肃的问题。

为了孩子好养就给孩子起贱名,猪娃狗娃牛娃,薛道成没有说农民给他起的那个小名狗剩。物贱好养,有生命力,优者趋于饱和,物壮则老,没有发展前途,这是老子哲学呀,一阴一阳谓之道,物极必反,太极图式,知识分子文化人都懂这个。秘书长理解得最深刻最透彻。有位老先生甚至联想到"文革"后期推荐工农兵学员上大学,原来"文革"跟传统文化关系最近最密切,老先生又是拍手又是跺脚:"那十年我白过了,一点长性都没有。"老先生再次碰到李光仪时就由衷地赞美人家:"后生可畏呀,好好干。"李光仪不绿不红:"谢谢老师鼓励。"

老学者们一个一个老了,退休了。孟云卿从所长位子上退下来,坚决不干名誉所长。常务副所长成为学者型干部以后,又返回地方单位,成为分管文教卫生的副市长,李光仪秘书长就兼任常务副所长。李光仪动员一切力量挽留孟云卿,孟云卿的学术影响愈老弥新,孟云卿就毫不客气地告诉李光仪:"我已经油干灯尽,我想在另一个世界安宁一些,你就不用再打扰我了。人家叫你土行孙,我死后拜托你打地洞的时候从我的墓地绕过去,行不行?"当着市领导面说的,李光仪反应多快:"孟老师批评我哩,我工作没做好,一定努力,一定努力。"孟云卿摆脱了那个名誉所长。以后的若干年里,有两位老学者效法孟云卿坚决不干名誉所长,他们已经被利用得体无完肤了,用他们的话说:"我还想留几根干净的骨头。"差点要吐李光仪脸上了。老学者也有老学者的幽默:"看样子你打算唾面自己干喽,我改变主意啦,我咽下去,增强我的消化能力,也不给你捞取政治资本的机会。"唾面自干这个典故出自唐朝大臣娄师德。娄师德告诫弟弟做官要骂不还口,打不还手,而且要做到唾面自干,擦都不能擦。老学者们退的退,亡的亡,本校再也找不到标志性的学者了。像薛道成他们新时期出道的教授,人家李光仪副所长兼秘书长是不会考虑的,用李光仪秘书长的话说:好不容易盼到大树凋零,再亲自栽一棵大树永远压着自己我傻呀我。人家李光仪也不会考虑自己,巴结他的人鼓动他,顺势把所长兼了,他就学曹操的口气:仲谋小儿用火烤我呀。孙权孙仲谋,劝曹操称帝,曹操脑子没发热就戳穿了他的鬼把戏。不是李光仪同志谦虚,是我们这个时代没有大师也不需要大师,需要精明的实干家。李光仪同志识时务地十分恰当地给自己一个科学的定位。本校没有德高望重的老学者,就在外边找,打开中国地图一个省区挨着一个省区一个城市挨着一个城市找。还有互联网,打开网络搜寻。孟云卿曾经用互联网讽刺过李光仪,说人家李光仪不是皮条客了不是王婆了,更不是桥梁专家,遁地术的土行孙都比不上,你简直就是中国版的互联网。相当长时间研究所里不敢提互联网怕李光仪生气,这是人家的外号,用农民的话说是小名。现在李光仪教授顾不了这么多了,上网搜集,还真有那么一批世纪老人,从上世纪初一直活到这个世纪初,常青树还不少呢。

　　李光仪教授开始行动了。一番风雨一番折腾,总算说动了两位远方学府的老学者,因为身体原因,不能亲临大西北,就勉强答应做不管事的所长与名誉所长,在李光仪教授亲拟的贺信后边签上名字,在李光仪教授死皮赖脸百般乞求下,老先生动用文房四宝,给研究所题了名字:周文化研究所。

　　若干年间,这种题名墨宝经过精心装裱,满满一屋,引无数青年后生竞折腰,高山仰止,顿生敬畏之心。若干年间,老学者们纷纷离开人世。

大树倒尽之前,薛道成提前离开研究所回到系上,他的编制本来在系上,要回来也就回来了。

几年后,李光仪也回来了。人家可不是一个人回来的,大树倒光了,李光仪再也聘不到父亲般的大恩人了,自己又不好意思像常建那样自称大师,审时度势,回归中文系损失最小。周文化研究所搬回来了,所里人员一分为三,分别划归历史、哲学、中文,中文拿大头,扛回了研究所的牌子。李光仪还是研究所负责人,牛皮烘烘的,编制小了,反而可以名正言顺地担任所长,副所长若干,秘书长副秘书长就没有啦。有意思的是研究所的人员让中文历史哲学三个文科大系的人大开眼界,男的只认一把手,一把手就是亲爹亲娘,一把手以下,全不是人,活脱脱张飞李逵再世,系领导赶紧解释:众生平等,对大家一视同仁,我可不是刘备宋江,我是知识分子文化人,至少也是现代人,都二十一世纪了,"这个李光仪,怎么把手下训练成这个样子。"女的要好一些,也好得有些过分,不管高低大小,见人就笑脸相迎,双手捧茶,不停地擦桌凳,不停地给人家拍打灰尘,也不管人家身上有没有灰尘,人家误以为进了灯红酒绿的娱乐场所,好像在跟一群烟花女子打交道。有什么办法呢?这些男女大多都是工人身份,搞杂务的,能保证饭碗就不错了,再加上奖金诱惑,就成了这个样子。个别业务人员,几年下来没有什么突出业绩,职称评到讲师就再也没能力前进一步了,那些有志者咬紧牙关,虎口脱险一般考上硕士博士远走高飞,胜利大逃亡。你不能指望人人都有钱钟书季羡林那样的才华。你也不能天天盼望着人家李光仪同志成为十恶不赦的大坏蛋,人神共愤,多行不义必自毙,殷纣王那样自我爆炸。人家李光仪同志懂得分寸。人家李光仪同志就用学术大师学术泰斗挖苦刺激大家。大家没有那种勇气,也没有那种天赋就不能怪人家李光仪同志了。

对李光仪的做法肯定要议论那么一阵子,李光仪不做任何解释。过一段时间,个别中层领导发现从李光仪手下来的这些男男女女用起来十分顺手,不好听,但实用,"周文化研究所"培养出这样的人也是一种贡献哪,就好比羊群放进几只狼,用时髦话讲叫引进竞争机制。凡是有研究所人员的单位,大家的身段纷纷降低,一低再低。有人就想起当初孟云卿老先生挖苦李光仪时说:你那不叫推荐,叫推贱。人家李光仪同志在用人机制上大胆创新嘛,古已有之应该叫推陈出新,大胆使用没有才华的人,大胆使用品质低劣的人,老子韩非子早已给我们提供了理论根据和实践先例。善容人者容人,缺点绝不容人优点。这种典型的知识分子玩笑,一次次出现在李光仪同志面前,李光仪不绿不红,没有反应,由你去想,不解释就是最大的解释。一个无法否认的事实就是人家李光仪同志在进步,在大踏步地进步。这是个闭上眼睛睡觉都在长个子的人,我们当地有一个通俗说法:娃娃你凉得响哩,睡哈(下)长哩。

第五章

马萌萌跟张万明幽会一次,丈夫周怀彬就要高兴一阵子,短则一周长则半月。马萌萌心中有鬼,鬼魅作祟,她就不由自主地给周怀彬好脸色,人也勤快起来,下班买菜,下厨房做饭,拖地板,洗衣服,回乡下老家看望公婆,有时还把公公婆婆接县城住两天。那些天,周怀彬还能跟马萌萌钻一个被窝,马萌萌恍惚又回到跟张万明幽会的气氛中,把周怀彬当张万明,两人都很兴奋。

兴奋期一过,马萌萌气急败坏,后悔不迭。周怀彬的苦日子就来了,不要说钻马萌萌被窝,家务活他全包揽,还要受马萌萌变幻无常的怪脾气,摔盘子摔碗,歇斯底里,活活一个泼妇夜叉。周怀彬自认为对女人相当了解,咨询过医生看过各种家庭生活夫妻生活方面的书,知道女人的月经规律;女人的情绪完全受月亮遥控指挥,嫦娥奔月就是为全人类的女性储备战略核武器,吴刚不停地用原始的斧头砍月桂树,砍伐的速度永远赶不上月桂树生长的速度,月亮与地球的反差就这么大,地球上那么多树禁不住砍伐,而月亮只长一棵树就把男同志吴刚给难住了。周怀彬理解的家庭生活就是这样,一会儿好一会儿坏。咱不想坏的咱就想好的。人不就活在希望里吗?你马萌萌闹得再凶,总有雨过天晴的时候,周怀彬守株待兔一般等待那个时刻。

马萌萌只能闭上眼睛,沉默啊沉默,不在沉默中爆炸就在沉默中灭亡。马萌萌叫张万明想法子,张万明挠后脑勺:"我有对付聪明人的法子,我还真没有对付这冷松这二百五的法子,你别瞪眼睛,你细细想一哈(下),古今中外所有的学问都是教人聪明没有教人笨的嘛,遇上这么一个现世宝,还真没办法。"马萌萌心一横牙一咬,办法有了,跟张万明一嘀咕,张万明吓一跳。

"弄不好出人命,再凉的凉熊再瓜的瓜皮再瓷的瓷锤再夯的猪八戒都会抢粑粑的,人家周怀彬好歹是个男人么。"

"你知道周怀彬是个男人你还睡人家老婆,你还想做好人?我叫你做好人!"

马萌萌就成了豹子。马萌萌曾经变过豹子,女人只要开个头,就会没完没了,反复使用曾经扮演过的角色,就像孩子贪恋玩具。马萌萌豹子一样扑上去,抓张万明的脸,人家张万明没躲没闪,人家张万明沉着冷静地直面这惨淡的人生,马萌萌豹子般的利爪抓进皮肉,但没动,没往下拉,指甲扎出印但没出血,但也疼得够呛,人家张万明也不隐瞒自己的疼痛,连吸几口冷气,牙龇了,嘴歪了,还说了两句硬话。

"我一心想做好人哩,日他妈好人就这么难做,做不成好人就死算了。"

张万明呼地站起来就往北干渠里跳,马萌萌比他敏捷比他快,嗖地一下抢在他前边:"北干渠谁还不敢跳吗?跳水哩又不是下油锅,姑奶奶我要到奥运会上我还要拿金牌拿冠军哩。"马萌萌没拿上金牌反而让张万明拿住了,张万明不下狠手不行么,马萌萌都站在北干渠边上了,脚下就是滚滚流水,从西山大水库放下这么一大渠水,在月光下像大蟒蛇,张万明不能眼睁睁看着大蟒蛇把他的心肝肝肺把把给吞噬了,张万明就饿狼一样扑上去,一下子把马萌萌这只金钱豹给逮住了。饿狼跟豹子难免一阵扑打,都倒地上了,都滚蛋了,贴着北干渠的边边,好几次都要掉下去了,险象环生,但又刺激这对狗男女的激情,厮打演化成拥抱,亲吻,不断欢腾。水泥大渠里漩涡一个接一个,激情男女终于不动了,身下是草丛,西北高原常见的细密绵软的雪草,跟毡一样。马萌萌说:"我没害周怀彬的意思,我就想刺激他一下,挫挫他的积极性,女人希望心爱的男人积极,越积极越好,不希望其他人对她积极,那种难受给你没法说。"张万明就妥协了:"试火上一回。"

　　有天晚上,周怀彬上夜班回来发现床上多了一个人,他的位置让人给占了。周怀彬没大喊大叫,首先在自己身上找原因,掐虎口掐腮帮子,还揪头发,还是弄不明白,就揭开被子一角,毫无攻击性地轻轻挠了一下那个陌生男人的身体。该男人大气都不敢出,该男人也是平生第一次面对如此捉奸的丈夫,该男人就紧张起来啦。这张床真正的主人跟逗小孩一样在该男人身上轻轻挠一下,抓痒似的,该男人就绷不住了,哎哟哟跳地上捡起衣服夺门而逃,黑屋子里闪了一下白晃晃的裸体人影,窗户上月光白雾似的一会儿散开一会儿凝结。

　　马萌萌裹着被子坐起来,一副敢作敢为的样子,"周怀彬,你都看到了,你说咋办呀?"

　　"半夜三更除了睡觉还能弄啥事?也弄不成啥事。"

　　"你别装啦,你明明看见了一个人。"

　　"看见了,看见了,一个白晃晃的光身子。"

　　马萌萌跟老公安审问罪犯一样十分自信地打开床头的台灯,朦胧灯光里的周怀彬已经脱光了,只剩下个裤衩,还咧着嘴嘿嘿笑:"那个白晃晃的人影儿就是我,我一路上都想你哩,就跟做梦一样,梦见我提早回来,提早上床,我看见我梦中的样子,我就想笑,真人把假人吓跑了,我自己把自己吓跑了,有意思得很。"周怀彬边说边往被子里钻,双人床铺两床被子,周怀彬就钻自己的被窝:"有意思有意思,被窝热乎乎的,我的影子把被窝给我暖热啦,咱就美美地睡。"

"睡睡睡,睡你娘个腿,洗脚去,脏猪!"

"对对对,老婆说得对,回家晚也要讲卫生,洗脚洗狗子。"

周怀彬轻手轻脚进卫生间,热水淋浴器响起来,周怀彬边洗边唱,声音不大,隐隐约约能听出是瑞奇·马汀的《生命之杯》,歌词让周怀彬篡改了:"俄累啊累啊累,快把澡来洗,快把觉来睡。"

这个王八蛋就这么无耻地把张万明给篡改了,你说他还有啥不能篡改的?

第二天一大早马萌萌就给张万明发短信:"咋样?"急切简洁如军事术语。回信也快:"重感冒,正在打点滴。"张万明有老婆伺候,马萌萌只能干着急,没心思上班,没心思吃饭,中午下班也不想回家,就猫在办公室打开电脑上网。

三天后,张万明发来短信:"能下床活动了。"

当天傍晚他们见面,张万明给马萌萌描述那天晚上的情景:"我想在楼道穿衣服,没想到楼上有人养狗,还把狗丢楼梯,狗见人抱东西就以为是贼,狗日的就扑上来啦,我就抱上衣服,抱上鞋光身子跑。"

"可恶的狗,我明儿弄死它。"

"别别别胡来,这狗光撵人不叫唤,它要是叫两声,把人招街上,你想我有多狼狈,后半夜么,街上没人,连个鬼都没有,我就放心啦,就一门心思往城外跑,平时看着咱这小县城小的,三条大街么,那天晚上感觉街道那么长,咋跑都跑不到尽头,还干净得不得了,别说找个半截砖头,一根柴棍棍都没有,一张纸片片都没有,搞卫生城市,国务院要来检查,烟头都捡得光光的,好不容易跑到城郊,抓一块半截砖头,靶子那么准,一下就砸在狗头上,离我二三十步哩,我靶子就那么准,狗头都砸破了,都出血了,狗日的真是条好狗,没叫唤,打个滚,退回去了,我当时抖得跟筛子筛糠一样,轻飘飘的,半天穿不上衣服,我受的是啥罪嘛。"

马萌萌就跟搂娃娃一样把张万明搂在怀里搂得紧紧的:"都怪我给你出那么个馊主意。"

"主意不错,是你家周怀彬太厉害啦,我这辈子还没见识过这么个货,我当时都傻了,都成二百五瓜皮瓷锤了,老天爷都想不到周怀彬能来这一手,我咋跑出来的我都不知道,我穿好衣服定下神,我就骂我自己这么无能这么卑鄙把你一个撇下你肯定要受大罪呢,你赶紧说你受罪来没有?"

两个劫后余生之人痛定思痛,但也远远超出张万明的想象,张万明都叫起来了:"世界上还有这种事?他把我当成了他,呵呵,那我张万明算个啥?"马萌萌就说:"他就是个凉娃,凉女婿,你这么惊乍的,难道你怕他?你要怕他,我收拾他,今晚夕就叫他连觉都睡不成,跪在床前跪到大天明。"张万明就急了:"别别别胡来。""你就会做好人,你越想做好人,我就越加倍地整治他。"张万明只好苦口婆心地做马萌萌的思想工作:"姑奶奶你冷静,冷静,千万不能感情用事,你要时不时地想想周怀彬的好处,他是咱们的保护伞,两个大国之间还有个缓冲国。"马萌萌就说:"你们男人太卑鄙了,又卑鄙又无耻。"

张万明就想认识一下大活宝周怀彬。周怀彬每个周末都要回乡下看望父母,骑个摩托,有时后边驮马萌萌,有时就他一个。这回就他一个人。返回县城时有辆自行车蹿得比箭还快,撵上来,叫两声师傅,要对个火,摩托就停下来,周怀彬嘴上没烟,可兜兜里有打火机,看着陌生人点火吸烟的样子周怀彬就说:"瘾就这么大?"陌生人就说:"不吃饭能行,不吃烟活不成么。"陌生人把打火机丢半空接住,还给周怀彬,"你是个孝子,周末知道回乡里看父母。""占父母便宜哩,带些城里的烂皮货,带回来的都是农村的好东西。"摩托后边驮着鸡蛋、蒜苗、红萝卜,还有两只鸡。"自己种的自己养的,不拿嘛,老人就生气,没办法,两包茶叶两瓶酒就换这么一大堆好东西,都是地里长的好东西,你就不回去看看老人?"

"我父母在城里。"

"你是城里人?怪不得气色这么好,比女人还苗条,还装模作样骑个自行车,不带手机,不带打火机,这两年有权有势的人都这么扎势,都这么耍大娃娃,让满世界人找他,他谁也不找,你得是个县长?市长?别哄人,我周怀彬眼里有水,我能看出来,你不是一般人,你不是平地卧的龙。红蚂蚁公司的,知道知道,东关北边门朝南开,那你肯定是个董事长或经理。"

张万明就说出红蚂蚁公司董事长经理的名字:"电视上报纸上经常出现哩,你没见过?"

周怀彬就说:"对呀对呀,董事长和经理一个肥头大耳,像冬瓜,一个扁头扁脑像南瓜,没你苗条没你细发,唉,我明白啦,你是摇鹅毛扇子的,那个冬瓜头南瓜脸是你手上的木偶皮影子,这两年老板们都这么做生意,弄个假的摆在外边,真神藏后边,你甭摇头,我不向你借钱,看把你啬皮的,揭穿你的真面目你就摇头,摇得像拨浪鼓,说了半天,你连名字都不敢告诉人,整天躲在阴暗的角落里就知道算计这个算计那个,挣大钱的人都这样,你本事大你告诉我你叫啥?"

张万明就报上名字,周怀彬就从摩托上下来,绕着张万明细细看三圈,又凑上来跟狗一样细细闻三遍:

"你名声大得很,比县长还有知名度,可你从来不上电视不上报纸,咱只听你的大名见不上你这个真神,都说你是个大嫖客大流氓,还说你上了美国《花花公子》的封面,还说张艺谋要请你演西门庆,传得神乎其神,今儿个一见,嘿。"

"让你失望啦。"

好人难做 143

"也谈不上失望,人嘛,人眉俊眼,我要是个女人我也会让你日个美,可我看你瘦瘦的,长不出个驴锤子也长不出人家敬德那种双料子货,还是我周怀彬眼睛有水,我看得不错,女人看上你的钱啦,这二年不比以往,漂亮女人全钻钱眼,你弄那么大动静都是钱烧的,你甭摇头,还一脸怪笑,我戳你疼处啦你就这副鬼样子,我就再加把劲,你甭跟我解释,提你爸你妈干啥呀,你爸你妈是普通职工,你爷是小土地出租,都对着哩,这不影响你发财么,你没看书上报刊上都写了么,认个干大就行了么,你绝对认了一个有权有势有钱的干大,哈哈,你不摇头了,也不做鬼样子了,这就对了,人还是老实点好。"

周怀彬回家告诉马萌萌他见张万明啦,马萌萌就把声音压低的:"你找他干啥?你想干啥?""认识一下么,还能干啥,我说他是有钱人,他头摇得跟拨浪鼓一样,我又不问他借钱。""他跟你说啥了?""他话不多,都是我说。""都是你说,都是你说,看把你能的。""小看我周怀彬了吧,中国女人就这毛病,总是小看自己的丈夫,把张万明传得神的,我说啥他张万明听啥。不过人家张万明人才好,人眉俊眼,干干净净,我以为洒了香水,闻了闻,不是香水,是人家爱干净,常洗澡,没汗腥味,我当时就告诉张万明,我要是个女人我一天让他日一百回。""你这么无耻!"马萌萌身上的肉都在跳,像卧满了青蛙,青蛙张大了嘴巴,"你就不怕他日你老婆?"

"你脾气这么瞎,喜怒无常,爱使小性子,也就我周怀彬能容你,遇上其他男人连你理都不理,还想打人家张万明的瞎主意。"

"我真打过他的瞎主意呢?"

"那是你考验我,我不止一次听人说过你的瞎话,可我不相信。"

"为啥吗?"

"张万明的风流韵事多得没边边,一大半都是胡编的,男人们把自己实现不了的瞎想法往张万明身上栽哩,说你瞎话的人都打你的瞎主意呢,你当我看不出来,全城的狗男人剜口掏脑髓编排你最凶的时候,我就不客气了,当时在饭馆里,我一点都没客气,你们这帮瞎熊就这么糟蹋人家女娃,你们都是猫吃浆子——胡然(粘)哩,面汤锅煮驴——冒鞭(编)哩。"

马萌萌把周怀彬的胳膊抓得死死的:"你这人太可怕了,太可怕了。""我维护你哩,你还说我可怕,你咋是这么个人。哎哟哎哟你把我掐疼了,你咋是这么个人,谁心疼你你就让谁的心往死里疼。"周怀彬胳膊上一串红指甲印,周怀彬一边揉搓一边嘀咕:"我周怀彬咋就维不哈(下)女人,世界上就他张万明能维哈(下)女人,我就不信。"

周怀彬天天洗澡,修饰打扮,穷讲究越来越多,刚开始马萌萌没当一回事,还讽刺挖苦人家:"猪八戒照镜子哩再照还是那样子,再洗还是个猪八戒。"

大半年过去了,周怀彬从穿着打扮发型嗜好到言谈举止越来越像张万明,马萌萌就受不了啦,就拷问张万明:"你这么不要脸,你睡着人家老婆还跟人家交往?""谁谁,你说谁?""谁谁谁,你跟周怀彬还能跟谁?""你冤枉我啦,半年前我就跟他借了个火,前后谈话不到十分钟,就再没见面么。""你俩最好见上一面,你就酥心啦,真的。"马萌萌眼泪都下来了。张万明还大咧咧的:"别淌眼泪先,眼泪兮兮的叫老哥今晚又咋睡得着嘛,不就是个凉女婿周怀彬嘛,他还能是姜子牙?他还能是申公豹?"

第二天老远看见周怀彬,张万明心里就腾棱一下奔出一匹马,远远地看着周怀彬就没到跟前去,狗日的,一招一式活脱脱另一个张万明么,难怪有人不怀好意地叫他张万明师傅,"老张,你收徒弟了得是?"这种莫名其妙的话出现过十几次,大概有好几个月了,他就没往心上记。这个狗日的周怀彬太可怕了。

好人难做

张万明给马萌萌发个短信:"我都分不清我是真的还是假的?"

下班回家马萌萌就朝周怀彬发作:"好好个人你学人家干啥呀？啊？你到底想干啥？啊？""我就学张万明个风度么，又不学他的胡骚情,平心而论,人家张万明不是啥瞎人,老婆绝对是个丑婆娘,张万明这么有风度,胡骚情一哈(下)人都能理解,你别瞪眼睛,我不会胡骚情,我屋里有乖媳妇我再胡骚情人家还不把我骂死。""你是人还是鬼？""肯定是人么,地球人么,我就是比别人肯用心,我只认一个理,世界是有心人的,有权有钱不如有心,有一颗红亮的心,小时候常听我爸嗯嗯唧唧,我们都有一颗红亮的心,我就有这么一颗红亮的心,跟我过日子你绝对放心,你一千个放心一万个放心,你就把心放在肚子里。"

周怀彬说的都是大实话。周怀彬在渭北市上个民办自费大专,亲戚介绍在县城某单位临时打工,跟民工差不多,正规大学毕业的大学生就有好几十个,几年下来,大半大学生还没有编制,周怀彬艰苦卓绝锲而不舍,力战群雄,成为单位正式职工。不知是有人恶心他还是陷害他,故意在他跟前提马萌萌,人家话说得很策略:人人都在追马萌萌,可惜自己条件不够,又没有正式工作,否则拼上命都要试火一下。周怀彬就很盲目地加入到追求者之列,也不观察一下追马萌萌的都是些啥人。那正是马萌萌跟张万明的事闹得沸沸扬扬的时候,周怀彬还没见马萌萌就认为大家在恶意攻击,等见了马萌萌这种念头就更强烈了,甚至在饭馆痛斥了那些造谣生事的家伙,然后就用他找工作的劲头去追马萌萌。

有必要介绍一下周怀彬的先人。周怀彬的爷爷给地主家当长工,老实巴交,东家喜欢,就把丫环嫁给他,给他盖一院屋子几亩地一头牛,长工跟东家成了亲戚。解放后斗地主,动员老汉忆苦思甜,老头实话实说,常常让工作组打断,训练,如此三番,老头就乖巧了,想起民国十八年饿死的父母就痛不欲生,煞是动人。老头忆苦思甜了半辈子,各种困难补助就来得容易。周怀彬的父亲也是个老实人,更是个老好人,谁都不得罪,从生产队到村民小组,队长村主任要蒙哄社员和村民的时候总喜欢叫上周怀彬的父亲,我们就可以猜测周怀彬咋念书的,咋在单位混的。周怀彬跟爷爷父亲唯一不同的是念过书见过世面,成了城里人,还要努力摆脱那副傻样子,而且初见成效,目标就是张万明,张万明心惊肉跳。

张万明跟马萌萌再次幽会的时候,就像劫后余生,见面就抱在一起,不说话,就像无声电影。几乎每个礼拜都见面,一次比一次猛烈。有一天,张万明张口了,"我得出去一趟。好几个月呢。""这么久?""生意上的事情由不得人。""你路上小心。"张万明还让马萌萌看了车票,明天早晨就得走。张万明自从交往了马萌萌,就跟过去好几位情人断了关系,那也花了一年多时间,跟人家来往好多年了,得慢慢地小心翼翼地了断,跟趟地雷差不多,也不知哪个将军说的,进攻是容易的,撤退才是真功夫,这都是内行话。张万明把心收在马萌萌身上,马萌萌能感觉到。可马萌萌感觉不到张万明更隐秘的一面。

张万明去帮梁局长呀。

梁局长拐弯抹角在另一座城市换了个角色——环卫工人——橘红色帽子,黄马甲,整天跟垃圾打交道,既不像挂职锻炼,又不是调查研究,实打实干体力活。因为拐了好几层关系,拐到这座城市时这里的朋友以为他是个大学教授,搞考查的,有不少社会学家曾经用这种方式对性工作者进行调查,没有丝毫职业偏见,反而赢得性工作者的积极配合。西北地区偏远保守,民风淳朴,色情行业有但不太发达。梁局长气度派头在那放着,人家就以为他是个学者,都很尊重他,他想干啥就干啥,结果他干得比谁都多,简直就是在洗心革面,劳动改造了。大家就觉得他不像个学者,教授也没有这么拼死拼活干活的,工人农民才这么干呢。这么一来,大家反而对他没有了戒心,把他当成真正的劳动人民,劳力者。期限不可能长么,半年。每月月底回家一趟,礼拜天攒在一起,好几天呢,家里没啥事,主要是处理单位公务,单位的人以为头儿去度假了,红光满面,又瘦又精神,手上劲大了许多,握手就叫人受不了,肯定在健身俱乐部练下的;有人就怀疑头儿把身体练这么棒肯定要往上升呢。那几个情人,也就是小妖精只能跟他通个电话,面是不见的,硬要见,就在办公室,人出人进,只能拿眼睛说话,那眼睛明显变了嘛,亮堂了,也威严了,以前也威严,但不像现在这么精气四射,底气十足。情妇们就很怯火,也在猜测,这家伙可能要往上升,水涨船高的道理谁都懂,官员身后的女人懂得更透彻,她们按捺住内心的狂喜,尽量不惹他生气。

他重返回环卫工人岗位,必须经过这几道程序:办公室主任和秘书用小车送他上火车,肯定是软卧,几小时后转车就变成硬卧,再转车就成硬座,有时连座位都没有。行头也是换三次,像个地下工作者。

老梁用三个月时间把自己变成地道的环卫工人,用两个月时间接近了一个环卫女工。该女工丧偶,独身,女儿上小学,老梁不惜一切手段只跟人家关系稍密切了一些,止于友情,再也迈不动一步了。老梁与结发妻子谈过恋爱呀,那时他是穷学生,妻子是校花,穷学生坚持不懈写情书、看电影送花,依依不舍,心心相印,跟小说电影里差不多。老梁对自己的能力相当自信。农家子弟吃过大苦。他很容易过了劳动关。男女同事都打心里尊重他。他主动接近这个三十出头的单身女人,大家觉得也正常,在大家眼里老梁同志也是单身嘛。这个叫王慧英的单身女工热情开朗,可心里的门槛极高,接近她容易,打动她的心就比较困难。老梁是有阅历的人,老梁很冷静,以至于冷静到这种程度:他怀疑自己丧失了爱的能力,不是性功能,是情感功能。他就把张万明当成了心理医生,放下自尊,向张万明求救。张万明也跟马萌萌处于微妙的尴尬中,急于调整自己的心境,那个凉不兮兮的周怀彬把他搞得真假难辨,他都快要认不出自己了。

张万明见到老梁第一句话就是我也有麻烦了,咱俩是惺惺惺惺,谁也别笑话谁,一句话就让老梁放下了心理负担。两个人买了猪蹄花生米凉拌黄瓜,在老梁租住的小屋里边喝酒边交谈。俩人从街上往回走的时候,老梁已经让张万明看了那个叫王慧英的女工,王慧英正在扫街道呢,还跟老梁打个招呼。张万明那双眼睛,走南闯北跑推销,看人从不走眼。张万明充分肯定了老梁同志的眼光:这个女人不漂亮,可耐看,细细看越看越好看,"我保证你身边那几个女人不是红烧的就是油炸的,要么就是腌制的,这个女人是清真的,一点假都没有。"张万明点上烟继续发挥:"你这样的老狐狸都无能为力,说明这个女人对生活是严肃的认真的,轻易得手难受的是你,你目的性太强。"老梁就呵呵笑:"人家都说你是大流氓,大流氓对女人没功利性?哄碎娃哩?"

"你不要一口一个大流氓,那是人家诬蔑我,我从来没有强迫过女人。"

"你那是诱奸,最后变成通奸。"

"你又错了,我从不诱惑女人,诱惑也是一种强迫。"

"不强迫不诱惑,还要女人跟你好,你蒙人哩,你就蒙吧。"

张万明就循循善诱:"光有热情是不行的,光有真心是不行的,不要有功利心,不要目的性太强,身心放松,跟女人自然交往,给你这么说吧,我曾带一个女人跑推销同吃同住半个月,一点事都没有,那可是个漂亮女人,一年后我们才有了正式交往,完全是她自愿的,她后来离开我也是自愿的,当行则行,当止则止,很简单,千万不要把女人复杂化、技术化、程序化,老天创造女人,就是让我们这些臭男人回归自然,不要离自己太远,老梁啊,你离自己太远了,我刚刚被人搅了一下真假难辨就凄惶得不得了,你问题大着哩。"

张万明就开始训练老梁:见女人不要脸红,不要死盯人家丰满的胸部更不能朝女人下身乱看,要把目光放坦然,不要色迷迷黏糊糊,跟泥汤一样跟炸了油条的油根一样。这需要时间,得慢慢来,境由心生,相也由心生,最好的目光要赤诚如阳光,清澈如月光。

张万明一丝不苟训练了一个月,张万明以老梁表弟的身份跟王慧英打交道,张万明自己都有感觉了,就赶紧后撤,王慧英就连连追问老梁:你表弟呢?你表弟呢?老梁就沉着脸:"回家看他媳妇去了。"老梁幸亏没发作,也没恶意攻击张万明,进卫生间抽根烟,彻底冷静下来了,而且破天荒有了智慧,情商也高涨了,出了卫生间,就很大气地说张万明的好,还把张万明一家人的合影拿出来:一家三口,儿子站中间,这个宝贝儿子保送清华大学,上个月刚走,这儿子养的。王慧英就把注意力从张万明身上转移到张万明儿子身上。老梁不失时机地表扬了王慧英的女儿:小学五年级就拿那么多奖章,将来也会上清华北大。

老梁知道了赞美别人。老梁让亲戚朋友下属赞美了几十年,老梁的赞美词都是高射炮只对上级,从来没落到过地面。老梁清楚地知道王慧英的心是让张万明搅动的,女人的心只要动一下,就收不住了,在最初的朦胧状态,老梁趁热打铁,也能打出火花。往后就看老梁的真本事了,张万明撤退的时候就是这么想的。

张万明回到县城第一眼就看到了骑自行车的周怀彬,你可以想象周怀彬骑自行车的样子。那地方就在汽车站,狗日的真会选地方,就像杂技表演,车子几乎不动,练这么高深的功夫就叫人觉得不可思议,有人在议论:张万明的绝活么,失传了失传了。

张万明还没来得及下车,就不由自主地掏出又宽又大的墨镜戴上,脸上像扣了一个锅,把脸全遮住了,只露个嘴巴和鼻子,接着又穿上高领风衣。上个世纪八十年代初日本电影《追捕》风靡中国内地,全国的时髦男子全都穿杜丘式风衣,全都神情冷峻,不笑不语,低头走路谁也不看。不用说张万明也曾在我们这个小县城领导过这种风潮。张万明实在不愿意重复自我。张万明自己都不知道在梁局长隐姓埋名的那个地方他身不由己地在一家商店置办了这身行头,好像预感到周怀彬会出现在汽车站。

张万明不慌不忙把自己隐藏起来,从容下车,还在周怀彬身边站了一会儿,没人认出他张万明,张万明苦笑一下穿过广场,穿过大街小巷,就像海外游子回到故乡,完全是慢镜头,但激动是没有的。他没想到他能把周怀彬给他的苦笑保持这么久,进了家门,他把墨镜摘下来,风衣也在老婆手上了,老婆就叫:"你咋这么笑?谁欺负你啦?"老婆就把他推到镜子跟前,他就愣住了,他就揉啊搓啊,好像脸上起了垢痂,老婆端来热水还有香皂,他洗了好半天总算洗出属于他张万明本人的笑容。老婆长出一口气:

"在外边不容易你就忍着点,钱挣不下不要紧,别把人给咱弄瞎了,你刚才那样子我都认不出来了。"

"有那么严重?"

"严重得很,你刚才那样子就不敢去见咱爸咱妈,非叫老人血压升到额颅顶顶上不可。"

都是狗日的周怀彬给害的。

张万明出门的时候就是这身打扮,墨镜和风衣,一般人认不出来。这样挺好。

跟马萌萌去幽会,马萌萌吓一跳。

"我还以为是我爸。"

好人难做　　151

"你这么抬举我？"

"我爸也是这身打扮。"

父亲马奋棋嫌女儿丢人，父亲马奋棋没脸见人，父亲马奋棋用大墨镜把自己的脸遮起来，还穿上了高领风衣，马萌萌就说："你当土行孙算了，连车子都不用骑，顺地洞直接爬到办公室，再顺原路爬回来。"

活该马奋棋倒霉。日本影星高仓健都七十多岁了，沉默好多年了，经不起张艺谋的再三鼓励，东山再起，演了《千里走单骑》，对《追捕》毫无印象的马萌萌这一代小年轻就很轻松地从网上从盗版DVD上看到了高仓健所有的作品。包括曾经红透中国内地的老电影《追捕》，马萌萌就认出了主人公杜丘那身行头，情商极高的马萌萌还创造性地移植了影片中的真由美与资本家父亲。真由美爱的可是一个逃犯，父亲连议员都不当了，连飞机和马都贡献出来了。瞧瞧眼前这个西北高原名叫马奋棋的父亲，不但不帮女儿，还把自己扮成高仓健。马萌萌就叫起来，"妈，我爸这身打扮去勾引女人呀。"正要出门的马奋棋与从厨房里出来的老伴都愣住了，马萌萌不知道父亲马奋棋当年跟乡广播站女广播员那段风流韵事，母亲知道。母亲就黑下脸："咋给你爸这么说话？你爸行得端走得正，是人面前的体面人，你再这么剜口嚼舌说你爸小心我把你嘴撕了，撕到后脑勺。"老伴正洗碗呢，手里还拿着碗，都举到女儿头顶了，老伴没砸女儿，拿眼睛狠狠砸马奋棋一下，进厨房又哗啦啦洗开了，水那么大，像下白雨。

马奋棋的伤疤不但让女子揭开了，还搓上一把盐，马奋棋都不知道自己咋走出家门的，咋到单位的。在报亭买了一本《小说月报》自己都不知道，更不知道我们小县城有一双看不见的眼睛早就盯上了他。我们那地方先不说周秦汉唐，先说能掐会算的姜子牙先说能推演周易八卦的周文王；天文地理世道人心包括人的内心秘密带进棺材,也会让你从墓堂钻出来重新做人,我们当地人的说法:你先人在坟地跳米倒倒跳舞呢。马奋棋成了公家人,在城里吃在城里住在城里上班,看不见几十公里外老家祖坟上的戏胡景,可这白纸黑字的《小说月报》全中国大小城市都有,不看都不行,马奋棋就看到了《小说月报》2009年第9期上的《好人难寻》,里边讲的就是马奋棋的辛酸往事。

好人难寻(《小说月报》2009.9)

1

马奋棋年前调到县文化馆,周末回家,老婆娃还在村子里,娃念书老婆种地。看了老婆娃,马奋棋还要去看看王医生和店老板老赵。两个老朋友就笑:"到了县上就没交下新朋友?"马奋棋就说:"我这年纪还交啥新朋友?县城那地方想交也交不下新朋友。"王医生说:"县城还算个城?西安宝鸡还马马虎虎,县城顶多就是个大村庄。"马奋棋跟王医生碰了一杯,"对着哩,对着哩,县城算个屁,就是个大村庄,没啥了不起,又不是北京上海。"王医生的娃在上海念大学,王医生有条件说这话。

马奋棋调到县文化馆,就没开心过,同事们全是城里人,马奋棋一只脚在城里一只脚还在泥坑里,这是同事私下说闲话说出来的。马奋棋老婆娃在农村,马奋棋想把娃弄到城里念书,跑断了腿连门都摸不着,又听人家说风凉话,就气得不行。一个人喝闷酒,都是四五块钱的太白酒。让同事看见又一顿耻笑。"太白,太白是老农民喝的。"城里人喝西凤喝五粮液,牛皮一点的喝茅台。马奋棋连茅台瓶子都没见过。对马奋棋来讲,太白酒很不错了。农民过年过节过红白喜事都打散酒,瓶装太白都是看老丈人用的。狗日的城里人就这么糟践太白酒。马奋棋就该捍卫太白酒,人家王医生就用太白酒招待他与老赵。

周末回家,马奋棋就带一瓶太白,去看老朋友王医生和老赵。王医生老婆做几个菜,把酒装在锡壶里热好,这种聚会越来越让人感到欣慰。王医生说:"老马你好好弄,你看你三锤两棒子把自己弄到了县上,再弄上几下,把老婆娃弄成城里人,你弄不动了你也不后悔。"对呀!老赵也拍大腿,跟马奋棋碰一杯。马奋棋连灌两杯,细细这么一想,这话实在,马奋棋就拍了大腿。弄!就这么弄!马奋棋就离开镇子。

马奋棋来回骑自行车,二十来里路么,对马奋棋来说碎碎的一个事情。马奋棋推上车子往出走时,一身酒气,王医生就劝他坐班车,马奋棋跨上车子原地转两圈:"要锻炼哩,再不锻炼,痔疮长成萝卜那么大狗子受罪呀。"马奋棋和他的车子三摇两晃出了镇子。老赵说:"狗子夹得紧紧的,就像夹了个碎妖精。"

马奋棋骑车子狗子夹得紧!从村子到镇上到县上大家都这么看。沿途的行人也这么看,马奋棋经过的地方总是一片呼声:"哈,狗子夹这么紧。""没紧裤带。""没骑过车子。"最后这句话有点道理,马奋棋就像刚学车子的生手,骑得万分紧张惊心动魄,不要说行人,来来往往的机动车都纷纷让路,马奋棋所到之处,草木皆兵,连路都在摇晃。

县城外边有一个村子,除了本村人以外住了许多打工的,吵吵嚷嚷跟庙会一样。小吃小摊摆在路边,打工的男男女女就在路边小摊随便吃点去干活。醪糟、面皮、扯面、豆腐脑,又添了一家烤烧饼的,芝麻烧饼韭菜合子南瓜合子样式。马奋棋从烤烧饼的摊子前边来来往往三四回了,这个摊子刚开张不到一个月,马奋棋第一回路过的时候就想下来吃个芝麻烧饼,大老远就能闻到芝麻的香味,比韭菜、比南瓜还香。那些吃饭的人个个埋头狠吃,性子急的就掂一个热气腾腾的烧饼夹菜合子,或步行或骑车子,车子也有摩托自行车三轮车,车子跑得歪歪扭扭,边走边吃边跑边吃,到城里大街上才能吃完。从村子到城里路不长,可拥挤得厉害。再拥挤也得给马奋棋让路,马奋棋的样子太吓人了。奇怪的是没人骂马奋棋,大家多多少少都不大稳当,一手驾车一手掂着吃喝,但也没有马奋棋那么夸张。说到底还是打工的人厚道,没有嘲笑马奋棋的意思。进到城里,大家一边观望一边评点。有认识的还要点明:文化馆的大文人、大秀才,哈哈,把狗座都夹断了。

马奋棋必须在文化馆大门前十几步的地方停下来,他不想让他的同事再议论他,他推上车子进单位。从同事的表情上能看出来,大家啥都知道。就这么大个县城么,王医生说得对,跟村庄没啥区别。比村庄富,可也比村庄毛病深。啊呸!啥地方嘛,我爱咋骑就咋骑,我想咋骑就咋骑。这都是憋在他心里的话,他不说鬼知道。可大家还是知道了。老馆长说:"老马你想开点。""我好好的我有啥想不开的。"老馆长说:"这就对了,你就这么想,反正是你骑车子不是车子骑你。""你说啥?你说啥?"马奋棋急了,老馆长也乞一惊:"哎呀,你就权当耍杂技哩。"把他娘给日的!马奋棋在心里骂开了,马奋棋嘴巴抿得紧紧的,马奋棋心潮起伏的时候就是这个样子,生怕心里的万丈波澜喷涌而出,不可收拾。我总不能推着车子进城么,又不是进金銮殿。就在这个时候,鼻子救了他,他闻到了芝麻烧饼的香味。

第一回经过烧饼摊子前时人家卖烧饼的还朝他招呼了

一下,他的车子慢下来了嘛,卖烧饼的就掂一个热腾腾的烧饼朝他晃。他只是放慢了速度,他也确实闻到香味,可他的腿不听鼻子也不听嘴巴更不听肚子,他身体的另一半把他硬给拉走了,而且不止一次。第二次他都下定决心了,停下来,吃上一个热烧饼。卖烧饼的还是老样子,热情得不得了,不停地朝他晃那金黄金黄的烧饼。这回不是腿,是身上一股莫名其妙的力量把他拉走了。这股邪劲左右了他两次。他记得清清楚楚是两次。不就一个烧饼嘛,吃就吃嘛。这一回他非吃不可。没等人家招呼他,他就从车子上跳下来了,车子差点倒了,他用力过猛,好像铁道游击队在跳敌人的火车。他的脚本能地一撑,没让车子倒下去。卖烧饼的已经招呼他了:"老板、老板,尝一哈(下),尝一哈(下)。"热烧饼在麻纸里裹着,他就尝一哈(下),丢一块钱,人家找他五毛。他的全部感觉都集中到舌头上了,烧饼又脆又酥,咬在嘴里发出咯铮铮的声音,柔和舒缓,就像灶眼里的麦草火,麦草火细发,烙锅盔摊煎饼要用麦草火。人饿急了,也要吃柔和细发的食物。吃酸拌汤吃发面锅盔。这都是马奋棋三十四岁以前当农民干体力活的切身体会。

　　马奋棋一板一眼认真细致地吃完烧饼,一抬头,正好到单位门口。

　　马奋棋在门口停一下,往回看一眼,半条街,以往他就那么狼狈不堪地骑着车子奔过来,远远地跳下车,再推上往单位走,那样子不但狼狈而且滑稽。

　　他曾经谋划过端上一个保温杯,跟个大干部一样从城外一路走来。不成,势太大,那是县长的派头,不适合一个文化馆的小小的创作员。拿上一根烟,咱也不拿好猫,拿猴王或者白沙,抽上一口,走他个十来步,跟蒸汽火车一样腾云驾雾穿

156

城而过。不是县长的人也能这么弄么。都谋划好了。都把烟打火机备齐了。还是老经验救了他,临上场前,他在房子演示一遍,吓出一身汗,派头没了,架子没了,势没了,活脱脱一个戏子,在演戏,恶心呀。马奋棋骨子里还是个农民,鄙视戏子。戏子很牛皮的,不比官差多少。老观念作怪,宁可受罪也不沦为戏子之流。马奋棋技穷沉默。烧饼摊子出现了。刚出摊人家就招呼他。他不理人家,人家也不生气,一如既往地招呼他,直到放下架子,跳下车子,亲口尝了一哈(下),效果一下子就出来了。

  第二回吃烧饼马奋棋留了心。从烧饼摊子开始,他混在人群里边走边吃。那些打工的人吃得又急又快,三口两口吃完一个,又开始吃第二个,也是三口两口吃完,再喝豆浆,豆浆很烫,时间全浪费在喝上了。喝豆浆的占少数,都是工种比较好收入比较高比较讲究生活质量的人,大多数人就是两个烧饼夹面皮,当然是擀面皮和烙面皮。吃肉夹馍的人很少。马奋棋吃得不紧不慢。马奋棋就有了心理优势,就慢下来,就很悠闲地一小口一小口地细嚼慢咽。烧饼很有嚼头,农民自己磨的面粉,不是面粉厂加了各种增白剂的那种面粉。面也饧到了揉到了。肯定是夜里和好面,发一个晚上,天亮开始做,做整整一天,现做现售。进入大街了,人群少了大半,马奋棋手里的烧饼正好下去一半,另一半可以从容不迫地吃到单位。一手推着车子一手捏着热烧饼,边吃边去上班,一看就是公家人,而且是不太讲究的大男人,不怎么爱护自己,紧紧张张地对付一下,忙啊。男人嘛,就是这个样子。这个样子走向单位,没人多看他一眼。马奋棋十分正常地进了单位。

  马奋棋并不是每天如此,一个礼拜一次嘛。马奋棋正常了嘛。马奋棋松了口气。马奋棋就想,我干吗老吃烧饼呀?

好人难做 157

韭菜合子南瓜合子不是很好吗？马奋棋就吃了菜合子。菜合子不耐饿，得吃两个，韭菜南瓜各一个。也不再拘泥于周末返城时吃，周一至周六天天都能吃。想吃就去吃。

2

大概是某周二的中午，马奋棋误了午饭。文化馆人少，且穷，开不起灶就跟博物馆文体局在一起开灶，灶也不错。相比之下，文化馆事少，基本上是上班到单位转一转，就待自己屋里看书写作。马奋棋也不例外。文化馆的人错过吃饭的机会比别的单位多多了。别人经济条件马马虎虎，误了饭就上馆子。在小摊上吃没面子。马奋棋把啥都想开了。关键是那个烧饼摊子确实不错。价格又便宜，一块钱就能吃饱。某周二的中午，马奋棋写完一篇稿子，已经快下午了，他写得兴起，没有午休，收笔一看表，快两点了。放松了，喝点水，肚子一下子就空了，好像久旱的土地，遇上水反而更旱，这就不是一点点水的问题了，要降雨，让老天爷说话。民以食为天，先吃饱肚子，还要吃好吃舒服。马奋棋在馆子里就没吃舒服过。除过跟王医生赵老板在一起，马奋棋就不爱跟人吃饭。不管是在镇上还是在县上，跟人吃饭顿顿都是鸿门宴，都是阴谋诡计。马奋棋也没指望能在县城吃上个舒心饭。这个烧饼摊子是个例外，例外得让人不可思议，让人怀疑它的真实性。

某周二快下午的时候，马奋棋步行到城外的烧饼摊子上，卖烧饼的早就把一个热烧饼掂到手上了。没有早晨那么多人，挤疙瘩谁也看不清行人，甚至看不清摊主。人少就清亮多了。摊主是个瘸子，腋窝里夹一条拐杖，身子斜着，挤在人堆里看不出来，单个站着就相当清楚了，掂着热烧饼问马奋棋：
"老板、老板，来一个？"

马奋棋要了韭菜合子。马奋棋不急着走,坐在小凳上慢慢吃,吃完韭菜合子,又吃了南瓜合子。菜合子就得一块钱,有菜嘛,两块钱一顿饭不算贵。马奋棋点一根烟,抽了一口。瘸子看出了他的身份:"你不是老板,你是公家人。"马奋棋笑笑。马奋棋又抽一口烟。马奋棋情愿人家叫他公家人,他就是公家人嘛,吃皇粮快十年了,叫他公家人听着踏实。叫他老板就相当滑稽了。马奋棋心情不错,马奋棋就指着铁皮炉子上的那个红油漆刷的"烧饼"二字说:"有菜合子呀,咋不写菜合子?"瘸子说:"你就没尝出来?烧饼比菜合子地道么。""我还真没尝出来。""菜合子有菜么,那种香是菜带出来了的,烧饼纯纯的粮食,做烧饼费的工夫大,烧饼实惠耐饥。""你把我当麦客呀。""不是不是,给你实话实说。烧饼是我的拿手好戏,是绝活。""菜合子呢?""捎带着做哩。""你还是个实在人。""凭这活人哩,不实实在在弄就日塌了。"

马奋棋就隔三差五到烧饼摊子上解决午饭。有时是菜合子,有时是烧饼。吃烧饼就在相邻的面皮摊子上要一份面皮,夹上吃有味道,马奋棋就夹上吃。马奋棋去之前泡上茶,回来喝茶温度刚好。热茶下去,肚子就咕噜噜响上一阵子。他拿上一份《参考消息》,从一版看到四版,可以休息一会儿了。上床之前,再拆开信,是某杂志社来的用稿通知,薄薄的一封信,要是退稿就是个大牛皮纸袋子,就会在同事中间传一圈,人家还一个劲问:发了没有,发了没有?别忘了请客。真正的用稿通知就一张纸。人家会把这种信从门底下塞进去。有好几次他都踩在脚底下,信封上的鞋印比邮戳还清晰。他开门时就小心翼翼,特务一样探头探脑观察一下,再转身进门。看完用稿通知,往枕头上一挺,眯瞪半小时或一小时。下午两点半,到办公室去闪一下面,证明他在上班。

大家又有话说了。有人问他:"老马混得不错嘛,灶上饭都咽不下去了。""得是有人请哩?"马奋棋淡淡来一句:"反正没饿着。"

不出三天,就真相大白,就有人劝马奋棋:"小摊上不卫生,小心传染病。"马奋棋还是淡淡一句:"吃着美就成,谁还管这。""那都是打工的吃饭的地方。"马奋棋这下可不是淡淡的一句了,马奋棋嗓门高起来了,比得上帕瓦罗蒂了:"打工的咋了?咱就是打工的嘛,咱就给公家打工哩,咱以为咱是谁呀?咱以为咱这搭不是地球?"再也没人说杂话了。马奋棋头扬得高高地去小摊吃烧饼夹面皮,吃韭菜合子南瓜合子。马奋棋回到屋子喝了热茶,先不急着休息,先到院子里转上两圈,站在盛开的月季跟前,一边赏花一边放肆地打出一串饱嗝,咯咯咯就像装了一肚子青蛙。有时候还大张着嘴巴,拿根牙签在嘴里掏啊掏啊掏出一点点东西,啊呸!吐地上。抹抹嘴问老馆长:"你看我这副样子像不像城里人?"老馆长就笑:"你是个难日头,你是个龇牙,我认得你了。""你这是表扬我哩,有你这话我就踏实了,人要难日哩,人一难日人就轻松了,人就活出个人样了。"

就在马奋棋成为难日头成为龇牙的这一天,马奋棋又逍遥自在地去小摊上吃烧饼夹面皮。马奋棋意外地碰到了瘸子的疯子老婆。马奋棋听相邻的卖面皮的女人说过,瘸子的老婆是个疯子,只知道吃只知道屙只知道生娃娃,除此之外啥都不知。马奋棋就说:"那不是个累赘嘛,正正经经娶个老婆嘛。""好端端个女人谁愿意嫁个残废?""人家有手艺,能挣钱。""摆小摊子又不是开大饭店开大宾馆,又不是挣金山银山,想娶个好端端的女人做梦去吧。"这话是当着瘸子面说的,瘸子也不生气,"说的是实话,说的是实话。"卖面皮的女人就笑,"他喜欢疯老婆喜欢得不得了,不信你问他。"瘸子笑眯眯的,"我不心疼我老婆我心疼你呀。""你挨刀呀。"卖面皮女人的丈夫拉着架子车在一旁咧大嘴笑:"好你个瘸子你还想心疼我老婆,老婆、老婆、老婆你要是愿意你就让瘸子心疼心疼你。""放你娘狗屁,你吃了屎了吗你嘴这么臭?"拉架子车的丈夫伸伸胳膊展展腰:"我人不轻省我想歇上几天,谁想顶就顶上几天。"女人马上回击:"大男人这可是你亲口说下的,你可别后悔。""我不后悔,我有啥后悔的,我歇去呀我又不吃亏。"男人拉上车子走了。女人摆摊子男人拉车子送货。凭马奋棋的经验,这两口子都是暗藏玄机话里有话。马奋棋朝路边的小摊扫了一眼,果然发现五六米以外的那个卖鸡蛋醪糟的汉子涨红了脸,低着头浑身不自在。马奋棋就知道这是丈夫在向妻子发出警告,同时也警告了这个对人家女人打瞎主意的男人,甭胡骚情,我可不是好惹的。从女人的话里可以听出来,女人不敢胡骚情,女人用另一种貌似蛮横实则惶恐的心态向丈夫表了忠心。往后的日子就平安多了。真正要感谢的还是这个瘸子,他点到为止,夫妻两人短兵相接乒乓两下也不伤感情,那个男子也没丢面子。马奋棋不由得对瘸子刮目相看。

话题又回到瘸子身上。卖面皮的女人说:"他对老婆可真是细心到家了,跟哄娃娃一样,老婆连父母都认不出来了就认瘸子,喊一声瘸子疯老婆就出来。"卖面皮的女人喊了一声瘸子,十几米外的那排房子里就出来一个女人。打眼一看不像个疯子,而且斯斯文文像女教师,甚至有点秀气,等走到跟前才发现那双眼睛空荡荡没有一丝光彩,跟个木头人一样。马奋棋这时候也成了木头人。

3

马奋棋不知道他是如何离开那个小摊的。一连好几天马奋棋都没去小摊上吃饭,也没到单位灶上去吃。马奋棋跟死人一样躺了好几天。差不多快饿死了。大家敲门,喊他,他才应了一声。开了门,他的样子肯定很吓人,把大家吓坏了。老馆长指挥年轻人赶紧往医院里抬。都抬到院子里了,马奋棋才喊叫起来:"我没病我没病,给我吃的给我喝的。"

院子有风,风一吹把马奋棋给吹醒了,也吹出感觉了,最大的感觉就是肚子饿,肚子空了好几天了。

那是大家最热爱马奋棋的一天,马奋棋一辈子都没有得到过这么多的关爱。马奋棋想哭。马奋棋吃着同志们的方便面。那时候方便面刚刚兴起,一般人吃不起,几个爱时髦的年轻人才有这种稀罕东西,都贡献出来了,泡在饭盒里,热气腾腾,吃得马奋棋满头大汗,眼泪汪汪。大家一边看马奋棋稀里呼噜吃方便面,一边七嘴八舌吵嚷,马奋棋听到的大概意思是这几天大家以为马奋棋神秘失踪了,甚至有人怀疑马奋棋受到什么刺激寻了短见,城外的北干渠以及几条深沟大壑都去搜寻了。唯一漏掉的就是他的房子,黑着灯,叫半天没动静,趴窗户看,床上空荡荡,被子叠得整整齐齐。这三四天马奋棋就坐在门后的藤椅上仰望天花板似睡非睡,中途曾经梦游般喝了茶水吃了泡胀的茶叶,后来就处于混沌状态了。同志再次敲门喊叫时他神不知鬼不觉地应了一声,这一声还真救了他的命。两份方便面下去,马奋棋就困了,在巨大的困倦中马奋棋朝大家鞠躬,差点摔倒被同志们扶到床上,就彻底地睡着了。

第二天醒来,马奋棋没有立即下床,马奋棋睁大眼睛望着窗户外边,天空灰蒙蒙的,阳光里全是灰尘,阳光也是脏兮兮的。馆长来过一次,馆长是个书法家懂点中医,号号脉,没啥大毛病,睡上几天就没事了。馆长说:"你好好休息,不要想啥。""我这样子了我还能想啥!"

马奋棋一直等着馆长来询问一些情况,馆长一直没问,他彻底恢复了馆长也没问。他竖起耳朵,跟雷达一样高度警觉,奇怪得很,一点动静都没有。他再也听不到人家议论他了。他还注意了大家的表情,都很正常很平静。这种正常这种平静让他很不踏实。他开始失眠。看不进去书,写不成东西。让电灯泡白拉拉地把他照着。那时候的养鸡专业户已经开始用大功率的电灯泡彻夜地照射母鸡,母鸡们让老板如愿以偿,每天下两个蛋。马奋棋听到的议论也是与他专业有关。你看人家老马,熬一个通宵又一个通宵,熬出来的可都是文章呀,那可是精神文明。马奋棋的耳朵竖得尖尖的,跟刀子一样,有时马奋棋还问人家:"你还看到啥?""电灯泡么,亮一个晚上么。""那你听到了啥?""吹风哩,蛐蛐叫哩,还能有啥?"不能再问了,再问就赤裸裸了。人家来一句:"你想听到啥?"他连退路都没有了。他就不敢再问了。他心里就这么想着。他觉得大家已经知道那件事情了。人人都知道了,也就懒得背后议论了。你又没办法问。你又解释不成。

他开始吃安眠药。只安然了一礼拜。再吃就不顶用了,问医生要,医生不敢开,再开就把你吃死了。"还不如吃死算了,把人难受死了。"医生就笑:"那么容易让你死呀,好好活着吧。"

这期间他去了一次卖烧饼的小摊。他还见到了那个疯女人。疯女人还朝他笑一下。还好,这回他没有失态。他甚至伸出手去接疯女人递过来的热烧饼。卖面皮的女人说:"嘿,她能帮上手了。"瘸子也说:"我老婆有救了,能帮我做事了。"也就帮马奋棋。另来一个顾客,就不灵验了,疯女人没反应。马奋棋快撑不住了。疯女人谁也不理,蹲地上抓石子玩。

　　瘸子的妹妹,大家经常见的那个十二三岁的小女孩一直帮瘸子做生意。其实大多时间在照顾疯嫂子。姑嫂关系不错,小姑一招呼,疯女人就跟上走了。让马奋棋吃惊的是疯女人还有娃娃,两岁多的一个儿子娃娃,小姑子抱着,在十几米外的房子前边玩。租的房子,瘸子说他们家离县城三四十里路,快到另一个县了,很偏僻的一个地方。

　　马奋棋一个月去两次。情况好多了,他甚至看了一会儿疯女人。疯女人这回没有笑。疯女人皱着眉头望着马奋棋,马奋棋低下头,马奋棋感觉她还在看他。瘸子递给马奋棋韭菜合子,瘸子说:"你不用怕她,她疯疯癫癫的,除过我除过我妹我儿子她谁都不认,有时候连我都认不出来。"马奋棋没吭声也没表情。马奋棋往回走的时候听见卖面皮的女人对瘸子说:"把你那疯老婆管好,痴不呆呆瞪着人家,影响生意哩。"

　　马奋棋发誓再不到小摊上去了。好像在挑战自己的神经,过了两周他又去了。这回疯女人没出来,疯女人在村子里乱跑,小姑子在后边追,追上了又拉不动,就死死地抱住疯女人的腿,瘸子过去,疯女人就不疯了,乖乖跟小姑子回到房子里。这回马奋棋没吃东西,就回去了。马奋棋回去就后悔了,卖面皮的女人又会抱怨影响了做生意。

　　有一天,县城联合进行扫黄打非,文化馆的任务是突击检查地摊上的淫秽报刊。收了一大堆,堆在文化馆的院子里,后来全都烧掉了。文化馆想当废纸卖掉,公安局不同意,必须烧掉。公安人员冷笑:"卖废品收购站,再转到造纸厂,你以为会捣成纸浆呀。"老馆长说:"对呀对呀,废物利用嘛。"公安人员就一板一眼地告诉老馆长:"有三分之一能捣成纸浆就不错了。"老馆长真是愚到家了,还追问那三分之二,把公安给气笑了:"你个蔫老汉你都蔫成茄子了,碎娃们可都是生瓜漏,专偷你这三分之二。"公安出去的时候还嘟嘟囔囔文化馆里咋都是老古董加小古董。按要求要写一份报告,对这些淫秽报刊进行归类综合。这是老馆长的强项。老馆长却把这个重任交给马奋棋,马奋棋推了又推推不掉就接下了。老馆长还说:"说不定还能给你提供写作素材呢。"

马奋棋还真找到了几个好素材。马奋棋很兴奋,话也多了,也爱跟大家交流了。大家也都关心马奋棋。

马奋棋已经成县上的名人了,作品越来越多,重要刊物都发表他的作品了。传说有可能给老婆娃农转非。别人问马奋棋,马奋棋就神秘一笑,真假难辨。老馆长让马奋棋写材料,也有交班的意思。

马奋棋对这项任务很重视,搞得也很扎实,用了整整一个礼拜。眨眼到了周五,可以收尾了。有个同事又转交一份材料。大框架出来了,往里边一塞就可以了。马奋棋有一种大功告成的感觉。马奋棋抽一根烟。马奋棋快两个月没回家了。都是那个疯女人给闹的。文人脆弱呀。马奋棋好像在等一件事情。马奋棋把烟头摁进烟灰缸,马奋棋确实在等一件事情。马奋棋打开新资料看了一会儿,五六份呢,都是描写妓女堕落的详细过程,几乎都有一个程序,纯洁少女被色狼欺骗失身,进入非正常生活。其中有几例,还生了孩子,孩子与未婚妈妈的悲惨遭遇。有的疯掉了。在疯掉这一段画了杠杠,用红笔画的。马奋棋站起来,坐下又站起来,坐下。他知道此时此刻许多双眼睛从不同方向盯着呢。同志们也太小看他的心理素质了。马奋棋抽一根烟,不到半小时就把材料整理出来了。不就加两页纸吗?他在众目睽睽之下喊小戴。小戴是新来的小伙子,打杂的,他吩咐小戴找打印部打出来,明天交给老馆长。那时候还没大礼拜,周六要上班的。对马奋棋来说,已经是休息日了。马奋棋迎着众人隐秘的目光站在院子里,扩胸扭腰转体,活动筋骨。

　　马奋棋到商场去挑了一个电动汽车。马奋棋到小摊上去吃了烧饼夹面皮。瘸子的妹妹抱着小孩过来了,瘸子说:"你不要么么,你看着你嫂子。""我嫂子睡觉哩。"马奋棋结了账,马奋棋说:"我喜欢碎娃,我抱一抱碎娃。"瘸子很高兴:"你想抱就抱。"马奋棋就把娃娃抱起来,两岁的娃娃很沉的,农村人的习惯不能说娃娃沉,要说娃娃乖,最好是摸摸娃娃的小牛牛。马奋棋摸了牛牛,娃娃没哭,还咧嘴露出豁豁牙笑哩。卖面皮的女人说:"他妈是个疯子,娃乖得很,又乖又灵性。"瘸子说:"我娃八个月就会叫妈叫爸了。"卖面皮的女人说:"叫他疯妈他疯妈答声哩?"瘸子说:"不答声,也不闹,就痴勾勾看着娃娃,没反应,有反应的话就能治好。"马奋棋说:"你这当家的不容易呀。"瘸子说:"给自己过日子哩有啥容易不容易的。"马奋棋就把电动汽车掏出来让碎娃玩,碎娃喜欢得不得了,不跟大人玩了,趴地上玩汽车。瘸子急了,硬往马奋棋手里塞钱:"我不能收你的饭钱。"马奋棋说:"我喜欢碎娃,没别的意思,大人是大人,娃娃是娃娃。"瘸子说:"我又没给小汽车的钱么,你让我的面子往哪搁?"卖面皮的女人做裁判:"老马你是公家人,你也要理解我们,你给人家娃娃送个玩具,人家请你个客在情在理,烧饼钱你得收下。"马奋棋就收下烧饼钱。瘸子就松开手。瘸子手劲很大,抓着你你就别想动弹。

4

马奋棋彻底放松了。马奋棋老婆娃农转非也有眉目了。马奋棋两个月没回家了。马奋棋先不回村子,先到镇上见王医生赵老板。老朋友见面无话不谈。王医生说:两个月不见个影子我就知道你弄大事去了,老婆娃的事比啥都大。三个老朋友这回喝的是西凤酒,老赵说:"等老马一家进了城,咱到城里吃老马去。"又碰了一回酒。

马奋棋酒后吐真言,告诉两个老朋友:五六年前广播站那个疯掉的姑娘嫁了一个瘸子,在城门口卖烧饼。王医生赶紧问马奋棋:"她认出你来没有?"

"我没想到她疯成那个样子,只认识丈夫、小姑子和她儿子。""她还有儿子?""儿子又乖又灵性。"王医生和老赵就像听神话故事,大眼瞪小眼,让他们更惊奇的是马奋棋没有他们想象中的痛苦。当年那个镇广播站的姑娘跟马奋棋好了一场,怀了娃娃,在王医生的私人诊所刮宫后疯了,嫁到很远很远的地方去了。那时候大家都以为再也见不到她了。三年四年五年,写快板书编故事的马奋棋几经磨难,影响越来越大,离开镇文化站调到县文化站当创作员。真是山不转水转,在县城跟疯女人碰上了。

马奋棋很沉痛地告诉王医生和老赵:"我最操心的是她嫁了啥男人,嘿,是个瘸子,身残心不残,有一颗金子般的心,远远超出我的想象,女子嫁了一个好人,你说,你说,嗨,还有啥说的!"马奋棋脑袋往后一扬,半躺在凉椅上,又是伸腿又是展腰又是舞胳膊:"我最担心的是怕她堕落。前一向配合公安局扫黄打非,收缴一大堆黄色书刊,乱七八糟都是女人如何堕落,天天看这些东西,把人刺激的。最后还要让我写材料,把他的,我差点爆炸。女娃是个好女娃啊,她后半生出个啥事,我一辈子良心不得安然。"

王医生冷冷地问马奋棋:"你现在安然了?"

"那当然了,我隔三差五去她丈夫的小摊上吃烧饼。"

"照顾生意?"

"话咋这么说哩?我要细心地观察观察,我发现她丈夫是个好人,细发得很,比她父母都好,你说这么好的男人全世界有几个?好人难寻,好人难寻呀!众里寻他千百度,那人却在灯火阑珊处。"

老赵说:"这挨的吟开了唱开了,这挨的。"

马奋棋站起来,走过来走过去:"你不要说我是挨的,你就说我是挨刀的,挨刀的马奋棋,我比挨上一刀还要痛快,今儿上午我给瘸子的娃娃送了个玩具汽车,我还摸了碎娃的牛牛,我一下子轻松了,展畅了。"

王医生还是那么冷冷的:"有你挨的不轻松不展畅的时候。"

马奋棋当下就硬在那里,足足有十分钟,没有说话,只有出气声。中间王医生老婆进来倒一次水,气氛不对,女人没言语躲出去了。马奋棋硬了十分钟,自己把自己解开了:"老王你是咋了嘛,怪声怪气的。"王医生还是那么不阴不阳:"那是你自己怪,你就觉得我怪,你就觉得全世界都怪。"马奋棋声音大起来:"你明明是扫我的兴哩么。"王医生还是那么不阴不阳:"我咋能扫你的兴,我是给你助兴哩。"马奋棋当下就蔫了,马奋棋指着王医生的鼻子:"你你你……"王医生头都不抬,只管喝茶。

马奋棋推上车子都推出小镇两三里路了,还推着走。熟人越来越多,熟人就叫:"老马老马,你不骑车子咋叫车子骑你哩?"马奋棋往手上一看,我的爷,手里有一辆车子嘛,把他娘给日的,嗨!王医生王医生,你咋是这么一个狗东西!这么一骂,马奋棋就上了车子。

很快到了家,见到了老婆娃。都怪王医生扫了他的兴,他整个人都蔫了。老婆以为他病了。他说没病。老婆吓得不敢出声。儿子上中学了,儿子也怯生生地看黑脸父亲。马奋棋就难受了,我这是干啥哩嘛,把老婆娃吓成这样子。马奋棋就大模大样咳嗽一声,摸一下下巴,跟个大领导一样,沉着脸,告诉老婆娃:再等上一两个月,你俩的户口就迁到县上了,把屋里收拾收拾,该带的带,该放的放,该送人的送人。老婆还愣着,儿子叫起来:"妈哎,咱吃上商品粮啦,咱成城里人啦。"老婆就笑了:"这么大个喜事还沉个脸,我以为把祸惹下啦。"屋里当下就热火了。

老婆眨眼做好了饭,油饼鸡蛋酸拌汤,不是一个人吃的,是十来口人吃的。老婆把村里有声望的人都叫来了,满满坐了一炕。老婆把平时攒下的烟酒都拿出来了。全村人都知道马奋棋全家要进城了。大家高兴。村里出个文曲星。老婆心细,老婆发现丈夫心里不展畅。村里人可不这么看。这么大个喜事你看人家马奋棋,不惊不乍,脸沉得平平的,干大事的人都这样。大家都觉得马奋棋了不起。

马奋棋回到单位,还是蔫蔫的。他没心思去小摊上吃饭。他返回城里过烤饼摊子时混在人群里混过去了,好像那是个关卡。有好几次他误了午饭,就鼓起劲去吃烧饼夹面皮。都走到大街上了,都看见烧饼摊子了,腿脚不听使唤了。他心里大骂王医生:王医生,狗日的王医生你啥意思吗?你阴阳怪气的你到底啥意思吗?马奋棋等不及了,这个周末就去问王医生,到底是啥意思。

好人难做　169

还没到周末,城外出了车祸,女疯子被拉煤的大卡车轧死了,后轮轧的,不怪司机,司机没责任。瘸子丈夫也说司机没责任。疯子么,胡跑乱跑,谁也没想到她在路边好好待着,听见喇叭响,不是鸣笛的喇叭,是那种新式大卡车的收音机,放出好听的音乐还有广播电台女播音员的声音。女疯子就奔过去了,就让汽车后轮轧倒了。据说女疯子曾当过播音员,乡镇广播站的那种广播员。马奋棋听到这个消息不假思索地纠正了大家的议论:"不是据说是真的,她真的当过广播员。"

5

瘸子忙了半年,料理老婆的后事。半年后,瘸子还在老地方卖烧饼。马奋棋到瘸子住的地方,给瘸子的老婆上了香。房东跟瘸子吵过,不让瘸子在房子里放香炉设灵牌,"到你屋里弄去,这搭又不是你屋。"瘸子就求人家,就加房租,总算对付下来了。马奋棋上香时房东的女人往里看了看。马奋棋已经把老婆娃弄到城里了,马奋棋再也不像老农民了,举止间有了些威严,房东女人没吭声走了。瘸子的妹妹大声对房东女人说:看啥看哩,是娃他舅,你把眼窝睁大是娃他舅。马奋棋心里一惊,这个碎女子跟妖精一样,说出这么厉害的话,把房东吓住了,把马奋棋也吓住了。马奋棋把瘸子的儿子,也就是女疯子的儿子抱在怀里,摸摸后脑勺又给娃擦擦鼻涕,"娃乖得很,越长越乖。"瘸子的妹子让小侄儿把马奋棋叫舅,那娃乖得很,连叫三声舅舅,童子声,又脆又响,底气很足,马奋棋就应了一声。瘸子的妹妹说:"娃把你叫舅,你要经常来哩。"

马奋棋就隔三差五去烧饼摊子。节假日就到瘸子住处吃上一顿饭,去时带些礼物。有一次瘸子喝酒喝多了,就哭了,哭他可怜的女人,连哭带说,听得马奋棋头皮发麻。瘸子的疯老婆犯病的时候就脱光衣服。那些流氓混混就趁机糟蹋可怜的女人。女人的肚子莫名其妙大起来过三次,瘸子都打算要这些来路不明的生命了,医生坚决反对,说那都是有先天疾病的胎儿。医生明确地告诉瘸子:这些流氓都有性病,个个都是污染源。可怜的女人受多大的罪。瘸子这样结束他的谈话:"车祸把她解脱了,她再也不受这个罪了。……她死得很安静,跟睡着了一样。"

马奋棋记得清清楚楚那是他跟瘸子交往以来唯一的一次长谈。从那以后瘸子就沉默了。一心一意地卖烧饼,一心一意地抚养孩子。

马奋棋还记得瘸子把疯老婆的死当成一种解脱,他就问人家瘸子:"你是不是想让她死?"瘸子就望马奋棋望了好半天,瘸子说:"我想这个问题不是一天两天了,打从我老婆第一次被人糟蹋我就想这个问题。"马奋棋永远也不会告诉别人他也想过这个问题,他第一次在县城外见到疯女人时,他就有这个想法。他甚至想到了汽车。还真是汽车。后来他跟王医生和好了。好几次他等着王医生问他:你心里一定想过疯女人早早死掉,她的存在会让你难堪。这些都埋在王医生的眼睛里,王医生就是不说。王医生不说谁也没办法让狗日的王医生说出来。王医生竟然在马奋棋毫无防备的时候来了一句:"瘸子是个好人,好人难寻,好人难寻呀!"狗日的王医生,你啥意思吗?你说这话你啥意思吗?马奋棋心里胡乱喊叫,就像一条疯狗没完没了地叫。

现实中的马奋棋不会喊叫,而是双手捂脸,其实捂住了眼镜,马奋棋陷在一篇黑暗中,一次次地为自己辩白:好人难寻,关键是好人难做呀!

第六章

　　王岐生从小就怀疑父亲不是他亲父亲。刚开始是大家的议论，农民的议论方式既形象又风趣，不会直接说你是杂种野种，我们那里的农民会说某某是你安腿爸，某某是你朵脑（脑袋）爸，某某是你指头爸，如此这般你身上所有的器官都有一个创造者，你是由许许多多个父亲共同创造出来的，跟组合一台机器一样。王岐生刚懂事就听到这些离奇古怪的话。碎娃肯定听不明白，大人肯定不会解释。
　　王岐生比一般碎娃聪明，王岐生从大人诡秘的神情里觉察到这些安腿爸绝不是他亲爸。王岐生就问他亲爸：啥叫安腿爸？亲爸先一愣，接着就哈哈一笑："大人胡然（粘）哩，你不懂。""我不懂你也不懂吗？"碎娃有些咄咄逼人，死盯着大人的眼睛，大人还是哈哈一笑："我懒得管这些事情，猪娃，听爸说，有吃有喝啥都别想，这是爸给你说的正经话。"王岐生小名叫猪娃，猪娃他爸爱猪娃，猪娃他爸就对猪娃说："爸为啥叫你猪娃？"父亲指着渠沟淤泥里打滚的猪娃告诉碎娃："人爱胡思乱想面黄肌瘦，猪啥都不想胖胖壮壮，老先人做梦都想过上猪的日子，可惜披上人皮过不上咯，娃，人难活，人皮难披，等你娃长大，你就知道猪娃这个小名有多么好。"

四五岁个碎娃大人还能糊弄住。六七岁时,大人就糊弄不住了。用不着问他爸,娃从自己的长相上就发现了问题。农村娃不照相也不照镜子,水渠、洗脸盆、喝水的马勺甚至深井里的倒影都能看出自己的模样跟父亲如此不同,长眼睛的人都能看出来,哪怕长个鸡眼长个肚脐眼。娃的眼睛瞪得比嘴还大,比脸还大,娃最后一次看到自己的模样从深井里盘旋而上,彻底击碎了父亲的形象……西北高原的深井,深到地心,深到地球另一头,美帝国主义也住在地球那一头,从井里钻下去就能钻到美国,碎娃就把父亲和他的形象,跟扔深水炸弹一样扔下去,父亲和他的模样就这样毁掉了。碎娃当下就软在井边,就像跳井淹死的人又被捞上来一样。井边没人,碎娃自己醒来,跟死了一次一样。碎娃爬起来的时候就是另一个人了。碎娃见到父亲碎娃只扫了父亲一眼就把眼睛垂下去,从此再也没正眼看过父亲,总是低着头跟人说话,也不看人眼睛,看着远方或天上就是不看人。

　　有一天他发现母亲跟一个陌生男人在一起。陌生男人是个下放干部,斯文白净,戴个眼镜,跟母亲站在一起那么般配。母亲是农村少有的漂亮女人,此时此刻父亲的模样再次出现,显然是来对照这个陌生男人的,这么一对照,父亲简直是个丑八怪,比猪八戒还丑。碎娃首先为母亲感到难受。碎娃躲在暗处,碎娃清清楚楚地看见母亲看那陌生男人的眼神,碎娃还听见母亲跟陌生男人谈到自己,碎娃的耳朵就变长了,跟天线一样跟蜗牛犄角一样长长地伸过去。果然谈的是碎娃,碎娃的小名叫猪娃,两个大人商量着给猪娃起个官名,母亲念过小学,母亲能记工分,可母亲还是请更有文化的下放干部过来给娃起官名。下放干部念过大学,说话不用稿稿,队长大队书记有时都请教下放干部哩。下放干部一肚子学问下放到西北高原偏远农村,农民就说你肚子里墨水多,太沉,就掉下来了,掉上几年可就上去了,对公家有意见就藏肚子里么你嘀咕啥哩,你当你是一般老百姓,俄这些老百姓都在肚子里藏话哩,你个公家人么有啥说啥还不把你放下来受些罪?都是肚子里墨水太多,藏不住话,占满了,没地方,像母亲这样的农村女人就像挤奶一样把下放干部肚子里的墨水挤上一些,就不难受了,就畅快了。女人们养娃娃女人们知道奶胀有多难受,随便逮住个碎娃咂上一气子,胸部就宽敞了。这不,下放干部动用了他肚子里所有的墨水,把我们那地方的历史脉络名人典故一一道来,让这个农村婆娘任意挑拣。

那场谈话足足有一个小时,母亲最终挑选出王祁生与王岐生。周原在岐山之阳,周的祖先姜嫄娘娘踩巨人脚印生后稷,那应该是最原始的祈子方式。下放干部排列出的许多名字中就包括了这层意思,当然也包括许多俗气的名字。这个女人其实早就拿定主意了,延长时间仅仅是表示慎重,在祈生与岐生之间又略加挑选,还是岐生好。祈生太直露,岐生就含蓄多了,表面上看是指岐之阳这个地方嘛,岐又谐祈,姜嫄娘娘祈后稷王天下,平头百姓只为自己活着,顺顺当当活着,就活在自己家乡。女人就决定用岐生。下放干部频频点头。这个农村女人只上了个小学,上中学上大学就了不得啦。下放干部在女人的目光中越走越远。躲在暗处的碎娃一下子读懂了母亲目光的含义。母亲要让他顺着这个高大的影子成长。

几天后,母亲告诉他,要上学了,你的官名叫王岐生。母亲从箱子里翻出八毛钱让父亲带着,也让父亲把娃的官名记住、记牢。父亲一切都听母亲的,母亲叫干啥就干啥。这个叫王岐生的碎娃嘟囔着要跟母亲去报名,不想跟父亲去。母亲就大声呵斥:"你爸咋啦?碎屁眼娃娃乖乖听大人话,小心大人拾掇你。"

王岐生就跟着窝窝囊囊的父亲去上学,老师问你娃叫啥名字,父亲把娃的官名忘了就一口一个猪娃,乡村小学么,老师知道农村习俗就问父亲:"说娃的官名,谁叫你说小名来?"父亲吭吭哧哧说不上,碎娃就从父亲身后钻出来:"我叫王岐生。""这才是个名字,哎呀,你这他爸当的,还不如个娃么,这娃乖的,眼睛大的,亮的,头圆的,这娃以后给你改门换户呀,以后不要再猪娃猪娃地叫啦,王岐生,好名字嘛,肯定不是你这他爸起下的。"碎娃就说:"我妈起的。""对么,对么,就说哩,哎。"老师又摸一下娃的头。碎娃就觉得老师亲。碎娃就爱上学。

全村的碎娃一伙伙,把学校当要要,混日子,把个子混大,再回去劳动。就是这。王岐生不一样。王岐生认认真真地学习。那时候的学校以学为主兼学别样,劳动多,上课少,但还是有课上,有老师教,个别敬业的老师教得相当认真负责,好好学还是能学下些东西。这类学生少但老师喜欢。王岐生不但喜欢学习,还喜欢跟老师交往。老师们个个都像那个下放干部,干净斯文。老师走过去很远,王岐生都一动不动地看着。

王岐生还记得小学三年级的那个暑假,母亲带他拜下放干部为师。乡村小学的教师大多都是挣工分的民办教师,大多都上到初中,高中毕业的都很少,用校长的话说,全校教师加起来都顶不上人家一个下放干部,下放干部是名牌大学的本科生。校长才上了个中等师范。母亲就带上娃去拜下放干部为师。

下放干部住饲养室,跟喂牲口的老汉住一搭。王岐生乖觉,给老汉端水揉旱烟装烟锅,下放干部每天晚上教王岐生一个小时,教生字,另教一遍,民办教师把许多字教错了,下放干部一个个校正过来,比教生字还难。饲养员老汉都懂这个道理,返工不如从头干。下放干部啥水平,跟耍猴儿一样。一次教上十个字,别贪多,记牢就行,这娃灵性,三下两下就教会了。不用纸,就用根棍棍在饲养室的地上画,马灯照着,牲口喷出的热气腥不拉叽,呛得人打喷嚏但提神。还有牛粪马粪的气味,跟青泥一样。饲养员走人跟

好人难做

前也这么喷人,就像一匹马,或一头牛,更像驴。下放干部身上就没这味道,有股子清香味。这么小个碎娃,一下子就把下放干部跟饲养员区分开了。饲养员也说:"猪娃好好学,肚子里装满墨水,就不当臭烘烘的农民啦,不是牲口味就是土腥味,婆娘跟你睡觉都闭着眼睛咬着牙,都没个笑脸。"下放干部就说:"给娃不敢说男女之间的事情。"饲养员说:"我说的都是实话,实话不好听,猪娃你不要听。"在学校里谁要叫他猪娃他就跟谁急,饲养员跟他爷一个辈分,他就忍着。他一笔一画地写字,他后脑勺上那双眼睛一动不动打量着下放干部。下放干部时不时地过去检查一下,然后又坐到炕上,跟饲养员老汉拉家常。他后脑勺上的眼睛突然湿了,他觉得这个高大魁梧白净斯文的下放干部才是他爸,他的亲爸。碎娃的心思太深了,饲养员都感觉到了,饲养员老汉就盯着人家下放干部:"这娃喜欢你,把你拜成干大算了。""我有历史问题影响娃哩,再说他爸好着哩。"下放干部过来再检查一遍,连声说好,还摸了娃的后脑勺,轻轻地,翅膀一样落在后脑勺上,那地方刚刚睁开一双眼睛,热辣辣地看这个父亲一样的男人。我们那地方不管男人女人,大人娃娃,用后脑勺看你就是在用心看你,跟眼睛上的方向正好相反,后脑勺看下的一辈子也忘不了。

他离开饲养室的时候,所有的牲口都抬起头,眼睛那么亮,马眼睛牛眼睛驴眼睛都一动不动看着他,碎娃按母亲的吩咐给下放干部鞠一躬。

饲养室在村西头,他家在村中间,不太远。他走到自家门口转身朝饲养室望一眼,饲养室的大门还开着,下放干部的身子让饲养室的灯光这么一照就更高大了,比大门还高,比马比牛比驴还高,都高过屋顶了,那些牲口们的大眼睛扑闪扑闪跟星星一样,天空上的星星还没上来哩,那个巨人一般的男人朝碎娃挥挥手,碎娃很听话,就进去了。碎娃就看见他亲爸,碎娃一下子就跟亲爸生分了。

亲爸说啥他都不知道。他只听见他妈说：娃失神了，迷到字里头了，这是好事。农村习惯娃睡大人中间，亲爸挨着他睡，打呼噜，他梦里都是那个巨人一样的下放干部。

早晨醒来，亲爸叫他，他答声了，但跟亲爸彻底生分了。亲爸一点感觉都没有。娃的眼睛就像盲人的眼睛，没有感情，问一句答一句，跟爷爷奶奶妈妈就不一样。亲爸粗心惯了，没放心上，再变还不是我娃？亲爸相信这个简单而朴素的道理。

娃从两三岁开始就不像亲爸了，村里人说啥话的都有，说上那么几年也就不说了。再咋说我老婆还不是我老婆了？亲爸就相信这个道理，这个道理天天晚上在自家热炕上摆着么。公公实在，婆婆实在，丈夫更实在，这么实在的一家人用他们的行动向世人表明只要这个媳妇一天不离开这个家，他们就不信那些捕风捉影的闲话。

王岐生甚至产生过母亲跟下放干部生活在一起的想法，这个念头把他吓坏了，他不敢面对他亲爸，好几年他都盲人似的跟亲爸打交道，这一回他脸红得像鸡狗子。第二天就传来一个不幸的消息，下放干部得急病死在公社医院里，很快拉火葬场火化了。下放干部的单位来了人，儿女也来了，抱走了骨灰盒。下放干部的老婆几年前就死了，据说也是火化的，这些城里人死了都要烧成灰。王岐生的母亲还专门做了红褥子，也派不上用场，褥子是往棺材里铺的。母亲哭得很节制，光流眼泪没有声。王岐生把嘴都哭歪了，大家都说这娃有情有义，学了几个假期，算老师哩，跟哭他亲爸一样。好多年后王岐生遭受命运的打击，躲在没有人的角落里，只有泪没有声，他才知道母亲当年有多么伤心。

下放干部的儿子把一个塑料封面的日记本留给王岐生，扉页上有下放干部写的一句话："赠王岐生小朋友不断进步向上。"农村学生没用过这么好的本子。乡村小学就校长有这么一个红皮大本子,每次开大会讲话就翻开一页讲大半天也不知里边写了啥秘密。王岐生舍不得用,没人的时候就摸摸光滑的封面。十二岁的小学生一下子感受到了命运的力量。他刚刚把父亲般的老师放进自己幻想中的生活,命运就无情地夺走了这个人的生命。儿子看亲爸的目光就成了一种仇恨的目光。

亲爸对儿子仇恨的目光熟视无睹,就像他无视别人对妻子的诽谤一样。儿子可没有大人那么好对付。小家伙处处跟亲爸作对。在城市十二三岁被看做青春期叛逆,农民不讲这个,跟老子作对要挨揍的。窝囊废亲爸也不例外,把王岐生摁在地上,大声嚷嚷着:我叫你嘴硬,我叫你嘴硬。雷声大雨点小,巴掌拍得很响就是不疼,儿子只喘气不叫唤。儿子见识过同伴挨揍,大人都是用鞭子抽,用手腕粗的麻绳抽,还有用锨把抽的,农民打娃跟种地一样,毫不含糊一点假都不掺。哪像王岐生他爸,拿扇子给娃扇凉哩。有人不客气地指出来:你是害娃哩不是爱娃,你真爱娃就往死里打,打死他反而就活了。王岐生他爸嘴一歪:哄鬼去吧,你当是打贼哩。王岐生挨这种不痛不痒的打自己都觉得委屈,就故意把亲爸逗躁,亲爸还是不肯下狠手。亲爸这辈子就没下过狠手,都没打过牲口么,拍身上的蚊子都是轻轻的。这样的父亲一年四季就给娃讲一个老掉牙的故事,还咳嗽上一声,咽口唾沫:话说三皇五帝的时候,尧帝老了干不动了,明察暗访找接班人,找到舜犁地的地方,别人都用鞭子吆牲口,舜把草扎在牛笼嘴上,牛总想吃草,就不停往前走,地犁得又快又好,扶犁的舜把鞭子搭在肩上摇都不摇,一个人待牛这么好,待老百姓肯定好,尧就把天下传给舜,这就是古人访贤。王岐生他亲爸在二十世纪七十年代就想这种好事情,儿子王岐生都看不起他。

这种叛逆的行为延续到十三岁。王岐生明里跟亲爸不闹别扭了,就在心里胡鼓捣。他梦见他亲爸让牛牴死了。邻村有个社员就是被牛牴死的,牛发起疯比老虎还厉害,上去就是一蹄子,再用犄角狠狠一戳,那人当场就断气了。王岐生就这么咒他亲爸。在梦里咒。大白天做的梦,他给玉米地浇水,坐在地边睡着了,他就听见有人喊叫,他醒来时脑子里还残留着他亲爸被牛牴死时的鲜血,血腥味都能闻见。就在他做梦的时候,他亲爸在另一块地里被牛踢了一下,踢在肚子上,没叫唤,当场就口吐白沫昏倒了,社员们喊叫着抬伤者往回跑。梦想成真的王岐生满头大汗。他亲爸在公社医院打了针吃了药,又抬回家里躺了半个月,下炕时拄个拐子,拄了半年。母亲累得脱了层皮。王岐生就像个瓷锤,瓷不棱登忙出忙进,一点愧疚感都没有。十三岁的碎娃也不碎了,能听懂大人的议论,牛蹄子踢在腰眼上,命保下了,重活干不成了,最吃亏的是女人,女人怕要守活寡。十三岁的少年心里很复杂就抢着干重活,还对母亲说:我不上学啦,我回来劳动呀,顶我爸呀。母亲没理识他,他说三遍母亲都没理识他。开学的时候,母亲收拾好一切,早早叫他醒来:"大小伙子啦,我总不能陪你去上学。"王岐生倔着,母亲又说:"叫你爸陪你去?"亲爸啥都听老婆的,应承的那么快:"行么行么,娃,咱走。""我长腿哩,我自己走。"

王岐生上初中了,初中生就不是儿童就不是碎娃,就是少年就是半大小伙子。

半大小伙子耳朵跟雷达一样跟夜蝙蝠一样,到了晚上就格外灵敏。梦中他都能听见亲爸和妈好久没有同床了。这个文明词是好多年以后才知道的,回忆往事的时候,他愿意用这个文明词。他记得清清楚楚,牛蹄子踢了亲爸肚子,亲爸就不能跟母亲同床了。还在一个炕上睡着。奶奶去世了,王岐生跟爷爷睡一个炕。可王岐生能感觉到父母屋里的动静。

初中在公社中学,在几十里以外,有公路通县城,在乡村少年眼里这就算大地方了。公社中学有不少公办教师,还有说普通话

好人难做　179

的,公社的广播员每天都用醋熘普通话念稿,一般是在中央人民广播电台,省人民广播电台,县人民广播电台之后开始公社新闻广播,水平也是直线降落。公社中学的师生们都要戏仿这些大小不同的广播员,包括本校说醋熘普通话的教员。全校普通话最标准的只有一个男教员,念过师范,在西安教过书,家庭成分大,就一溜烟从西安溜宝鸡,从宝鸡溜渭北再溜县城再溜到公社中学,不能再溜啦。这个洋老师梳个大背头,戴个近视镜,干净整洁,尤其是白衬衣露出那么一点点,目测一下,不到一厘米,可效果极佳。洋老师每天早晨在操场跑步,然后双杠单杠,比体育老师还牛,体育老师光会打篮球打乒乓球,做不了体操,体育课就不上体操,农村娃硬胳膊硬腿骨节大,也不容易学体操。王岐生喜欢体操,就跟着洋老师学,老师很高兴。

"我姓马不姓洋,人家瓢我哩就叫我洋老师,学生娃可不敢以讹传讹。"

王岐生就在心里叫他洋老师,洋老师不管姓马还是姓牛,人家就是洋气。洋老师手把手教这个农村娃。十三岁的半大小伙子,手脚软活,又热心想学,教起来很快,不到一周,王岐生就能在单杠上轮圈圈,在双单杠上翻跟斗,落地时还潇洒地扬一下手,跟老鹰收翅膀一样。不言而喻王岐生在洋老师身上看到他人生第一个老师——那个病逝的下放干部的影子。下放干部打动他母亲打动他这个碎娃的就是他身上的洋气。王岐生站在公社中学的操场上,第一次仰望蓝天。西北高原的天又高又蓝,一溜大雁半天不动弹,像毛笔在天上刷了两下,大雁摆开一个大大的"人"字。长这么大第一次看家乡的天看家乡的大雁。天空和大雁这几个字小学时就认下了,上到初中才理论联系到实际。王岐生发现大多数老师都是低头走路,偶尔抬头也只是往天上扫一眼。洋老师也低头走路,可洋老师看天空的时候总是站在操场边上,两排杨树的另一边,静

静地久久地看着天上,从近到远,从低到高,有时候还摘下眼镜脖子往前一伸,额颅快顶到天上了,就这么看天空。有人就在远处笑:

"洋老师看天空,越看越空。"

"人家想家啦。"

洋老师家在西安,据说老婆跟他离婚还带走了娃,家都散了,都空了,他还这么精神,还有心思看天空,天空天空天是空的么,还能无中生有掉锅盔? 大家就这么看洋老师。

初中生周六下午回家,把这个重大发现告诉母亲。母亲一边做饭一边听娃讲学校里的新鲜事,讲到洋老师时,母亲听得格外认真,母亲一下子都精神了,跟通了电一样忽闪一下亮了,脸上就有血色了。打从亲爸挨了牛蹄子,母亲就黄巴巴成了干骨头跟鬼捏了一样,好像牛蹄子踢的是她不是亲爸。王岐生讲洋老师翻单杠的时候,母亲手里的活都停下来了,"狗娃,你福大命大,又遇上好老师啦。"母亲从来不叫他猪娃,也很少叫他狗娃,高兴到极点就会叫上一声狗娃。母亲的乖狗娃王岐生从母亲的话中听出来了,母亲跟他一样把洋老师与下放干部放在一个位置上。

亲爸丧眼得很,这个时候背一捆柴进了院子,王岐生与母亲的热切交谈被打断了,要多丧眼有多丧眼,母亲还一个劲提醒他:去接你爸,快去! 王岐生慢慢腾腾走过去,从后边抱着柴火,亲爸坐在地上从绳套里挣出来,大口喘气,唾沫挤了一嘴,母亲用热毛巾擦啊擦啊。王岐生好多年没正眼看亲爸了。亲爸要不是遇上这么利飒个婆娘,连衣服都穿不整齐。母亲总是把亲爸收拾得干干净净,再干净的衣服在亲爸身上不到一个时辰就弄脏了。母亲从不抱怨男人,立马换上一件干净衣服。亲爸总是穿上干净衣服出门,变成一个泥猴进门。不是亲爸不爱惜衣服,亲爸不是个利飒人。农民差别大得很,利飒人跟泥土跟屎尿打交道,农具和身上一尘不染,做出的活条是条行是行。人不利飒,地里走一圈,基本上就是个土疙瘩,你半天都认不出来这是人还是土。母亲不厌其烦地把自己的男人从土疙瘩变成人。不管人家咋议论媳妇,爷爷奶奶总是站在媳妇一边。不为啥就为这个,传说中的女娲娘娘才有这种抟土造人的功夫。好多年以后王岐生才明白这个道理。

　　王岐生抵挡流言蜚语的方法很奇特,竟然是他六岁那年夏天,发现母亲与下放干部单独谈话。这一幕使他相信他不是亲爸的娃。他刚跟人家打过锤,娃娃们在一搭耍,一个娃就把中指竖起来,就像个鸡鸡,另一只手的两个手指圈出一个圆,鸡鸡在圆环里出来进去,一边演示一边往王岐生跟前走,边走边说:"你娘吃酵子啦。"娃娃伙屁都不懂,可很想懂,女人肚子大起来,就知道谁谁谁有弟弟妹妹啦,就怪声怪气对人家说:"你娘吃酵子啦。"人家也不生气,谁他娘不吃酵子哩,不吃酵子就没有咱,就没有弟弟妹妹,娃娃伙就这么理解那些要生娃的妇女。王岐生他娘的肚子没有大起来,这个坏蛋竟然朝王岐生说这话,接着又说出下边两句话:"你娘把队上的酵子吃光啦。"王岐生头就大了,锤头就攥紧了,那个坏蛋必须赶在王岐生的锤头前边把最恶毒的话说出来:"你娘皮发哩。"两人就打在一起,王岐生的锤头砸在对方头上,咣地一下,对方早做好挨打和反击的准备,打个趔趄就扑上来,光打不喊叫,娃娃伙们往后退,空出场地叫人家两个好好打,打了半天打了个平手,鼻孔出血,爬起来一个向东一个向西,躲开洗伤口。也没躲远,地边就是水渠,洗干净,血没有了,淤血青伤就出来了,像抹了油漆。王岐生外伤多,都在脸上,对方的伤都在头上,头发盖着看不见,可疼得要命,手一摸全是起面疙瘩,有三四个,头大了一圈,都是王岐生用锤头砸下的。王岐生从对方跟前走过去的时候,对方抱着头窝在地上淌眼泪,王岐生弯下腰恶狠狠地说:"你娘皮才发哩,黄蜂蜇哈(下)的,麻蜂蜇哈(下)的,人头蜂蜇哈(下)的,还想吃酵子？六斤镯打了！"走到没人的地方，他也哭开了，不疼是假的。不敢走前门，从后门进去就看见母亲和下放干部站在枣树下边说话。后院有枣树杏树桃树，挂满了果子，他躲在柴垛后边，就觉得下放干部像他爸，他就不恨跟他打锤的碎熊了，伤也不疼了。

下放干部死了换上了洋老师。

洋老师最拿手的是上课，上语文课，跟中央人民广播电台的播音员一样，字正腔圆，义正词严，报上的重大社论，校长就让洋老师给全校师生念。上边来了领导，校长就对人家领导说："咋样？日倒中央台没问题吧。"领导就听上一会儿，就热烈鼓掌。

洋老师不给王岐生那个班上课，王岐生一周才能找到一次听洋老师课的机会。洋老师很高兴，就经常提问，还让他读课文，他就用普通话读，全校就他一个用醋熘普通话读课文，他不怕别人笑话。下放干部当年校正过来的字全用上了，跟他一起升到初中的同村学生就闹出许多笑话，一大半是错别字，中学老师想改都来不及了，这些小学老师咋整的？一个学校出来的，为啥王岐生没有错别字？语文老师大声问学生，校长也大声问学生，有学生就说："王岐生有个好干大教哩，我们没有么。"初中生王岐生再也不会冲动了，王岐生在心里早把下放干部当亲大大亲爸爸了，叫个干大算啥嘛，干大是假的，相当于义父。王岐生现在的干大是洋老师。这种好运气不是谁都会有。好多年以后，王岐生的朋友同事都谈到帮助过自己的人，他们都没有像王岐生那样把人家当亲爸，当义父当干大。

假期是最难熬的。去不成学校，见不上洋老师。整天见亲爸，眼睛都麻了。王岐生从来没有像今年这个暑假这么眼黑他亲爸。亲爸老在他眼前晃，躲都躲不开。放假的时候洋老师借给他三本小说，高尔基的三部曲《童年》《在人间》《我的大学》。他如获至宝,晚上点油灯看。爷爷说油是钱买下的,费钱。他就吹了灯,在黑暗里睁大眼睛想那本书。爷爷又说:晚上看书费眼睛,要看白天看。

白天家里没法待。他背上背篓去拾柴火。秋天,沟崖上栒树一丛一丛,砍起来很方便,还能吃栒桃,舌头刷得生疼。沟底树高草盛,太阳变得很小,就鸡蛋那么大。野兔乱窜,毛榉溜爬上爬下。他就喜欢在这里看大本小说,看完了《童年》,看《在人间》,他的心思在另一个世界里了,他成了流浪汉,跟高尔基一样走遍伏尔加河走遍南俄草原,他就读不下去了,不是书不好,是太好了,好得不忍心往下读,咬一根草,慢慢嚼着,往天上看,天小而高,成了一个洞洞,稍用些劲就能钻进去,他就钻进去了。他到天边边了,他就看见崖边坐了一个半大老汉,老汉离太阳那么近,高原上的太阳跟炼钢炉一样,山峦高原都被烧秃了,跟红砖一样,草木都长在沟里,庄稼都长在半塬畔上,这个半大老汉,噙个烟锅,太阳把他都晒蔫,都蔫成卵子皮了,他还硬头骨抓顶着太阳,好像太阳是他头上的草帽。王岐生就上去问这个蔫老汉:"你不嫌热吗?""我有草帽哩。"麦秆编的草帽金黄金黄就像太阳嘴里吐出来的舌头,卷在老汉头上,不仔细看就看不出是火还是草帽?王岐生就说:"你头上顶着一盆火,太阳把你晒着了。"

"小伙子火大怕太阳,我老汉不怕。"

"为啥?"

"人老了骨头寒,怕冷不怕热。"

"老汉冬天才晒太阳哩,哪有伏天晒太阳的?"

"你是个灵性娃,说到我老汉心里去啦。"

老汉就给王岐生讲古代张良给老汉捡鞋的故事,王岐生就说:"你让我弄啥呀?"王岐生就背上老汉下到沟里。西北高原的深沟大壑,看着近走起来远,拐来拐去走了两个多小时,身上的汗出了一股又一股,都湿透了。蔫老汉刚背上轻轻的跟灰一样,等下到半崖,就跟石头一样了,王岐生小腿都打颤哩,歇了五六回,下到沟里,太阳让崖畔挡住了,阳光让树叶子遮住了,老汉更沉了,跟生铁一样。把铁老汉放树底下,王岐生都不能动了。老汉睡着了,树荫下舒服么,老汉打着呼噜,草帽都歪了。王岐生过去摘下草帽,王岐生就愣住了,老汉不是旁人是他亲爸。王岐生浑身打颤,背上柴火,一溜烟往回跑。碰上狼了。碰上鬼了。跑得日急晃山,地里干活的人都往沟里看,都以为娃碰上狼了。

王岐生回到家里,喝了母亲晾好的豆豆米汤,吃了半个油蹄锅盔,有了精神,就竖起耳朵听动静。亲爸天黑回来,笑眯眯看着王岐生,还摸了一下王岐生的头:"我娃乖得很,灵性得很。""别逗我!"王岐生声音大得像打雷,母亲跑过来问:"咋啦?咋啦?你欺负娃啦?"

"娃懂事得很,灵性得很,把我从崖畔背到沟底下,背晚一点我就没命啦,太阳把我晒软啦,都昏倒了,连喊救命的力气都没啦,都说开胡话啦,也不知道说了些啥,娃二话不说背上我就往沟里跑,我在沟底树荫里美美睡一觉,又活过来了喽,把我娃挣日塌咧。"

王岐生坐在院子的房檐石上抱着头,揪头发,脑子乱哄哄,跟马蜂窝一样,啥都不想,也想不出个啥。

他再也没心思看小说了。中学生可以当半个社员用,一天五分工,他天天出工,自留地的活亲爸去干,他不干。亲爸靠近他,他就浑身打颤,亲爸一点感觉都没有。更过分的是亲爸爬梯子上房补两页瓦,亲爸喊他扶梯子,亲爸把两页好瓦放房檐上,再抽出两页裂缝的坏瓦,砌得很紧,一点一点摇,亲爸摇着摇着就上瘾了,还支支呜呜唱开了,西北高原的诙谐小调:"半崖一个芥疙瘩,摇着动弹哩,拔呀拔不哈(下),拔不哈(下)呀。"谜底是男人们的鸡巴。

好人难做　　185

被牛蹄子踢坏了腰眼鸡巴软成了棉花的亲爸就唱这种不要脸的下流小调,涎水都留下来了,都滴到王岐生脸上了。王岐生浑身打颤,手也打颤,他已经把亲爸眼黑到极点啦,他的眼睛全黑啦,满天都是老鸦,耳朵里都是老鸦,梯子也成了老鸦,晃起来了,还左右摇摆,还让手推了一下梯子,王岐生脚底下一滑,房檐底下滴水坑本来就滑,王岐生扑通坐地上,眼睛就不黑了,静静地看这惊心动魄的一幕:梯子倒向院墙,墙把梯子架住了,梯子顶端的亲爸跟古代的抛石机抛出的石球一样被远远抛向高空,亲爸手脚乱抓,大喊着:

"压压,我的压压(娘啊娘啊),压压我的压压。"

全村人都看见了,鸡狗牛马猪麻雀和大雁都看见了,亲爸飞翔的高度比村庄里的树还高,还有那么大的声音。母亲疯子一样蹿出院子。母亲其实没有疯,母亲的方向感极好,穿过巷道,直扑打麦场。亲爸落脚的地方就在打麦场,那里有各家各户的麦草垛子,亲爸十分准确地落在生产队的大麦草垛子上。亲爸在麦垛上弹了几下,哧溜滑下来,挟带了一堆麦草,就像孙悟空驾来一朵云,亲爸毫发未损,还笑哈哈的:"跟飞行员一样,跟孙悟空一样。"母亲都软了,亲爸扶住母亲。

全村人都说这挨的福大命大。当年这挨的从崛山沟里娶回又乖又蛮的俊媳妇,当时的队长是个烧包,对新媳妇打瞌主意,就派这挨的去山庄劳动。每个村子都有山庄。队长看谁不顺眼就打发谁去山庄。山里狼多,邻村就有社员叫狼咬死了。亲爸去山庄就碰上了狼,六条狼跟上来,亲爸手里攥一条扁担,还是晚上,亲爸吓坏了抡起扁担乱打一气,每下都打在石头上,亲爸把石头当狼,打得噼啪响,把狼给吓跑了,人怕狼,狼怕石头,就这么简单。队长没进山,反而在村子附近叫狼截住了,狼爪子搭队长肩膀上,队长是灵性人,马上意识到后背上的老兄是弄啥的,流传多少年的故事也是这么讲狼的,队长虎背熊腰日驴的汉子,抓住狼爪就不能动了,连喊人救命的声音都没有了,村子近在眼前半夜三更,稍喊一声都跟打雷一样,队长就是喊不出声一个劲在心里喊,给他自己喊。站了半晚上,天快亮了,狼也急了,就拼命一挣,抽出爪子跑了,队长软在地上,拾粪的老汉把队长扶回去,队长就成了笑话。越传越神,越传越离奇,成为我们当地的民间故事。

更离奇的还是亲爸。亲爸因祸得福,也不知道他在空中手脚乱抓乱挖起的作用,还是落在麦草垛上的弹起落下大幅度跌宕的作用,原先被牛蹄子锁住的穴道给打通了。三天后亲爸有了反应,钻进母亲被窝,母亲守活寡的日子就这么结束了。

初中生马上就觉察到了。父母屋里动静很大。整个院子好多年都没有这种动静了。母亲就像换了个人,眼睛有光了,脸上有血色了。王岐生就不厌其乏地给母亲讲学校的事情,讲洋老师,讲死去的下放干部,母亲的脸色就暗下来,尤其是讲下放干部的时候,母亲就愣神。王岐生就兴奋起来,就趁热打铁,就开始编造开始想象。他人生的第一位老师,那个死去的下放干部就成了故事,不断地扩大,又高又大。那个年代流行样板戏,流行高大全式的人物形象,西北高原偏远农村的中学生竟然把有历史问题的下放干部编造成高大全式的人物。日有所思,夜有所梦,半夜三更,王岐生就开始梦游,爷爷没有发现,父母更不可能发现。王岐生就到了院子里,巨人站在院中央,手里攥着星光,头顶悬着月亮,巨人用星星在天上写字,全是下放干部教他的字,连笔迹也是下放干部的,王岐生就一笔一画照猫画虎,画得很像。院子里全是大写的字,地上墙上树上全是字,一半是下放干部的笔迹,一半是王岐生的笔迹。树上的字那么高,都写到大树开权的地方了。不用说王岐生在梦中爬树了,王岐生回到炕上累成一堆泥。

第二天早晨最先看见字的应该是母亲,母亲总是天不亮起床。

好人难做　187

小学毕业的母亲被眼前的景象惊呆了。母亲认识下放干部的字，也认识儿子王岐生的字。母亲就擦那些字，地上的墙上的全擦掉了，树上的字只能擦一人高，再高就擦不上了。母亲就搬来梯子，母亲刚爬上去，风就来了，高原早晨的风很大，树轻轻一晃，梯子就倒了，母亲就抱住树，可母亲下不来。母亲也不敢喊叫，母亲居高临下能看见许多人家的院子，早起的男男女女第一件事就是上后院厕屎尿尿，全让母亲看见了。幸亏人家都低头出进，不往高处看。母亲很紧张就一点一点往下溜，树越低越粗，母亲很快就抱不住了，就掉下来，母亲不像亲爸，母亲一声不吭，脱手的地方离地面一丈多高，母亲在地上滚几个蛋爬起来，靠着树，捶腿揉腰，把梯子架好。全家都起床了，好像啥都没发生。半中午亲爸才发现树上的字。那么高，谁能写那么高？亲爸就说那是树上长的。

"我屋里出状元呀。"

亲爸见人就说，大家都来看。再仔细一看，那么好看的字不像学生娃写下的。有人认出来是下放干部写下的。下放干部死好多年了，还惦记着这家人，还在阴间教娃写字，这娃以后肯定考状元。亲爸说的有道理，大家认可了亲爸的话。

当天晚上，亲爸和母亲都听见了院子里的动静，他们的动静就停下了，他们不敢往外看，也不敢大声出气，耳朵呼扇呼扇跟夜蝙蝠一样飞出去绕着梦游的少年和少年梦想中的巨人。字还是那么大，一笔一画很认真，刷刷跟走路一样，响动了两个半小时。夜蝙蝠一样的耳朵都快抽筋了，就飞回去了。亲爸和母亲大睁着眼睛，还是不敢动弹，不敢大声出气。一连六个晚上，每晚都有写字声。每天早晨亲爸和母亲互相配合去擦字。第七天晚上没动静，早晨早早起来，院子里也没有字了。亲爸和母亲松了一口气，相视一笑。准备晚上重新战斗。他们高兴得太早了。天黑不久他们就开始折腾，他们身上的东西再也不听使唤了。一礼拜后他们彻底死心了也安静了。

王岐生又看到了黄巴巴的母亲,双眼失神,神情呆滞。王岐生可以轻轻松松给母亲讲学校里的事情。母亲听到高兴处脸上就有了表情眼睛就有了光,很短暂,但很宝贵。

王岐生升高中,洋老师带他们语文课。高中三年天天像过年,每天都有语文课,每节课王岐生都要发言,别人就烦他,他不理识别人,洋老师不烦他还表扬他,别人发言他都要打断人家抢过话头,洋老师也不批评他,只是善意地提醒他让人家把话说完,人家气恨恨地说完,洋老师又肯定了王岐生同学的观点,人归人事归事嘛。大家就气不平。

"王岐生,你太期强啦,语文课是你家自留地吗?啊?"

王岐生头都不抬:"你想去,你想啥就是啥!"

"期强"这个词首次出现在王岐生的生活里,王岐生就开始琢磨这个词。这是我们当地的方言土语,口头禅,可谁也不会细细地去琢磨。王岐生越琢磨越觉得这个词不简单,有深刻的人生哲理。王岐生就在语文课上变本加厉展示自己。同学们都受不了啦,当场质问洋老师,洋老师就耐心开导大家:"踊跃发言是好事,不能打击积极性,这是个大前提,课堂一潭死水好不好?同学们说好不好?"同学们低下头。王岐生就五马长枪展示自己。也有失手的时候,别人做了充分准备,抢在王岐生前边滴水不漏,洋老师是老师嘛,很公正地表扬了该同学。王岐生就走火入魔了,下课就说该同学以他为榜样,至少受了他的启发。该同学不服气,下次上课就此问题让洋老师评判,洋老师不假思索就做出评判:"你应该承认,王岐生对这门课的执著与认真是全校有名的,你受到启发是理所当然的。""我以后不发言啦。"该同学气呼呼破罐子破摔。洋老师就说:"那吃亏的就是你自己了。"

高中三年就是这么过来的。你也就明白 1979 年考上大学的王岐生同学那么看重老师的每一次表扬,让同学们感到那么不可思议。

1983年王岐生大学毕业分配到渭北市一家文化单位,他那种处事方式同事们肯定受不了,但王岐生也显示出他的过人之处。他给领导提议创办《西北之北》杂志。按理说一个刚出校门的学生娃没三五年很难在单位立稳脚跟,也很难有话语权。王岐生连越三级,直接找一把手,开门见山侃侃而谈,领导出于礼貌答应谈五分钟,结果谈了两个半小时,离开的时候,领导已经跟小年轻称兄道弟了,理所当然留下电话。

小年轻离开后领导莫名其妙的兴奋,领导后来对朋友讲,这狗日的好像有特异功能,往你跟前一站,你就兴奋就感到自己十分强大,就像李元霸恨天无柄恨地无环,恨不能把天地合起来又揭开,跟揭锅盖一样。朋友干脆利索:"人家往你跟前一站,你就觉得自己不是领导是大爷,是全世界的大爷是全人类的爹。"领导就默认了。领导就想见这熊。这熊一来领导的好心情要保持半个月。

《西北之北》顺利创刊,名不见经传的王岐生任编辑部副主任,资历能力比他高好几倍的人被远远撇在后边。编辑部跟一把手在一栋楼上,每天见面,至少能在楼道点个头。领导都年轻了一大截,都成小伙子了,那些日子性生活也十二分的出色,夫人都奇怪这熊咋了?我们那里流行的说法,小伙子十七八,熊拿马勺刮。领导都不知道自己为啥精力这么旺盛。好多年后回忆往事才有所醒悟。可惜王岐生同志离开杂志社,到艺术学校发展去了,后来又听说在艺校也不好好待,带野戏班子四处流浪。这么一个人才可惜了。领导耿耿于怀好长时间。

大概是刊物创刊半年后,王岐生的父亲去世了。王岐生事业正起步,也刚刚结婚。父亲的丧事就办得比较匆忙。跟父亲感情本来就不怎么好,就不是那么太伤心。连他自己都没有想到,从那以后他的命运就开始走下坡路。那时他才二十五六岁,他还记得他坐班车返回市上的情景。班车上就司机、售票员与他三个人,沿途大小十几个站,没有上过一个乘客。就王岐生一个。女售票员惊惊乍乍喊叫好几回,发现王岐生胳膊上的黑纱,女售票员就不吭声了,就望着外边。雪已经把渭河两岸盖严了,雪来得这么早。王岐生看见雪的时候才发现泪水早就把脸弄湿了,下巴都湿了,他在低声抽泣他都不知道。

雪下了整整一个月,麦子要大丰收了。奇怪的是王岐生再也没有灵气了。他竭尽全力才不行。

他专门去西安拜访洋老师。洋老师平反昭雪成西安一所大学的教授。洋老师回到西安后反复强调我姓马我姓马,在西安叫我洋教授西安人骂死我,洋火洋灰洋油洋碱洋面洋人,西安人没见过世面得是?我们就恢复教授本来面目就叫马教授。马教授很给学生面子,《西北之北》创刊仪式上马教授专程从西安赶来还做了专题发言,掌声不断。王岐生危在旦夕,只有马教授能治他的病。王岐生心太急了,进门就叫洋老师,马教授就马上让他改口,他结结巴巴等改过口的时候舌头都硬了,摆不顺了。马教授夫人是马教授重回西安后新找的,还是个南方人,对王岐生不冷不热,往王岐生跟前放一杯水:"你喝水,看把你急的。"王岐生口干舌燥,喝得十分小心,还是那么噎人,说话还是不顺畅,脑子有点乱。马教授很吃惊,王岐生就像换了个人,马教授就问是不是受了挫折?不是不是,王岐生赶紧否认。下楼梯时王岐生终于明白了,当年那个偏远乡村中学的洋老师不存在了。就在这个时候,王岐生都没有把亲爸的死与洋老师联系起来。

刊物越办越糟,很快就折糟了。大家都看王岐生的笑话,趁机打击他,他连待的地方都没有,他做过垂死挣扎,他去找一把手,一把手只给他五分钟,他言语枯燥,毫无新意,一把手还期待奇迹出现,很快就对他失望了。

给父亲过完三周年,他总算定下心来。事业有重新兴旺的某种迹象。也把艺校的同事整得够呛。在兰州跟专家们闹翻后,他就后悔了。他曾看过一本小册子。在青海一个小镇上,野戏班子揽不到活,大家乱逛,就逛到一个书摊上,就看到了一本内容荒诞的小册子。讲的是一个古老的风俗,女人怀孕后去圣人的坟地过夜,不畏猛兽,生下的娃娃就有圣人的智慧。也有女人把伟人圣人先知的塑像供在家里,日日凝视,生下的娃儿就有英武非凡的容貌。王岐生如五雷轰顶,不顾一切赶回老家。母亲只剩一口气了,母亲抓住他的手用这一口气消除了他心中的疑团:你只有一个父亲,他是你亲父亲。母亲就闭上眼睛。

差不多有十多年时间,他带着野戏班子四处流浪,大方向还是有的,远离人烟的地方歌声才嘹亮,舞姿才奔放。他就这样开导他手下的演员。他们刚出艺校,不了解社会不了解人生,随他胡说八道,娃们稍一懂事就毫不犹豫离他而去。他的戏班子总是新人,总是充满生气,他总是老大。偶尔回单位,他连同事都忍受不了。

马奋棋与马奋棋收集的民间故事就这样出现了,或许他能接受一个傻瓜,凉女婿重新唤起他的雄心壮志,一路过关斩将,各路英雄汇聚兰州,来参加研讨《凉女婿》的专家都在下放干部与洋老师之上,专家们发言的时候,下放干部与洋老师的光辉形象自然而然浮现在脑海里,专家们遭受攻击就不可避免了。这是王岐生回到家乡给父母上坟的时候才想到的。

第七章

从后来发生的事情来看那完全是一种假象,薛道成信以为真放松了警惕,全身心地投入到《文心雕龙》里,写出两篇高质量的论文。

第一篇主要内容是对文学主体性大讨论的重新阐述:殷人敬鬼事神的巫心,周人尊礼敬德的世道人心,司马迁探寻无限时空的宇宙之心,张横渠"为天地立心,为生民立命,为往圣继绝学,为万世开太平"的雄心,王阳明看见花开即花在,不看花时世无花的形而上之心,佛祖凿通生死界限的大慈大悲之心,基督把上帝之光从地狱一角引向万众的普世之心,文史哲交融一体,外师造化,中得心源,文心才能雕龙。第二篇文章探讨《文心雕龙》中的太极图式,所谓仰观天文,俯察地理,天上的文纹文脉即银河系太阳系以至整个宇宙的形状就是,大地上河流也只有九曲黄河最接近太极;周文王推演八卦,其子武王付诸行动经营沣镐即最初的长安雏形,其弟周公姬旦摄政后出潼关过黄河筑东都洛阳,从此西长安与东洛阳就成了太极图式;在大地上的黑白两子,王朝更替人事兴衰尽在其中,音律的起伏跌宕,书画的曲径通幽,诗词歌赋戏曲小说的意境气象全都呈现出太极图式,即龙的形态,东方式的生命节奏与轨迹,也就是东方式的智慧:道,大脑的智与心灵的慧的合体,创造生命的"玄牝之门,是谓天地根。绵绵若存,用之不勤"。阴亦有道,即阴道,宇宙与人心相应,太极图式的龙实则为东方艺术的一条黄金带,让人想起曾经红极一时的美国名著霍夫施塔特的《GEB———一条永恒的金带》。

两篇文章发表在国内权威学术期刊上,反响极好。当时学术风向开始转型,大家对大部头的专著失去信心,水分太多,随便一凑都能整出一本书,有人一年之内弄出二十多本书,创人类学术史上的吉尼斯纪录。大家开始怀念过去的学术大师,一生仅几本小册子,甚至几篇论文,含金量极高,愈久弥新。这也是薛道成两篇论文被刊物隆重推出的原因之一,让人耳目一新,有一种久违了的感觉。

西北偏僻小城,总是比京沪中心地带慢半个节拍。刚开始同事们对薛道成这两篇论文不以为然,大家还陶醉于出书热潮,最不行的家里都有七八本个人专著,摆在书房最醒目的位置,每天都要摸一摸,哪怕是用目光,瞟一瞟都会想起不朽之盛事。大家甚至谣传薛教授江郎才尽弄不动大部头了,回到本科生水平,写开论文了。本科生的毕业论文都是万把字,答辩一下,才能过关。硕士论文要好几万字,博士论文基本上是专著是书了。大家神情怪诞,拿话刺薛教授。薛教授茫然不知,且有喜悦之情,有人就不忍心让薛教授昏死铁屋子,恻隐之心油然而生,如同菩萨再世佛陀耶稣降临。

"薛老师呀,要弄书呢,努力努力,加把劲,两篇论文前后相接,扩展成书嘛,书才站得住脚。"

好心人开始介绍秘诀,薛教授心不在焉,显然是在应付,不能拂人好意。下次见面还要打破砂锅问到底,问进展情况。薛教授叹口气:论文就论文,保持原状吧。有人就忍不住叫起来:"哎呀,薛教授这么早就放弃学术研究了,可惜呀可惜呀。"薛教授就急了,赶紧申辩,有口难辩嘛,薛教授这才发现大家众口一词反复重复这句话,关怀中透着杀机,透着居心叵测的喜悦。当天晚上有人放鞭炮。等待多少年了,盼星星盼月亮终于盼来这一天,薛教授弄不成事咧。多少家以酒宴相庆。薛教授不行了不行了,空气里弥漫着这种浓浓的气氛。星星又亮又大,月亮也来凑热闹,挺着那张银盆大脸出现在星星的头顶;按常理月明星稀,可世道不同天道,人世间发生过多少有违常理的怪事。薛教授十分惊讶地看着周围这些卧薪尝胆终于扬眉吐气的人们,然后转身走开。有人跟踪其后。薛教授回家。门就响起来,当然是门铃,知识分子么,不会重重地敲门,按门铃也是三下。开门的是薛老师妻子,笑脸相迎,那张笑容也被仔细打量过,证实真伪,确实是由衷的微笑。薛老师在咽一个饺子,不便说话,打手势让座,十分客气,晚饭能吃一大盘饺子,胃口不错,不是装的。孩子在外地上大学,夫妻二人世界,饭桌上就两盘饺子,还有酒,红葡萄酒,饺子酒饺子酒,真会过日子。来人喝了两口茶,说几句言不由衷的话,不好打扰人家吃饭,就告辞了,再不告辞就把自己气倒了。心劳了厮肉渣呀!自己狠狠地骂自己。

　　薛教授又吃饺子又喝酒的消息迅速传遍全校,大家喝酒放炮的时候薛教授也在喜庆当中,炮白放了酒白喝了嘛。

　　校园静悄悄的。

　　整整一个礼拜都是静悄悄的。谁都知道这种寂静不会长久。那正是西北高原的春天,好多年前,大概是上个世纪六十年代初美国一位生物学家卡逊写了一本书就叫《寂静的春天》,写杀虫剂对人类对地球的危害,薛道成教授跟杀虫剂一样让整个校园在春天里寂静了一个礼拜。科研处的同志从内地中心地带带回了新的学术动向:古老的论文重新复活,专著不吃香了,成了大路货与注水肉的代名词,校领导顺应潮流号召大家写论文,写高质量的论文,校领导特别提到薛道成的那两篇论文。薛道成让大家惊讶了好长时间。

再也没有人打扰他了。教书育人写写文章每年发表那么一两篇文章,反响不错。这种情况延续了好多年。薛教授有机会去访学。还有机会旧地重游。

当年劳动锻炼的崛山林场邀请他,他不能不去,青春无悔嘛。当年学兵连还真出了一批杰出人才,从政的搞实业做公司的,也有薛道成这种搞文教的。崛山林场成了风景区,搞旅游开发。当年这里只有几座破庙,红卫兵破四旧没有冲击到这里,林场要用那些古庙做仓库,学兵连也用过一段时间,山高皇帝远,反而保护下来,稍加修复,就有点远古气象了。当年劳动锻炼的时候谁也没注意崛山古寺,也无心欣赏美好的风光,更不用说崛山的历史了。崛山就是东西两座大山,中间凹陷处如同一个大窟。据说当年周人受戎狄压迫,从豳县举族迁徙,边战边走,在北方高原群山间转战数年,最后穿越一个大窟穴,就把窟穴两边的山峰称为崛山,穿洞穴重见天日的意思,休整以后,往山下一看竟然是一马平川的沃野,山之阳的沃野平川成了永久的家园,周人扎下根,建了城,回望箭括一样的崛山,他们就很容易想到上天的恩惠,他们就想起苦难岁月从未熄灭过的祈愿,就把心愿与群山的外形融合一起,很委婉很含蓄地化祈为岐,北方整个山脉都叫岐山,崛山属于岐山的一部分,依然保持他们最初的称呼,东西崛山连同周围的山岭又近似箭括象征他们与戎狄战斗的激情岁月,就叫箭括岭。当地民间还有另一种说法,整个部落拖儿带女,他们不抛弃老人,当时的部落传统都是弃老人于不顾,周人打破这个野蛮的习俗,年轻的战士宁可舍命流血也要保护妇女儿童和老人,这也是他们行军缓慢的原因之一,食物也首先供应老幼病残,战士们忍饥挨饿拼死苦战,周部落就是在苦难的历程中形成了古老的礼仪文明,据说穿越崛山大穴时整个部族已经疲惫到极限,绝望笼罩着每个人。女人和碎娃都哭不出声了,那叫古公亶父的首领摸着碎娃的头希望能听到些微弱的哭声,碎娃张大嘴巴没有声音反而让山风呜哇呜哇吹响了,碎娃们全都张大嘴,风吹出的呜哇声令人恐怖,哭声停止的地方也是生命结束的地方,这个神奇的大窟简直就是天造地设的墓坑,人们绝望地发出最后的吼声,也不想让风把自己当牛角号吹,奇迹就这样出现了,随着最后的吼声,双腿带动身体穿越大穴,大穴竟然在一千多米高的山顶上,仅仅往前走一公里就感觉到暖风自南而来,"有卷者阿,飘风自南",风的后边是一片沃野,如荼如饴的平川展现在眼前,还有茂盛的植物以及植物的芳香……哭声停止的地方有了歌声,山下的平原成了《诗经》的摇篮。薛道成更相信民间的说法。很容易从历代《诗经》的注释中找到佐证,《崛山与诗经的源头》就这样产生了。

  文章发表后,崛山风景区成了国家森林公园,也了却了薛道成的一桩心愿。父亲对这篇文章赞不绝口:"年轻时候要多吃苦,多流汗。"母亲不爱听:"都叫狗咬了,都流血了,还说这话,啥人嘛!"薛道成就说:"老乡还健在,还认识我,就是没人再叫我狗剩了。"父亲说:"当年不叫你狗剩是小看你,现在不叫你狗剩是看重你,这么大的人,连这个都不懂!"妻子端饭进来,头一回听说薛道成有这么一个怪名字,笑得浑身打颤,婆婆就板下脸:"你可不敢胡叫,传到外人耳朵里像啥话,一个大教授,叫狗剩,还以为你有狂犬症。"父亲振振有辞:"这叫典故,叫名人逸事你懂不懂?"父亲特别强调:"那是你的辉煌历史,我们要尊重历史。"父亲还专门提到一段名人名言:"要在清水里泡三次,在血水里浴三次,在碱水里煮三次,你就成熟了,你就会纯净得不能再纯净了。"父亲怕薛道成记不住,专门抄在一张纸上,交给薛道成,儿媳就开公公玩笑:"你儿才泡了一次,还差两次。"老头听不出儿媳的言外之意,一本正

好人难做 197

经地说道:"他真要泡三次,浴三次,煮三次,他就不是教授了,造化就大了。"婆婆正要反击,突然被山呼海啸般的乌鸦声打断了。

他们住五楼,从客厅就可以看到连绵起伏的高原以及高原上缓缓滚动的夕阳,夕阳熊熊燃烧,高原被烧红了,红透了,透到极限就焦了,灰烬是长翅膀的,呀呀叫着飞过来了,一浪高过一浪。大家都静静地坐着,默默地吃饭,悄悄地收拾东西,电视开着,但电视只有画面听不到声音,世界上所有的声音都被乌鸦声盖住了。整整延续了一个多小时,天就黑了。电视剧叫起来,一群演员在里边吱喳乱叫,大家再也想不起来谈过的话题,就乖乖看电视。

薛道成不看这些烂皮电视剧,薛道成进书房。典型的教授书房,三面墙壁贴墙全是书,从地板到天花板,还有个小梯子,书桌贴着窗户,沙发椅可以旋转,便于取书,急用书人总是从各个角度往椅子跟前移动。薛教授随手抽出一本,打开一本书等于展开一双翅膀,薛教授总是用这句话教育学生,学生马上记在本子上,接下来就是,打开书的感觉好极了,雀巢咖啡的广告词创造性地与书合在一起,学生们会心一笑。此时此刻薛教授手里的书是黑色的,不知是他手发抖还是书成了乌鸦,扑噜噜的声音是千真万确的,薛教授紧紧抓住乌鸦不放,他相信他抓到的是一只乌鸦,他战战兢兢离开沙发椅,一手捂胸,一手拉开书橱的玻璃门,像掏心一样把乌鸦放进去,轻轻关上玻璃门,一边喘气一边死盯着书橱。所有的书都成了乌鸦,在里边微微颤抖。他一个书架挨着一个书架仔细查看,全都成了乌鸦。另外一个富有诗意的叫法应该是太阳的灰烬,宇宙间最伟大的创造者也有颓废的时候。薛道成更愿意把书看成灰烬,灰烬是热的,他可以摸这些太阳的灰烬,不是草灰,是木炭,可以二次燃烧,在煤出现之前,木炭给人取暖。

整个秋天乌鸦都这么多,黄昏时从高原上空潮水般涌来。渭北市地处渭河谷地,很容易成为乌鸦的栖息地。

天气越来越凉,终于冷起来了,雪落下来了,乌鸦还在盘旋。雪落下不到三天就干了,跟沙子一样。薛道成在校园的草坪抓一把干雪,仔细地看,像个化学专家。他真的请教了一位化学教授,人家告诉他:车到山前必有路,关键看春天,若降水充分,就化掉了,若天气干燥,风大,就成了灰尘,随风而去。薛道成还不死心:"那就是说化掉的雪才能肥沃土地,随风而去的就污染空气?""科学就这么残酷,没办法。"

人们对春天寄予希望是有道理的。薛道成到图书馆借阅竺可桢的《中国近五千年来气候变迁的初步研究》,由此展开对天文地理的考察。还专门去气象台询问今冬明春的气候变化。每天必看天气预报,西北地区是重中之重。他还考察了渭北地区最大的水利工程,从水库到灌溉系统的大中支渠都一一查看。人家把他当成了水利专家气象专家。

地上的干雪越来越黑,快成煤渣了,不能用手抓了。群山和高原的沟壑间保留着白雪,晴天可以到郊外的沟里去看看白雪。阴坡的雪是那种病态的苍白,远远看着还舒服一些,抓在手里窣窣窸窸就像揉一团纸,手松开就成了纸屑,飘出好远。当时他正在下一面陡坡,猫着腰,出气很粗,嘴巴就像揭开了壶盖冒出一团一团白气,那一刻他的脸色一定很苍白。野外活动的结果就是进屋子看什么都是黑的,妻子也是一团黑影,妻子伺候他脱大衣换拖鞋,妻子叫起来:"你咋这样看我,你咋啦?"

"走得太远,走到沟里去啦。"

"不怕狼把你吃了?"

"能碰见狼就好了,还能让狼撑上一阵子。"

"狗撑过你,人家还给你起个小名狗剩,咱爸说狗剩这个名字给你带来了好运。"

薛道成就告诉妻子:这是农村的习惯,贱物易活好养,狗在十二属相里主运气,属狗的人运气好。薛道成属牛,狗这么一撑一咬,好运就来了。妻子属兔,被狗咬过的薛道成进城工作,又到工厂评法批儒,碰到属兔的妻子,就不是牛撑兔了,就是典型的狗撑兔,越撑越顺。妻子也开窍了:"你是狗剩我还能给你当老婆,你要是虎剩豹子剩我给你当二奶当小蜜都当不上咧。"

转眼到了五一节,西北高原的春天迅猛而短暂。系里组织大家去关山牧场春游,山里季节比川道晚半个多月,给人感觉春天刚刚来临,滑草,射箭,骑马,都是军队训练有素的退役军马,大家都变年轻了,放松了,胃口也开了,羊肉牛肉野鸡肉,野猪肉都上来了,酒量大增,个个像梁山好汉,有一位年轻教师学刘欢的样子高唱《好汉歌》。大家互相敬酒,说些放之四海而皆真的客套话,说什么不重要,重要的是你说了没有。这个时候,有位姓黄的青年教师很真诚地告诉薛道成:"谢谢你给我带来了好运。"薛道成喝了酒但薛道成没糊涂,薛道成一愣,差点说出:"你也被狗咬过?"薛道成把这话咽下去了,举举杯,含糊其辞地说:"彼此彼此。"可黄老师不干,动真格了:"我真的感谢薛老师,你真的给我带来了好运气。"

"你喝多了。"

"我没醉,我说的是实话。"

酒后吐真言嘛。黄老师吐真言的时候,旁边几个人脸色很不好看了,薛道成看出来了,薛道成赶快抽身。大家还在欢歌还在大块吃肉,大杯喝酒,一股寒流开始暗中涌动。到了山下愈演愈烈,黄老师被折腾一年,离开渭北到南方去了。

这是薛道成预料到的事情。薛道成给南方的朋友写信,人家会关照黄老师的。异地关照很安全。下不为例。也不会再有黄老师这种老实人了。

暗中折腾黄老师的那几个人,有过跟黄老师一样的好运气。

表面上看,他们跟薛道成仅仅是同事关系,点头之交,不亢不卑,相当独立。知识分子的标志之一就是独立意识嘛,有没有人文关怀有没有批判精神并不重要,人格、尊严这个关乎面子的问题才是最要紧的。

不知从什么时候开始出现了头一个吃螃蟹的人,这个人暗中费了许多周折,跟薛道成待在了一起,马上时来运转。薛老师不但不反对,反而积极配合,一点防备都没有,要的就是这种效果,露出破绽的事情从来都不好看嘛,暗中运作的时候用的都是历史悠久传统深厚的暗示,点到为止不把话说破。到了薛老师身边,好运不断,同样不点破,受之无愧,且荡荡然。更不可能瓜皮一样瓷锤一样瓜熊一样去道谢。在我们大西北,男人的鸡巴叫锤子,女人的阴部叫皮,男人的精子叫熊,瓷和瓜就是不开窍、不灵光、死板,这话很恶,恶到根上了。你得承认黄老师多少有点瓜,不是全瓜,全瓜的话也不会暗中运作潜水员一样出现在薛道成附近,时来运转,好运不断。关键是关山牧场的气氛让人容易放松警惕,容易露出天性中淳朴老实也就是瓜的一面。黄老师就把这层纸戳破了,人家薛道成还知道掩饰,把戳破的地方糊上,黄老师这个没眼色的货又戳破了,那几个人脸色就难看起来了。薛老师及时抽身自我保护意识挺强的,否则有可能当场发作,那几个人脸色都变了,心照不宣,要行动了。面子问题,必须厚厚地糊上。黄老师只能远走他乡。幸亏是改革开放的好时代,人才流动,四海为家,倒退二十年三十年你想去,好好想去。

薛道成惊出一身汗。薛道成不但积极配合帮助人家,还要讲究艺术,不能露出破绽。更要命的是要让人家觉得自己有真本领。人家得好处后还要验证一下,一般都采用突然冷淡法和恶意中伤法,薛道成沉默不语不是心里没想法,而是想法太多太乱。已经不是常建、李光仪他们那种小儿科水平了。人家都有些专长,那些专长嘛可大可小就看你怎么看，介乎平庸与卓越之间，这就让薛道成很为难。薛道成慢慢就绵软了，没原则了，就变成了我们当地人说的老好人，孔子《论语》中严厉斥责过的乡愿，崇尚中庸的孔子视之如仇寇的那种人。薛道成不停地拷问自己，我真有成了咬起来没肉扎进去没血的老好人？薛道成有时候看着这些人就感到可怜，薛道成知道如此运作所花费的精力与才华远远高于撰写一篇高质量的论文或一部专著，那些玄而又玄的分寸与尺度堪称一绝，不亲身经历你很难相信也很难想象。你就可以理解薛道成的惊恐与幻觉。

薛道成有许多学术构想与计划，提纲改了又改，他还是决定缓一缓，看看情况再说。他就把这套方案锁进抽屉。吃老本吧，即使封笔不写一字，也可以混到退休。

薛道成这么一放松，就是十年。

记得最初几年，有人还气恨恨地质问他，薛教授咋回事吗？两年都不发文章啦，啥意思吗？人家不急不行，薛道成这边没动静，人家得到的好处就要打折扣，就顾不上面子就豁出去了，这种吵闹不同于黄老师，不会有灾难性后果。所以薛道成不接招。很快就有人说薛道成在韬光养晦，薛道成就笑："搞政治要韬光养晦，搞学术用得着那一套吗？"

话是那样说，薛道成还是想起书房抽屉里那个伟大的计划。在那个雄心勃勃的学术构想里，《文心雕龙》与谭嗣同的《仁学》相融合，文心注入强大的心力。"心力论"是《仁学》的核心，"三界唯心，万法唯识"，一切既由心造，一切问题也由心解决。心力相通也是仁的实现，心就是仁具体而根本的内容。心力所至，足以"报大仇，医大病，解大难，谋大事，"升天堂"破除九界""离苦得乐"，文心就成为天地之心。谭嗣同与大西北有不解之缘，治《仁学》者往往忽略这一点，薛道成从法国学者丹纳《艺术哲学》中提出的艺术家风格形成之要素——时代、种族、环境——受到启发,重点研究大西北山川风物对谭嗣同的影响。谭嗣同幼年丧母,母亲哥哥姐姐"五日三丧",他自己"短死三日,仍更苏",父亲给他取名"复生",又受继母虐待,从小失去家庭欢乐。父亲在兰州做官,谭嗣同十四岁至二十五岁间时而待兰州时而待湖南浏阳,二十岁时还去新疆刘锦棠幕府待过一段时间。那时他年少气盛,常纵马于大漠戈壁群山间,遇大风,沙石击人,如中强弩,还高唱秦腔与牧民切磋骑术。在给友人的信中他这样描述在大西北的生活:"明驼呻嗳,与鸣雁嗥狼互答。臂鹰腰弓矢,从百十健儿,与凹目凸鼻黄须雕题诸胡,大呼疾驰,争先逐猛兽。夜则支幕沙上,椎髻箕踞,掬黄羊血,杂雪而咽,拨琵琶,引吭作秦声。或据服匿,群相饮博,欢呼达旦。""弱娴技击,身手尚便,长弄弧矢,尤乐驰骋。往客河西,尝于隆冬朔雨,挟一骑兵,间道疾驰,凡七昼夜,行千六百里。岩谷阻深,都无人迹,载饥载渴,斧冰作糜。比达,髀肉狼藉,濡染裤裆。"豪侠之气跃然纸上。宋以前的文人都有侠名,"任侠"精神兴于先秦盛于隋唐。魏晋风度就体现在王羲之的字,顾恺之的画,陶渊明的诗,嵇康的音乐,集大成于《世说新语》,成理论于《文心雕龙》,有魏晋大时代的这颗鲜活的"文心",才有隋唐这条横空出世的巨龙。盛唐之音的最强者李白就充满侠气,还专门写了《侠客行》。晚清陆沉之际,古老的侠气奇迹般出现在谭嗣同身上,这是一个大时代来临前的预兆。《文心雕龙》与《仁学》对接。

你可以想象薛道成有多么自信,你可以想象薛道成把这份学术蓝图锁进抽屉时的从容与镇静。

他在养精蓄锐,他在等待时机。小隐隐山林隐江湖,大隐隐于市,同其尘不改其心志。他就像个特务,肩负某种秘密使命。天降大任于斯人,好劳其心志,苦其筋骨,伤其血肉。外国人也讲究人要把心放进清水里泡一泡,放进血水里洗一洗,放进碱水里煮一煮。世道洞明,人情练达,内方外圆,应付自如,住房从十六平方米到六十平方米到一百二十平方米到二百二十平方米复式结构。儿子留学加拿大定居多伦多,女子本校毕业本市工作,与同学结婚,小两口周末来看望父母。薛道成的父母打破常规,不要薛道成两口子过去,他们周末过来,三代同堂会聚于薛道成的豪宅,常谈的话题就是女儿啥时候生娃呀,儿子在加拿大有了娃,几年才回来一次,四世同堂徒有虚名,爷爷奶奶就死盯着外孙女。岳父依然故我,生硬冷倔,七十多岁了还拎着工具箱与几个穷女婿给私营老板打工,老头只认自己选的女婿,美其名曰钦点。不是不认薛道成,也偶尔来市上走一走,绝不过夜,客客气气谈笑隔着一层,薛道成买的贵重礼物老头只收一半。薛道成给连襟们的子女上学找工作没少出力,人家渡过难关,第一件要做的事就是回报,挡都挡不住。客气中有别扭,没办法。妻子常劝他,想开些,谁也不欠谁的,外国人也讲个独立意识呢,工人出身的妻子与国际接轨比薛道成还直接。妻子去加拿大照顾儿媳坐月子,儿媳反而把婆婆照顾了一通,婆婆装一肚子洋米汤回到中国回到西北小城,又在校园老姐妹中间大力推广,响应者寥寥无几,多心者暗中嘀咕卖派她娃有本事哩。妻子装着没听见,四五年前客厅墙上就挂起薛道成亲笔写的"难得糊涂",薛道成还给妻子讲了郑板桥的竹子和做人秘诀,妻子比他还干脆:竹子咱就不要了咱就要他这个做人的秘方。工人出身的妻子至少知道竹子与圆滑是不相融的。妻子就摘下薛道成的方框眼镜,要他换成圆框的。

"你是三角眼戴个方的全是横线竖线,满脸杀气,不文雅不斯文。"

方框眼镜就换成圆框的,有三角形内中支撑,整张脸又稳重又饱满。

这十年,薛道成的小日子是风调雨顺,当年发奋用功时积下的各种病症一一铲除,严格控制饮食,生活极有规律,中年已过接近老年了,身体没发福,睡如弓、坐如钟、行如风、齿常叩、津常咽、肛常提、腰常揉、腿常弹,早睡早起遇人常谈养生术、长寿术,俨然离休老干部,那黑森森的头发健壮的体魄,声音浑圆底气很足,给人一种如日中天的感觉。这种心态体态给大家一种幻觉,也给他本人一种幻觉。

从后来发生的事情来看这是一种极大的错觉,严重错位。当机会来临时,他才发现别人比他更了解他。当时在教师休息室里,大家在传阅《渭北日报》,大家那么热烈,他也有了兴趣,边喝茶边一目十行地扫一遍;看报纸他从来都是一目十行,草草浏览,又不是读名著读经典,那是要一字一句细嚼慢咽的。报纸给马奋棋开一个专栏,介绍马奋棋的业绩与《凉女婿》专辑,记者还专门摘出几则凉女婿的故事,有点像《笑林广记》逗人笑的。薛道成浏览到这里时,稍仔细了一些,还笑了一下,这微微的一笑也可以理解为会心一笑,一下子就让别人捕捉到了,人家就说:"薛老师的笑太迷人了,笑有益于健康,我总算找到薛老师成功的秘密了。"薛道成就说:"这算什么秘密,古代就有《笑林广记》,皇宫里有专门逗皇帝取乐的弄臣,这些人都是相声演员艺人的祖师爷。""可到了侯宝林老先生手里就成了学问,侯宝林是北大的语言学教授,法国大哲学家柏格森专门研究笑,笑都成哲学了,咱们这里有条件研究这个学问的只有薛老师啦。"人家说得很诚恳,薛老师很谦虚:"玩笑玩笑,玩笑开大了。"人家不依不饶,拿出米兰·昆德拉的大作《玩笑》:"薛老师,这可不是玩笑,这是世界名著。"人家再加一把火:"薛老师你就没仔细看报纸嘛,人家马奋棋说了,你是他的指导老师。"这则内容在马奋棋答记者问里,薛老师看报纸时一扫而过,人家就把那段念给薛道成听,大意是若干年前,马奋棋来渭北大学看儿子时有幸旁听了薛道成老师主持的学术报告会,薛教授从北京请来学术大师作民间文学专题报告,马奋棋受到启发,运用大师介绍的方法收集整理了《渭北民间故事集》。薛道成就说:"那是大师的功劳,跟我有什么关系?""你是桥梁呀,大师看你面子才来我们偏远小城。""玩笑,又是玩笑。"薛道成越谦虚大家越热烈。

全校都在谈论薛道成过人的本领,人家这是无心插柳柳成荫,有心栽花花更红。确实出乎薛道成意料,数年前他中断学术研究,韬光养晦,许多人就嚷嚷着薛老师不能马放南山刀枪入库,鸿篇巨制没有了,原子弹氢弹没有了,手枪还有吧,再不行放鞭炮也行啊,薛道成招架不住,就出面邀请北京的学术大师来西北高原讲学,薛道成主持并评点,算是对大家一个交代,也是应付一下,没想到会有这种结果。领导都找他谈话了:"薛老师你这样不行啊,县文化馆的作者在你启发下都有这么大出息,获这么多奖,也是学校的光荣啊,也是一个新的学术方向啊。"薛道成很严肃地告诉领导:"我的研究方向是《文心雕龙》。""你以前在周文化研究上也有骄人的成绩呀。"领导很大气,"研究所的名称不重要,重要的是谁掌门,薛老师你掌门,学校只看业绩,不设范围。"领导报出一个诱人的经费数字,薛老师就没有退路了。那一刻薛老师脑子里闪了一下锁在书房抽屉里的有关《文心雕龙》与《仁学》的学术大纲。领导不失时机地把一套《渭北民间故事集》往薛老师跟前一推:"人家作者专门给学校写了感谢信,赠了一批书,还签了名,你这套书我们都眼红呀,不但有你薛老师的大名,感谢话写了大半页。"

书在薛道成家里放了一个月,薛道成都不动一下,甚至连书房都没让进,就随手扔阳台上了。民间文学不是故事会小儿科嘛,开开玩笑调节一下生活还可以,三坟五典似的供着就没必要啦。研究所还是要的,经费还是要的,关键是领导那句只看业绩不设范围的话,这样就可以做自己喜欢做的事。韬光养晦整十年,机会来得这么巧这么突然,一点准备都没有。偶然性往往改变历史,何况个人的命运。刚开始得给各方面一个交代,尤其是马奋棋,人家那套获奖作品毕竟是个由头嘛。薛老师坐在阳台的躺椅上边喝茶边欣赏高原秋色,就顺手拿起阳台杂物上的《渭北民间故事集》,正好是第六辑《凉女婿》专集。刚开始一目十行漫不经心,看着看着目光就直了,身体也直了,又从头重看,整整一个下午如同雕像一般,天色暗下来,妻子下班回来喊他他头都没抬捧着书进书房,妻子尾随而进开了台灯放好沙发椅,不锈钢磁化杯换上水。

薛道成好多年没这样看过书了。薛道成看了整整一个礼拜。吃饭时还给妻子讲故事集中的一句话:凉得响哩,睡哈(下)长哩。妻子就说:"睁眼消耗闭眼长个子你才知道呀?胎儿长得最快,在妈妈肚子里七窍都是闭着的。"

"歇了十年了,歇够啦,该干活啦。"

于是就有了"国际民间文学学术研讨会"。通知都发出去了。有八个月的准备时间,完全可以拿出几篇高质量的论文。薛老师自己署名的文章不会让研究生代劳,这些年都是薛老师修改学生的论文,从不署自己的名字。也就是说薛老师十年没写过文章了。发会议通知的时候薛老师已经草拟出论文大纲。现在薛老师可以从容动笔了。

那是秋高气爽的夜晚,薛老师忙了大半夜也无法进入。调整了两个月,他不得不面对这样一个严酷的事实:他已经习惯了教书再也无法进行高水平的学术研究了。糊弄人可以,但薛道成不是那种人。那个锁着《文心雕龙》与《仁学》研究大纲的抽屉他连打开的勇气都没有。韬光养晦,养肥了晦,光没有了。这时候薛道成才意识到别人比他更了解他,他丧失了研究能力人家就跟他开这种玩笑。国际民间学术研讨会胎死腹中。

第八章

薛道成从墙上取下"难得糊涂"的字幅,这可是他的手迹。搞古典文学的都能吟诗作赋,都有一手好书法。许多人家里都挂着薛道成的墨宝,大多都是郑板桥的"难得糊涂"。

刚开始内容很多,《易经》里的"天行健,君子以自强不息",张载张横渠的"为天地立心,为生民立命,为往圣继绝学,为万世开太平",曹丕《典论·论文》里的"经国之大业,不朽之盛事。年寿有时而尽,荣乐止乎其身,二者必至之常期,未若文章之无穷"等等,郑板桥的名句冥冥中一直等待着他,就像荣格说的不是歌德创造了《浮士德》,是《浮士德》创造了歌德一样,大约十年前,他突然心血来潮挥笔写下郑板桥有名的"难得糊涂",精心装裱,挂在屋中。

也就是在那天,薛道成破天荒地加入同事们晚饭后散步聊天的行列,并一起打了扑克牌。大家都打斗地主打拖拉机了,薛道成还停留在二十多年前的翻二带五打升级的阶段。这已经相当不错了。大家一直把薛道成当成云端里的人,当成喜马拉雅山,不食人间烟火,睡觉都琢磨着鸿篇巨制,能跟大家坐在一起摸扑克牌,就已经有新闻价值了。

这个特大喜讯迅速传遍校园。

薛道成很快学会了麻将。薛道成热烈邀请,大家就到薛道成家去玩两把,大家就看到了薛道成最新的书法作品"难得糊涂",大家都愣住了,出神地看啊看啊,女主人端上热茶水果招呼大家坐呀坐呀,大家都没反应,就看墙上的"难得糊涂",用我们当地的话说是鳖瞅蛋哩,眉目传情的意思,龟鳖借外力才能繁殖后代延续生命,比西方神话里亚当抽肋骨变夏娃更深刻更有趣。大家就这么热切地看着薛教授的书法,大家不玩麻将了,就要薛教授的字,就要这幅"难得糊涂"。想想吧,高等学府人才汇聚,书法精品极多,"难得糊涂"这几个字都不如薛教授写得好。整整一个礼拜,薛道成手都抬不起来啦,但薛道成高兴,身累心不累,而且愈战愈勇,最后几幅字把自家墙上那幅都比下去了,宾主皆喜。薛老师您好好休息。

薛老师最多休息两三天,不用扬鞭马自蹄,已经成习惯啦,技痒难忍,越写越好,用时髦说法:这几个字已经成为他生命的一部分,市领导家里都挂着薛老师的"难得糊涂"。

理工科出身的人误以为薛道成是"难得糊涂"的原创。薛道成解释没用,人家就说薛道成太谦虚,有人甚至当面指责薛老师:过分的谦虚就是虚伪。文科出身的人出来作证或校正往往被大家嘲笑为同行相欺文人相轻嫉妒心作怪酸葡萄心理,反作用很厉害。文科知识分子只好默认薛道成取代郑板桥,至少在渭北地区无郑板桥立足之地。薛道成也很冤枉,白纸黑字清清楚楚:清郑板桥甲寅秋某月某日薛道成书。大家对郑板桥视而不见,眼里只有薛道成你有什么办法。薛道成能放弃学术也不敢放弃书法,尤其是"难得糊涂"这几个字,众怒难犯,只好硬着头皮写,久而久之,头皮也不硬了,放松了,坦然了,糊涂人写糊涂字,形神兼备,相得益彰。

与"难得糊涂"共生的还有"文心雕龙"四个字。这是写给学生的。求字者当中当然包括学生。"难得糊涂"刚刚传开半个月就有学生来求字,都是走上工作岗位的有身份有成就的学生,薛道成挥挥笔,略加犹豫就写成了"文心雕龙",学生大惊,薛道成完全进入教师角色,循循善诱:"不要紧张,文心是文化心文明心智慧心,大慈大悲心,不是野心雄心贪婪心;龙是对人的高度抽象高度概括,自然界本来就没有龙,龙是古人以人的形象塑造的神话,是神性的人,是人的标准,楷模。"学生频频点头,有了理论根据,简直就是一篇论文。应届毕业生尤其是研究生也凑这个热闹,而且名正言顺理直气壮,古典文论的核心就是《文心雕龙》,薛道成无法拒绝,干脆只给研究生写,本科生就算了。七八个研究生毕业时都能得到薛老师的一幅"文心雕龙"。不但字好,而且对其内涵的阐述也日趋完美,万变不离其宗,以人为本,以人为中心,借鉴了马斯洛心理学,那种超越了生理需要,生存需要,安全需要,归属需要,情感需要,自尊需要,进入创造性阶段的自我实现的人,体验到了人的最美好时刻,生活中最幸福的时刻,心醉神迷,销魂狂喜极乐感觉的人,就是"文心雕龙"的"龙"。这个巨大的龙又接纳了马克思《1844年经济学哲学手稿》中"全面解放的人",甚至融入庄子的达人、真人、至人,从人神结构到神人结构,最终归于人间的幸福。学生们发现薛道成说到从神到人的结构性革命时,眼睛都湿了。分明在说自己嘛,你看那个龙字,用的是繁体字形,远看就是一个大写的人。高度概括的人。抽象的人。不是活生生的现实生活中的人。对学生无限美好的期望,真正感动的是学生。有点"最后一课"的味道。

几年后薛道成就不唠叨了,提笔就写,一切都在不言中,就看学生的悟性了,就看学生的造化了。你可以想象,要字的学生越来越少。学生托人要"难得糊涂"。不要"文心雕龙"。活在龙字下太累。好在没人捅破这层纸,就让薛老师安安生生活个"糊涂人"。

十年后的一个下午,薛老师从墙上取下"难得糊涂"条幅,在脸盆里烧了,装裱太精致,又是上等宣纸,纸灰又黑又亮,跟乌金一样,卷成一团,轻轻弹起,活了一样,跃上桌,跃上窗台,纵身一跃,离开楼房,越过校园上空,越过市区和河谷,到一片苍茫的大海波涛一样的黄土高原上去了。正是落日时分,太阳红通通挺个大肚子,在高原顶上慢慢走着,乌鸦一样的纸灰很快追上去,轻轻一撞,就把太阳这个大孕妇撞流产了,血流大地,辉煌的诞生,圆浑浑的土丘就像一个个初生的婴儿。

薛道成去了一趟周公庙。周公庙最先祭祀元圣周公姬旦,召公姬奭,太公姜子牙。自从周人女性始祖姜嫄被请进周公庙,祭祀活动变成了祈子庙会,官方祭祀对象周公、召公、太公就变成了民间老百姓无限热爱的"祈子娘娘",大母神姜嫄居中,左右配祀太姜,太任,太姒,邑姜等周人伟大的母亲。薛道成先去玄武洞摸玉石爷,玉石爷高一米,通体洁白,圆头实脑,一脸福相,脚盘龟蛇仗剑而坐,这座镇守北方的大神据说是远古时代某一年雷雨大作,山崖崩塌闪现而出,抚摸能治百病,摸头头灵摸脚脚轻,摸鸡鸡精气充盈,我们当地人叫揣玉石爷。薛道成连摸带揣,重点摸揣玉石爷的鸡鸡,冰凉的汉白玉石让他打个激灵,说明玄武神感应了他的诚心,俗称打尿颤,连打三个尿颤,往出走时,洞里两个农村妇女小声嘀咕:"城里人这么贪心,攥住玉石爷的牛牛不松手,本事大撅下噙嘴里,塞婆娘腿盘。"

薛道成确实用了力,离开玄武洞好半天手心里还凉飕飕硬橛橛。白杨集乌是周公庙八景之一,祭祀用的牛羊猪肉是乌鸦的美食,群鸦汇聚于白杨树巅象征着庙会的兴盛与人类生殖力的盛强,薛道成马上联想到苏东坡的诗句:"牛酒不来乌鸟散,白杨无数暮号风。"苏东坡曾在渭北当过通判,游览周公庙写下美妙的诗篇。更让薛道成兴奋的是乌鸦让他想起刚刚烧掉的条幅,他亲眼看见"难得糊涂"化成灰,变成乌鸦飞向渭北高原,飞向《诗经》诞生的古卷所在地:"有卷者阿,飘风自南","凤凰鸣兮,于彼高冈。梧桐生兮,于彼朝阳。"这就是历史上有名的凤鸣岐山的地方。薛道成的真迹化为乌鸦乘风而来,栖于卷阿,这是吉祥之兆。

薛道成欣赏完白杨集乌,就随人流挤到润德泉边。周人自豳迁岐,一股神奇的泉水在地底下随周人移动,泉水源头在豳,出头之地在岐山之阳卷阿之地的周公庙,其实是三面环山,一面朝平原敞开的凹地,泉水从这里涌出,晶莹清澈甘美如饴,更神奇的是这股泉水时涸时润,泉涌则风调雨顺,国泰民安,五谷丰登;泉涸则世道动荡,礼崩乐坏,天灾人祸,饿殍遍野。有专家认为周人来自塔里木盆地,塔里木盆地就有一个游移不定的罗布泊。瑞典探险家斯文·赫定五次进入大漠著有《游移的湖》。苏东坡《谒周公庙》中就有"清泉长与世穷通"。薛道成是熟悉这些典籍的,薛道成给自己许了愿,学大家的样子,往泉眼里掷硬币,掷了五枚中了两枚,心稍安,泉水正旺,没掷中的那三枚硬币在哗哗翻卷的水波里鱼儿一样游了半个多小时才沉入水底,阳光一照,熠熠生辉,跟水下灯一样。据说泉水的涌竭间歇短时两年,长则七十年,被称为圣水,神水,灵泉,治水。薛道成就想到司马迁的"究天人之际,通古今之变",薛道成就猜测司马迁喝过涌德泉的泉水。薛道成就跟农村老太太挤在一起双手捧着泉水大口大口痛饮一番。薛道成站起来,双手湿淋淋滴水,不甩也不擦,伸在空气里晾干。

薛道成穿着名牌咖啡色夹克衫,蓝条纹高级衬衫,浅灰色毛布裤子,白色旅游鞋,方框眼镜,跟在老太太们后边就像乌鸦堆里混进一只喜鹊。快到姜嫄圣母殿时,人群里已经没有单身男人了,全是小两口,老太太们等在外边,进去的都是年轻夫妇,中年人也不少。他们个个神情严肃,进殿焚燃香表,跪拜姜嫄圣母以及太姜、太任,太姒等周朝列位圣母,心中默默祈求圣母显灵,保佑自己早生贵子,承诺许愿,一定报答圣母。讨得纸制童鞋、泥塑童子、礼馍,用红头绳或红毛线绑住,揣怀里,算是祈得了孩子。再买一只泥塑老虎,来保护祈得的孩子。一路上不得与人说话,否则祈得的孩子就会跟人而去。回到家里,将童鞋供在土地爷跟前,泥娃娃藏在炕角。第二年若喜得贵子,便如期还愿,带十二个泥娃娃和礼馍,再带上当初给圣母娘娘许下的牛羊猪三牲。穷人以纸牛纸羊纸猪代替。有钱人牵真羊,还要给真羊身上洒凉水,羊打冷战,就算是献给圣母娘娘。再跪拜上香,感谢圣母娘娘送子恩德,祈求圣母娘娘保佑孩子一生平安。

薛道成在女人们的惊讶与议论声中挤进大殿,讨童鞋、礼馍、泥娃娃,买泥老虎,祈求圣母娘娘,并许了愿。难能可贵的是薛道成听完了一位年轻女人小声吟诵的《祈子歌》:

　　七里胡同八里套,
　　转过弯弯周公庙。
　　周公庙,修得高,
　　两口进庙把香烧。
　　娘娘婆,你听着,
　　或儿或女给上个。
　　要给给个当官的,
　　不要叫街打砖的。
　　要给给个坐轿的,
　　不要顺腿尿尿的。

旅游丛书小册子《周公庙》里有《祈子歌》,肯定没有眼前这个虔诚的农村小媳妇念出来的效果好。薛道成听一遍就记住了。

薛道成给学生做了一次关于周文化的学术讲座,重点讲《诗经》里的《生民》与周公庙祭祀的演化。《生民》中的圣母娘娘姜嫄踩上帝的大脚印而怀孕生下周的始祖后稷,后稷教民稼穑,农业文明由此开始。在薛道成的阐述里,姜嫄圣母跟西方圣母马利亚一样都是不婚而孕,人类从群婚走向家庭走向文明的两性关系,生命就有了意义,这是对生殖的尊重与赞美,男根即生命的原创意识开始苏醒。上帝的足迹留在大地,大地与母亲融合一体。法国哲学家埃德加·莫林专门著有《地球,祖国》,郭沫若《女神》里有《地球,我的母亲》。老子的道直接源于水,上善若水,《红楼梦》里把女人比作水不是曹雪芹的发现,老子早就说过了。祈子庙会各地都有,周公庙祈子会最有代表性,实际上是利用庙会借精生子。一般由婆婆陪着媳妇,不孕的根源在丈夫不在女方,女方上香祈祷,进入神圣状态,再到野外密林中与逛庙会的陌生男子野合,来年再给圣母娘娘还愿,与那陌生男子没有任何瓜葛,有圣母作掩护就能克服心理障碍,短暂的野合仅限于古老而神圣的生殖,谁也不敢越界继续发展这种感情,圣母娘娘最初就把这种神秘的野合归于上帝。薛道成讲到这里,放了一段莫扎特的《圣母颂》,音乐响起,有学生小声说这是《安魂曲》不是《圣母颂》。薛道成讲得太好了,音乐已经不重要了,放到《羔羊经》时,薛道成的声音成了电影画面的旁白:喜得贵子的夫妇牵着活羊去姜嫄圣母殿还愿,还要洒上凉水让羊打个激灵,激发其灵魂,那清凉的泉水相当于西方教堂的圣水,沐浴后的羊就有了灵魂,刚刚生下的孩子也会感应到上天的呼唤,从混沌中苏醒,这种仪式一般在孩子满月后,我们中国人的说法叫灵性。祈子会的野合就不是一般男女的纵欲与发泄,也不是私情,男根与女阴古老高贵而伟大。台下的少男少女们个个面露圣洁之色。音乐又回放到《慈悲经》,薛道成就描述姜嫄踩上帝大脚印有了身孕惶恐不安,认为这是一个不吉祥的孩子,生下来就扔到野外,上天垂怜,百兽呵护,连冰块都是热的,姜嫄就收养了这个叫弃的孩子。音乐就到了《降福经》,这个叫弃的孩子感念百兽万物对他的呵护,就倾心种植大豆谷子糜子麦子高粱,五谷出现了,人类有了最初的粮食,弃就有了"后稷"这个名字,成为农神,为后世万代所敬仰。音乐以《圣餐经》结束,《生民》的结尾也是神圣庄严的周人之礼的祭祀仪式:

卬盛于豆,
于豆于登,
其香始升。
上帝居歆,
胡臭亶时。
后稷肇祀,
庶无罪悔,
以迄于今。

译成现代文即:

我把祭品装碗盘,
木碗瓦盆都用上,
香气马上升满堂。
上帝降临来尝尝,
饭菜味道真正香。
后稷开创祭祀礼,
幸蒙神佑没灾殃,
至今流传好风尚。

《诗经·大雅》里的五篇祭歌:《生民》后稷传,《公刘》公刘传,《绵》古公亶父传,《皇矣》文王传,《大明》武王传,与《六月》《江汉》合称"周人史诗"。《圣经·旧约》里摩西率犹太人出埃及

好人难做　215

过红海入迦南圣地,相当于古公亶父率周人离豳迁岐,最终连姜嫄圣母也进入岐山脚下卷阿的周公庙,姜嫄、太任、太姒三个周朝圣母与周公、召公、太公并列,老百姓把官方的祭祀仪式转化为母性意识浓烈的祈子会。薛道成的声音高起来:

"祈子实际上就是渴望生命、渴望生活,实质是创造,伏羲创八卦,《易经》经过夏商连山归藏,最终由周文王完成,《周易》的核心就是创造,就是生生不息、绵延不绝的永生意识,就是姜嫄圣母娘娘《生民》的扩大,由周人普及到整个天下,就像地方性的犹太《圣经》发展成全人类的基督精神。这就是原创,这就是道家的精气神,没有精就没有神,没有神就没有气韵生动,这是中国艺术的最高境界,由外在的形到内在的神,就是文心雕龙。"

学生全都笑了,薛道成不管讲什么最终都要归结到"文心雕龙"。学生也仅仅笑了两分钟,马上就安静了。学生们听到了更新奇的观点:

"文心就是元气充沛之心,元气就是精气,精旺则神清,神清则气爽,先秦诸子百家凡是带子的都是一门学派的开创性人物,老百姓在祈子庙会祈求的东西就叫精子,老百姓把精子与老子孔子孙子孟子荀子韩非子并列,同学们啊,精子可是个好东西啊,佛有三宝佛、法、僧,道有三宝精、气、神。"

大家交头接耳,嗡嗡一个话题:美好的精子。中学上生理课,老师讲精子卵子老师声音发颤,女生低头脸红,男生满脸怪笑,薛道成一下子把精子从生物学上升到哲学美学,学生们嗡嗡声小下去,有勇敢者就忽发联想:

"精子的形状就是一条小龙,文心雕龙的龙应该是一种内在的精神,比心灵更深远,应该是一种宗教一种信仰。"

薛道成都感动了,他研究文心雕龙几十年,一直把文心放第一位,雕龙第二位,学生反其道而行之,很简单的道理嘛,龙对心有反作用,互动嘛,精子又叫精虫,属于微观生命,属于小宇宙,小宇宙与大宇宙相通。音乐再次响起,还是莫扎特的《安魂曲》,乐曲以沉重的 D 小调开始,悲戚苍凉,向死亡祈求永恒的安息,独唱女高音唱出赞美诗:"主啊,赞美你啊……"唱出了仪葬队伍的慰藉与希望,弦乐震吼,小号与大鼓前进,快板进入《末日经》,男高音唱出:"那一天,但愿在死亡中使后代解脱。"薛道成精疲力竭,合上眼。音乐在继续。男声绝望的呼叫与女声神圣的呼唤轮番更迭,整个合唱在感人的祈求中汇合一起:"悲伤的一天,受审判者将从骨灰中复活!"哀怨的 D 小调旋律。薛道成涌出泪水。他捂住脸。学生们嚷嚷:"太感人了,就像受了洗礼。"

学生们缓缓走出学术大厅,他们并不急于回宿舍,而是三三两两徘徊在校园里,草坪上,树荫里,跟鹿一样跟羔羊一样。星星一颗一颗升上天空,星星那么小,就像一群萤火虫。有女生小声问男生:"薛老师为什么那么绝望?"

"那是激动不是绝望。"

"我还是感觉到他很绝望。"

薛道成的学术讲座成为校园一景,好心的同事就劝他多写点论文,讲座再多再好又不算科研成果。薛道成就说:我不想克隆别人。

最后一次学术讲座专门介绍历史那些假托名人的无名氏作品:《古诗十九首》《胡笳十八拍》,李陵苏武诗,以及那些销名弃利创造了无数壁画与雕塑的民间艺人。"君子生非异也,善假于物也。"王岐生回母校看朋友就意外地碰到了薛道成的学术讲座。王岐生坐最后一排,听完讲座就悄悄离开,朋友打手机也不接。

一年后薛道成牵着一只羊去周公庙姜嫄娘娘殿还愿,羊身上洒了清水,羊打激灵,圣母娘娘接纳了献礼。薛道成就到三十多里外的崛山寺去了。

好人难做　217

当年在崛山林场薛道成就听当地人说过箭括岭到崛山一带是古公亶父发现岐山脚下美好家园的地方,也是周人苦难生活结束的地方,哭声消失了,歌声开始了,穴居时代结束了,有了屋宇有了城郭,有了永恒的家园,从游牧变为农耕,又恢复了先祖后稷的农业传统,也彻底摆脱了戎狄的野蛮习俗,文明开始了。周是完美的意思,是一种美好的愿望,愿望成了现实,这块土地就叫周原,产生希望的山脉就叫岐山,谐祈,山顶分叉,有大崛可以穿行,上天眷顾,整个民族就以周相称,上天与大地拉近了距离,先祖圣母娘娘姜嫄踩的那个大脚印终于得到验证,周人是上帝之子,上天骄子,人被发现了,统治天下的殷商还在敬神事鬼,周人已经在上天与大地之间夹进了人气,人战胜了神。

崛山林场认识薛道成的人已经不多了。薛道成就住在森林公园里。几天工夫就走遍了崛山上的景阳洞、龙凤坪、珍珠洞、瘦驴岭、梳妆楼、舍身崖,一直到南边的白雀寺,方圆二三十里,天黑才往回赶。在给妻子的电话里他说出自己的打算:有生之年整理崛山名刹的历史资料。妻子就笑:"大教授成了文化馆水平。"薛道成语塞,他曾对妻子这么说过人家马奋棋,现如今也步了马奋棋的后尘,妻子看不见他的表情,妻子还是安慰了他:"喜欢的事情就大胆去做,家里不用你操心。"薛道成僵硬的脸才软活下来。

薛道成就像个地质工作者,眼镜手套手电筒防风打火机望远镜,不锈钢手杖可以当武器。他站在山顶看见下边的苜蓿河、家子河,当年狗撵他时,他就一口气跑过苜蓿河、家子河,腿上的伤疤还在,他这么想的时候,腿上的疤痕就跳了一下。他下山到苜蓿河边的村子待了一整天。没人知道当年的薛狗剩了,也没人知道村里的狗曾经撵过一个城里的洋学生。村里人把薛道成当成一个旅游者,时髦说法叫驴友。薛道成掏出工作证,人家还说他是旅游者。"来我们这里旅游的人多了,有专家教授,有大老板还有华侨。"薛道成两年多的劳动锻炼人家更不以为然:"来我们这里耍来啦,耍够了就回城里去了么。"

薛道成不甘心就这么离开,就挨家挨户找,终于在村子外边的林子里找到一个蔫老汉,蔫老汉认出了当年的洋学生,一口一个洋学生,还叫出了洋学生的名字薛道成:"崛山林场的洋学生么。"薛道成绾起裤腿叫老汉看他的伤疤,老汉不承认是村里狗咬下的:"我们这里的狗咬贼娃子不咬好人,你是个好人不可能咬你么。"薛道成竭力描述那只凶巴巴的大黄狗,老汉就说:"那是狗它爷,早死了,它爸都死了,狗孙子还在,跟它爷它爸一个性子,它爷要是咬过你,孙子绝不会放过你。"老汉吆喝一声"狗来",就从玉米地里钻出一只大黄狗,舌头吐得长拉拉的,跟当年那只咬薛道成的大黄狗一模一样。薛道成认出了狗,狗可不认识薛道成,狗满脸迷惑,远远望着薛道成。老汉问薛道成:"你可要想好,咬还是不咬?"薛道成为了证明他曾经有过的泥土味浓烈的小名狗剩,也是人生的一段难以忘怀的经历,青春无悔呀,薛道成朝老汉招招手,动作很坚定。老汉就吆喝一声:"咬他!"大黄狗呜哇一声扑上来,薛道成转身就跑,到底不如当年了,跑到五十米外的苜蓿河边就让狗撵上了,奇怪的是狗没有咬他,狗嘴热辣辣地噙住他一只脚,娃娃咂奶头一样连亲带咂,薛道成浑身痒痒,快要笑起来了。老汉走过来,扳开狗嘴,拉薛道成起来。

"咋样,大教授?狗不咬你证明你是个体面人,你不是个贼娃子,穿得再漂亮都不行,我这狗咬过三个穿西装皮鞋的,送到派出所一拷问全是贼。"

薛道成在老汉家吃了午饭,肉臊子扯面,油泼辣子,一口一瓣大蒜,有点当年劳动锻炼的影子,最后还喝半碗面汤,当地人叫原汤克原食。点上薛道成带来的好猫香烟,越谝越美,老汉在内蒙放过马,相马者能看到人骨。薛道成就听到了一个有关祈子庙会的故事。真人真事。小媳妇祈子成功生下一个娃,还愿时送一只活羊。娃娃越长越俊,与父亲形成强烈的反差,全家人惶恐不安,正常情况都是越养越亲,娃娃的心性相貌会越来越像家里人,这家人一直把这个祈来的娃娃当宝贝蛋蛋,爷爷奶奶父母姑姑婶婶家里亲戚都喜欢得不得了,可这个娃娃始终保持着祈子庙会那个陌生男人的一切象征,任凭任何手段都打磨不掉一丝一毫,而且越发鲜明清晰。年轻的母亲羞愧难忍,心事重重。有一天,她带上娃娃回娘家,半路碰上一队骑自行车赶路的民工,其中一个年轻男人落在大家后边,男人首先看到孩子,男人就被击中了,孩子也死死地盯着这个男人,接着是男人与女人迎上去的目光。当年在祈子庙会密林里匆忙慌乱看不清对方的面孔,只留下妙不可言的感觉,女人尤为强烈。男人胆大风流,这种事不是一次两次了,可那一次让他好多年都心不在焉,总感觉到远方有一样属于自己的东西。现在一个女人一个孩子在乡村无人的沙土路上,仿佛从天而降。孩子很快得到一个玩具。冥冥中有预感,男人在山下县城的小摊上买了一个电动汽车,他曾给外甥和侄子买过,再买一个也不是什么稀奇的事情。孩子得到玩具,就在路边耍,大人钻进玉米地干大人的事情。差不多有两个多月,女人隔三差五总是带孩子到这条路上来。娃在路边耍,大人在地里耍。两个月后,女人一个人过来了,男人忙问:娃哩?女人摸一下肚子:"你想要几个?"男人还在犹豫,女人就说:"娃是一家人的命根子,我不能把人家命根子撅了。"男人就领上女人走了。娃哭闹一阵子就安静了。这家男人娶不起媳妇,又带娃又管老人,日子很凄惶,唯一值得庆幸的是娃的模样发生变化,与父亲的差距越来越小,可以推测过上十年八年,亲生母亲再碰上娃会认不出来的。老汉讲完故事,还带薛道成去邻村看那个娃。碎娃十多岁了,已经是个初中生了,屋里墙上镜框里有碎娃小时候的照片,跟眼前的初中生判若两人,蛛丝马迹都没有。薛道成首先想到王岐生，王岐生曾有过类似的经历。据说破了祈子庙会禁忌的男女会遭到天谴，命运很悲惨的。据说有人在内蒙鄂尔多斯高原见过那对男女，住窝棚，女人卖菜，男人下井挖煤，男人除了模样好似乎别无所长。

离开村庄时正赶上太阳落山，满天的火烧云与乌鸦，天地间全是大火，群山就是大火堆，薛道成穿行在火海里，晚霞抹去了一切，一种地老天荒无限悲凉的感觉涌上心来。薛道成走不动了，就坐在地上，成为晚霞的一部分，再次站起来时就像火烧云一样在飘动，飘回住处，一夜难眠。

第二天薛道成在西崛山寺庙里意外见到了王岐生，王岐生正在修复一座神像。

"你还有这手艺？"

"带过戏班子，啥都能弄两下子，给演员化妆，拾掇戏衣，修理乐器，神像跟演员没啥区别。"

王岐生满手涂料，让薛道成帮忙点上一根烟，几口咂完，问薛道成住哪？

"搬过来搬过来，庙里热闹么，你看香客多的，心诚的，住庙还不要钱，我知道大教授不缺钱，出门在外能省就省。"

薛道成就搬到庙里，还能给王岐生当帮手，当年在崛山林场劳动锻炼练下的劳动技能有了用场。王岐生说："那可不一样，'文革'是强迫性劳动，在庙里是为神效劳积阴德哩。"庙里藏有历代成仙圣徒修炼时留下的古籍，正是薛道成要找的东西。白天修神像，晚上一边看仙人的古籍一边听王岐生讲家世，下边就是王岐生的故事。

第九章

　　王岐生也见过那个祈子庙会得来的碎娃。父亲领着娃到西崛山庙里上香,还要去南边的白雀寺。碎娃不急着走,看王岐生修神像,碎娃的父亲就耐下心等。这是个老实人,站也不是坐也不是,就帮王岐生干活。碎娃更高兴。把王岐生叫叔,还说长大学王岐生呀。王岐生就笑:"瓜娃,熟(叔)没出息你可千万不敢学熟(叔)。"娃他爸就说:"弄啥都比当农民种地好,你再不行你还有个手艺,娃能学下你的手艺是他的造化。"王岐生点上烟,给娃他爸让一根点上,王岐生就说:"兄弟听老哥给你说,往庙里跑的都是些啥人嘛,都是生活不如意的人嘛。娃才开始活人呀,你动不动就把娃引到庙里来,庙是碎娃来的地方?碎娃要去公园要去县城要去热闹地方,来了西崛山,还要去白雀寺,你把崛山名刹几十里跑遍呀?你指望娃长大出家当和尚呀?"
　　娃他爸就把娃支开,就给王岐生讲娃的身世,王岐生都听傻了,不停地走神,手里的铲子掉了两三回,烟都灭了只剩下过滤嘴了还咬住不放唾得吧唧响,出一头冷汗:"狠心的女人,撇下娃跟野嫖客跑。"娃他爸却不恨那个女人:"女人心狠可也没狠到家,给咱把娃留下啦,祈子庙会图的就是个娃嘛,你看这娃乖的,越养越亲越养越像我。"这个老实巴交的农民竟然笑起来了;不笑还能咋？王岐生完全镇静下来，仔细打量在院子里捉蜗牛的碎娃，跟眼前这个农民父亲确实有些差异。这个农民父亲老实到这种程度，掏心窝子话都说出来了："女人不跟野男人跑，我这娃兴许以后考大学吃公家饭，不是骑马的也是坐轿的，祈子庙会讨哈（下）的，圣母娘娘应下的，老天爷保佑哩，还愿还的是一头大肥羊嘛，跟上野男人一跑，神就不灵了，野男人有本事还罢了，野男人除过模样好，跟我差不多，干力气活的，有人在内蒙见过，打个小工，挖个煤，有一点点小手艺，一辈子也当不了大工。你看这娃，模样像我了，心性还是那个男人的，爱捏泥娃娃，爱垒砖头，村里人都说以后还是个打小工的货，祈子庙会费那么大神，只祈回个肉身，没祈来大福大贵。"王岐生就说："兄弟千万不敢这么想，这么小个娃，咱不能放弃，咱不指望娃以后骑马呀坐轿呀，但也不能让娃搬砖抹泥下井挖煤，再不行也让娃上个职校，学个现代手艺，做糕点、修汽车、修摩托、修家用电器，过城里人的体面生活。"

"老哥你宽我心哩，让兄弟我做大头梦哩，我能有那么大的造化吗？"

"咋不能？只要是个人就能行，不要你求神也不要你求人，我当娃他干大咋样？"

农民就把烟灭了，眼睛跟牛眼睛一样大。王岐生就说："愿意不愿意给上一句话。"

"哎呀，天大的好事我能不愿意嘛，你不跟屋里商量一下你就敢认干儿？"

"不用商量，老婆听我的，我的娃民办大专毕业都工作了，在西安做糕点，我两口子加起来还没我娃挣得多，我没啥负担，我实心实意帮娃呀，我喜欢你娃，从今往后就是咱娃。"

很快就举行了仪式，无非是吃两顿饭，县城一次，苜蓿河村里一次。村里人都说娃造化大，失了亲娘，来了干大，周公显灵啦，姜嫄圣母应承下的娃娃,老天爷不能不管。王岐生就看到干儿子小时候的照片,王岐生就想起自己的身世。没人知道这个秘密,薛道成隐隐约约知道个大概,这回王岐生说出来的故事还是让薛道成大吃一惊。王岐生也是不久前才知道自己真实的身世,王岐生来崛山寺修神像是有原因的。

上个世纪五十年代末,渭北周原东北乡有一家人,老两口和儿子,儿子寻不下媳妇,老两口不太老也愁老了,五十出头就像六七十岁的人。儿子三十岁了,父母能不急吗?家境一般,娃又是个蔫娃老实娃。娃十四五岁父母就给娃张罗媳妇,订了退退了订,从民国折腾到新中国,日子好过了,世道太平了,还是寻不下媳妇。有人就笑话这家人:揭开尾巴只要是个母的都能行。这么糟蹋人就有些不像话了,等于说叫人家娃找个母牛母狗母猪母羊母马。老两口能不伤心吗?伤心归伤心,媳妇还要找,娃都不是娃了,日驴的汉子,三十岁了。老两口只能祈求神灵祈求老天爷。

人民公社刚刚成立,扫盲,破除迷信,渭北周原一带有名的周公庙、崛山寺、法门寺冷冷清清香客稀少,但还有人光顾,千百年的老传统,周公庙求子,法门寺求富贵,崛山寺求生,所谓外法门内崛山香火不断姜嫄殿,法门寺在渭北平原上,古有官道最捷径,周公庙在山脚下也很方便,崛山方圆三十里由一系列寺庙组成,翻山越岭受熬煎。

老两口不怕熬煎,掏尽家底,买五只羊精心喂养一年,羊羔变成大肥羊,赶上羊翻山越岭从白雀寺、惠日寺、法华寺、舍身崖到东崛山、西崛山,见庙就拜,就许愿还愿,和尚们还奇怪,咋能许愿还愿一块儿来?主持就说:这是没有办法的办法。小和尚就问师父:"能应验吗?"主持就说:"我佛大慈大悲,不会让施主失望。"

人们还记得老两口下血本买回五只小羊羔时的神态,老婆婆颤颤巍巍从胸口掏出布包包,红头绳扎上边白麻丝扎下边,解了好半天,人民币有大有小,有新有旧,一张一张数清交到老汉手里,老汉一张一张蘸着唾沫数半天,跟拍砖头一样拍到卖主手上,那人就笑:"你这是钱吗?你这是给老天爷上献祭,我拿回去也不敢花我供供桌上呀,我敬神去呀。"卖主话没说完,羊就不认他了,就涌到老两口跟前,羊眼睛大大的亮亮的,扑闪扑闪,那一瞬间老汉和老婆婆一下子展畅了,脸上有了喜色,眼窝子有了亮光,带上一群羊羔子回去了。

大家就议论纷纷:"老两口拿羊换媳妇呀。""喂上一年就有指望啦。""去甘肃去四川领个大姐姐没麻达。"关中人把姑娘叫大姐姐。知根知底的人口气很淡:"甘肃的四川的领过好几个,都跟别人啦,连订婚都没来得及,人家姐姐看上别人啦,死活不情愿你有啥办法。"看来老两口这回也是白忙活。以前是一只羊两只羊,这回下了血本,五只羊,老两口急了嘛。狗急跳墙哩人急跳崖哩,可从老两口的神态上一点也看不出焦急的样子,老两口从来没有这么镇静过,老汉把钱跟拍砖一样拍给卖主时老汉和老伴身上就有了一股子静气。

他们那个不争气的儿子从那天起也整天笑呵呵的,一大早就扫院子扫大门口一直扫到村口,还洒上清水。我们那里是西北旱塬,都是深井,辘轳上的井绳又粗又长,差不多是从地心掏圣水,清澈干甜,闻着都香。

儿子老实,本分,木讷,眼神也是木的,姑娘们不讨厌他,可把他跟别人一比,他就像地里的土坷垃,随便一棵草都能把他比下去。无数次相亲失败后,老汉连杀儿子的心都有了,"不争气的东西,羞先人哩么,咋这么不争气。"老婆子跟豹子一样扑向老汉:"我抓哈(下)的我养哈(下)的,咋不争气了?咋门羞你先人了?你先人是啥先人,啊?是周文王吗周武王,啊?你个老熊老没日,

好人难做　225

手伸裤裆摸揣摸揣也不看你老熊老没日长个啥锤子？日天呀,啊？日王母娘娘呀,啊？"老汉窝在地上气都不敢出。老两口过大半辈子老伴跟猫一样细声细气,老伴这辈子就发这么一次火,猫就成了老虎豹子。老汉再也不敢意志消沉了,老汉挨够了骂出门见人第一句话就是：婆娘凶起来赛老虎哩。村上人都听见老婆子暴烈的骂声,村上人也向着老婆子,"人家占着理骂你是应该的,虎毒不食子,你个老熊老没日咋能说出这么无情无义的话,自己养下的娃自己不心疼,还指望谁家姐姐嫁给他呀。"儿子给老汉端来一大老碗干面,老汉在大家的斥责声中吃完干面,儿子一旁候着,儿子接上碗回去端来热面汤,老汉喝面汤。大家就说："娃不利飒不俊样是真的,可庄稼人又不是马超吕布薛平贵,日天呀,卷毡呀,招驸马呀,日貂蝉呀,日杨贵妃呀,咱庄稼人祖祖辈辈就日个地,地不嫌咱咱怕个啥？咱娃不缺胳膊不缺腿脚大手大锤子大,咱怕个啥？怕把女人肚子日不大？那才是大麻达,祈子庙会上许愿的人家就是这麻达,咱娃壮得跟马一样跟牛一样,熊多的拿马勺刮哩,老瓮装哩,没熊都能继香火,有熊还怕没婆娘？你这熊人,唉！你这熊人,唉！"老汉挨够骂了,儿子拿来了镢头,父子俩一人一把,下地干活去了。

　　第二天老两口就从镇上买回五只羊羔,一家人精心喂养,割草揪树叶连红芋叶子都喂羊了,一家人眼看着都有了羊的平和温顺,再也不急躁了。儿子天天早晨扫地洒清水,整个村庄都干干净净的,这家人有指望了。

　　一年后,羊肥了,老两口吃上肥羊上崛山,许愿还愿一起来,白雀寺、惠日寺、法华寺,东崛山、西崛山,最后到后唐三公主舍身成仙的舍身崖,五只活羊献光了。

　　西崛山香山殿四壁精妙传神的玄塑,表现了三公主出家修行成道成仙的全过程,老婆子就认定那美丽的泥塑是未来的儿媳妇,老婆子就拉上老汉来到舍身崖。相传三公主历经艰险逃离长安皇宫绕过皇家寺庙法门寺专程来到僻静的西崛山潜心修行,种花植木,悬崖牡丹盛开,三公主去崖畔摘牡丹,坠入山谷,进入仙界。老婆子庆幸自己包袱里纸羊纸衣纸袜纸鞋一应俱全,老两口点了香,念叨一番点燃纸制祭品,纸灰团团飞起,在山谷密林的上空跟鸟儿一样。相传周太公古公亶父就是在这里结束流浪生涯建屋筑城,有了美好的家园。老婆子小声嘀咕:"我娃有媳妇了,有家了,周太公的梦能应验,咱的梦也能应验。"

老两口满心欢喜往回赶,刚下山就应验了。几个男人在山脚下的深沟挖坑埋活人,活人装在麻袋里乱动弹,坑挖好了,解开麻袋滚出来一个披头散发五花大绑的女人,女人嘴里塞着毛巾,乱蹬乱踢喊不出声。老两口起先以为麻袋里装的是猪或者羊,得怪病的家畜要深埋。那天老婆子嗅觉特别灵,老远就闻到女人味,沟底密林里有响动老婆子就说下边有个俊女子。老汉就说:"想媳妇想疯啦?胡话连篇。"老汉急着赶路,老婆子不急,老婆子拉住老汉趴到崖畔往下看,深沟陡崖往下瞅一眼就发昏,老两口紧紧抓住崖边的雪草就像骑光背马的人抓马鬃,老汉说:"咱掉下去咱就成三公主啦,就成神仙啦。"沟里有楸树槐树椿树柳树,又高又大,从崛山延伸到川道里,形成一道西北高原少有的景致,直到今天,崛山一带也是森林密布草木旺盛,跟周围的荒山野岭形成极大的反差,据说周太公当年率族人东奔西颠,绝望中沿草木旺盛鸟语花香的地带奔逃,强敌追杀,死也要死在草丰木美的地方,他们是农神后稷的后代。老两口注定要在高原的秋天碰上这残酷的一幕,当麻袋打开,捆成一团的女人滚到草滩上的时候,崖顶上的老婆子对老汉说:"我说下边有个乖女子,咋样?这可是三公主托生哈(下)的,观世音菩萨送上门的。"

老婆子顺着崖哧溜溜溜下去。崖壁上全是枸树和带刺的酸枣

好人难做 227

树,只有老虎豹子敢顺崖溜,沟底下的人全吓傻了。老汉在崖顶扯嗓子喊叫:"杀人啦,土匪杀人啦,国民党特务杀人啦。"老汉连蹦带跳,还往下撂石头撂胡基。老婆子满脸满手的血,衣服也碎成一绺一绺的,大毛疯子,人鬼不分,沟里的男人撇下女人扛上铁锹镢头跑了。被解救的女人就是王岐生的母亲。要活埋女人的几个男人是女人娘家兄弟。

女人娘家是村子里的大家族,父亲是大队支书,家族里的哥哥兄弟都是厉害角色。女人做姑娘时上过夜校,学完了高小课程,在上个世纪五十年代西北偏远农村相当了不起了。

给农民夜校识字班上课的是镇小学的教师,很年轻,才十八九岁,当地人,县高中毕业,家庭成分大,几次考上大学都没上成,农村缺文化人,就在镇小学当教师,离家也近,家里就一个老娘,地主父亲临解放带上小老婆跑了,再没回来,改革开放从台湾香港海外回来许多当年逃跑的国民党地主,就是不见小学老师的父亲,好像从地球上消失了。小学教师年轻有为但也谨小慎微,腹有诗书气自清,登上讲台发挥真才实学的时候,那股子勃勃英气让学生中年龄稍大一点的少女们浮想联翩。小学教师对众多少女熟视无睹,唯一的例外就是支书的女儿。那个年代西北流行眉户剧《梁秋燕》,我们当地人的说法:看了《梁秋燕》,三天不吃饭。有点孔子听韶乐,三月不知肉味的意思。秦腔大吼大叫,秦腔的分支眉户却细腻柔情,堪与昆曲相媲美,抒情味很浓,民间把眉户叫迷糊,农村妇女听见迷糊的胡胡曲子与唱腔,娃娃也不奶了,饭也不做了,鬼捏住似的魂丢了似的寻着胡胡的呜呜咽咽直奔戏楼。其魅力可见一斑。支书女儿平日里文文静静,见了小学老师就情不自禁地唱起《梁秋燕》,声音不大,却清晰入耳,不由得让人想起林中的鸟儿,小学老师就放慢脚步,静静地看着唱眉户调的美丽少女,少女在羞涩中迎着老师的目光,那目光里全是话,那话明白无误地在赞美英俊少年,然后是眉目间的轻轻流盼。

整整半年,他们的交流仅限于眉目传情和轻声吟唱《梁秋燕》。

还是让人察觉出来了。支书父亲不出面,门子里的一个叔话里有话地告诉少女:"咱不是一般家庭,你爸就你一个奶干女,你大哥你二哥你三哥都出去工作了,你四哥你五哥在大队也是有头有脸的人,那么多的堂兄堂弟堂姐堂妹,你不能不顾他们的前途,你千万不敢胡来,枉费大人一片苦心。""叔我不明白你的意思。"叔就把话挑明:"成分大的人家你最好不要然(粘),这是你爸的意思,你爸心疼你给你娃面子,不面对面给你说,叔就唱个白脸,别嫌话难听,世界上这事情就是话好听屎难吃,话就说到这。"

学上不成了,门当户对,女子嫁到十几里外另一个大队,女婿是那个大队大队长的侄儿,那个家族也势大得很。那个年代农村女子不会为失恋去寻死觅活,彼此刚刚有了好感,连话都没说过,萌芽状态就让精明的父亲及时制止了,女子难受了一晚上,第二天就没事了。还支支呜呜唱《梁秋燕》,但已经不是唱给小学教师那种调调了。家里也不逼她。一年后人们连她上夜校的事都淡忘了,家里才给她张罗亲事。相当策略,让年轻人见个面,去县城逛逛街,还看了电影。上个世纪五十年代川道县城才有电影院,那也是公家人光顾的地方,农村基层干部开三干会时才能看上那么一两场。

支书的女子和大队长的侄子订完亲就上县城买新衣服,看苏联电影《雁南飞》。未婚夫在农村任何地方都算是一表人才,浓眉大眼。女子爱唱《梁秋燕》,长得也像梁秋燕,两个人很般配。看的又是《雁南飞》,有名的战争与爱情影片。

婚后的生活平静安逸。大队长的两个儿子在外工作,家族诸多男丁中这个侄儿上过初级中学,精明能干,当会计管账最有希望接叔父的班。新女婿最大的爱好就是拨算盘。不是大家印象里那种戴着金丝眼镜面无表情甚至有点阴柔的账房先生形象,新女婿就像戏里的武生,算盘在空中翻几个跟头又轻轻接住,另一只手就像机关枪一样噼里啪啦开始扫射,刚刚在空中那几个跟头叫鹞子翻身,再看那双手,简直就是一双铁爪,透着精明更透着强悍。父亲对这个女婿很满意。订婚仪式结束后,女子听父亲对自家叔叔们说:"咱家几十号男丁没一个比得上口外熊。"叔叔说:"吃公家饭的都比不上?""男人没有高低贵贱没有好的坏的,只有强的弱的,口外熊里里外外都是劲。"叔叔们不得不承认大哥的眼力:"这门亲结得好哇。"父亲就说:"当年周太王古公亶父领着那么一大家子翻梁山过崛山,来到咱周原,首先跟姜家结亲,周室之母都是了不起的女人啊,但愿咱女子不枉费大人一片苦心。"

结婚一年后,小两口去镇上赶集。新女婿有了那个年代人人都眼红的飞鸽牌自行车,新媳妇往后边一坐,新女婿头上扣一顶小圆草帽,戴一副石头眼镜,车轮和亮晃晃的辐条把太阳都搅乱了,太阳就像一对毛榉溜缠着车轮跑,前后车轮的辐条上还真系着毛茸茸的装饰品,不用说是新娘那双巧手编织的彩色毛榉溜,太阳跟风扬碌碡撵着人家小两口在乡间大路上疯跑。路面忽上忽下,车子就有些颠荡,就像骑着一匹烈马,新女婿就要这种起伏不定的感觉。地里干活的路上赶路的,都眼热得不得了。新女婿偶尔拨一下铃铛。大多时候就从人群中插过去了,车技十分了得,不到一尺的距离么,就一股风一样倏忽一下过去了,遇马车牛车毛驴车新女婿就拨铃铛,那些大牲口小牲口乖得很,听见铃铛就靠在路边,停下来让路,车把式们就扬鞭抽牲口:"得求得求,皇上来啦嘛,走桑走桑。"牲口们的记忆里县衙的老爷出来都是鸣锣开道,老百姓和老百姓赶的牲口纷纷躲在路边头都不敢抬,新社会人人平等,可牲口们还无法摆脱父辈爷爷辈根深蒂固的渗到骨子里的记忆,只要是金属声,它们就本能地恐惧,就十分乖觉地躲避,主人的吆喝和鞭子不起作用,等那小两口的自行车十分遥远了,马车牛车毛驴车才动弹。

到镇上小两口就从自行车上下来。新女婿推着车子,新媳妇这个摊摊上看看,那个店铺里看看,其实买的东西不多,在镇供销社买些牙刷牙膏,农村人不用这时髦东西,城里人用,花花绿绿的牙膏牙刷放在车头的柳条篮子里,都能闻见那股清爽的香味,刷过牙的人嘴巴里就是这种清香,牙齿又白又亮。新媳妇手巧,屋里有许多柳条编的麦秆编的玉米棒皮皮编的小家什,锅上功夫更是了不得。婆婆是有名的立镰女人,婆婆都挑不出个啥。我们那里形容一个女人的精明厉害就说那女人能立在锋利的镰刃上,就叫立镰女人。立镰女人眼眶跟刀刻下的一样,额头又高又亮跟玉石铲下的一样,伶牙俐齿跟精钢一样,后脑勺的头发纂纂绾得紧紧的,纳一下鞋底用手里的大针就在头上划一下一直到后脑勺的头发纂纂里,给人感觉那头发纂纂里密密麻麻全是针眼,比马蜂窝还密还复杂,立镰女人就用针屁眼来打量这个世界,跟立镰女人打交道你就得从针屁眼里钻过去,她才能容你。新媳妇进门不到一年,样样事情都能钻针屁眼,你就想新媳妇得花多大精力。都是心上的精神上的力。你就想当小学教师与小两口相遇时,新媳妇对心上人也仅仅是匆匆一瞥,小学教师的眼睛也仅仅在眼镜后边亮了一下,就擦肩而过,招呼都没打。他们已经形同路人了。

有人看见小学老师摘下眼眼镜揉了揉眼睛,眼睛里有血丝,大概熬夜备教案批作业煎熬下的,谁也不会想到那个与他擦肩而过的穿着的确良花格格衣服的漂亮媳妇。新媳妇与新女婿并肩而行,中间隔着自行车,新媳妇在匆匆一瞥后眼睫毛就长了一大截,跟水边的苇子一样密麻又旺盛得不得了,河都遮住了,只能透过苇叶的缝隙看见河的碎影,苇叶就更密了,密不透风,哗啦啦下白雨一样晃荡时才露出比头发丝还细的缝隙,比新媳妇她婆婆后脑勺上乌亮乌亮的头发纂纂还密实,比婆婆纳鞋底用的针屁眼还小,河的碎影就从这么细小的缝隙里闪一下,又闪一下,新媳妇的那双毛毛眼就在这么一闪一闪,新媳妇的胸腔里一道高高的波浪无限悲壮地落下去,一直落到海洋底下一直落到地心,发出一声长长的叹息,那叹息从新媳妇的喉咙里冒出来时已经相当微弱了,那也是被针屁眼筛过的一点点碎影子。新女婿问:"你不舒服?"

"我好好的。"

五月天么,麦子半绿半黄可麦穗都胀起来啦,个个都像怀娃的婆娘,腆个大肚子十分壮观地挺在田野上,桃杏枣儿苹果梨毛茸茸地窝在树上冷熊地长个子呢,把树枝折腾得一晃一晃,没风都晃荡哩,风筝和哺鸽飘在天上,太阳想接近地面就很困难,太阳干瞪眼下不来,就跟狗一样舌头伸长长地舔老天爷的狗子,把天舔得净净的,老天爷的狗子都青起来啦,那是老天爷血脉旺血管壮,太阳就冷熊地舔。叫它舔去。麦黄的时候才能舔个够。那时候太阳这个瓷锤瓜熊就下来抢麦子呀。抢不过人,人都拿刃片拼命割麦呢,把麦抢光,留下麦茬叫太阳啃去,太阳啃麦茬就跟狗啃骨头一样,啃不下肉反而把自己折腾得精锤子乱咣啷熊水乱淌,麦茬地让太阳的熊水浸透了。人吆上牲口翻地,太阳这个大冷熊又钻在虚土里乱折腾,又是熊水乱淌。刚养过麦子的地就这么恢复了体力。人精明得很,人可以让太阳变狗,也可以让太阳变鸡蛋,养过麦子的地跟坐月婆娘一样要拿鸡蛋养哩,太阳在虚土地里就把自己折腾成了鸡蛋。地缓过劲可长秋呀,高粱玉米谷子豆子全撒上了。太阳干锤子吊着,吊在天顶原形毕露,咋看都是一个淌干蛋清的鸡蛋黄黄。人把太阳欺负够了,人还说太阳可怜的,只有黄黄没有蛋清,蛋清真像男人的熊,文明说法就是精液,淌干了精液的太阳蔫奄脑脸色苍白一个冬天都缓不过劲。过了冬天,没出息的太阳又在春天胡骚情呀。

新女婿阴阳怪气地说:"太阳都胡骚情哩,咱也胡骚情呀。"新媳妇懵懵懂懂不知道新女婿要弄啥,新女婿就循循善诱:"你耳朵放长么,你听么,戏楼那边唱《梁秋燕》,咱看戏走。"

"《梁秋燕》都看过十遍八遍了,咱回家吧。"

"十遍八遍算个啥,一百遍都不解馋,看了《梁秋燕》,三天不吃饭。"

新媳妇拗不过新女婿,就跟在车子后边。新女婿强悍,来得迟还要占好位置,在人群里挤来挤去;新女婿就像个豹子,睁眉火眼,头扭来扭去,大家都怯这熊,嘴里顶多说咋啦咋啦,新女婿就一个短小精悍的躲开!咋啦!就这么挤到一个好位置。台下的小媳妇大姐姐们就眼热人家这一对,男人强悍,媳妇俊样,还有一辆新崭崭的飞鸽自行车,公社书记主任才骑飞鸽自行车,大队干部都很少骑,飞鸽自行车在那个年代相当于今天的奔驰宝马,名车美人入眼得很。新女婿摘下石头眼镜,新女婿整个面孔就亮出来了,台上扮演刘春生的英俊小生跟台下人群里靠着飞鸽自行车的新女婿十分相像,小媳妇们大姐姐们都小声嘀咕出来了,而新女婿身边的新媳妇更像台上的梁秋燕,这可是县剧团两个名角在表演,台上台下,大家就看得十分上瘾,戏是假的,观众是真的,大家更眼热台下推自行车的这一对真夫妻。台上的假夫妻也看见了观众当中跟他们如此相像的真夫妻,就表演得更卖力了,目光就不断地投向新女婿和新媳妇。你就想新女婿有多么得意。新媳妇眼角挂着笑,笑容里有一点点潮湿,人们会以为是受了感动,喜悦至极就笑中含泪。只有新媳妇自己知道是咋回事。新媳妇压根就没注意大家反复不断投来的火辣辣的目光,更不会注意台上的演员。新媳妇心里也有一个梁秋燕,那是上夜校识字班时在小学老师跟前支支呜呜唱得很上心很动情的梁秋燕。身边的人就听见新媳妇哼出来的调调

好人难做　233

子,跟台上一样好听,人家就以为新媳妇让眉户戏给迷住了,眉户就迷糊嘛,新女婿的下巴也一点一点在心里模拟台上的调调子,台下许多人都在摇头晃动支支呜呜就像今天歌星们的铁杆粉丝。新媳妇太投入了,新女婿眼角的余光在她脸上扫了好几次她都没感觉。

回家路上,新女婿取出石头眼镜,在太阳底下照一照,让新媳妇看。

"看见了没有,这就是石头眼镜的好处,可以照出十二个太阳。"

新女婿把石头眼镜往脸上一扣,眼睛就隐藏在石头眼镜后边,他能把你看成十二个,你连他一个都看不见,新女婿就死死盯着他的新娘:"石头眼镜可以装十二个太阳,人心里最好装上一个,装十二个就憋死啦。"新媳妇也话里有话来了这么一句:"太阳在天上吊着,摘不下来,想摘嘛就把裤裆扯破啦。"

一路无话。

日子过得十分小心。

新女婿弄了一副新眼镜,就是小学教师戴的那种秀气文雅的近视镜,对着大镜子端详半天,终于下决心戴上了,还问新媳妇咋样?新媳妇愣了一下,反应过来了,新媳妇就说:"好着哩。""真的吗?""真的。"

新女婿就拎上算盘开会去了。去大队有五六里路,骑上车子穿越两个村庄。我们可以想象新女婿那样子有多滑稽。大队干部开会,要听会计报账,会计这副样子大家半天没认出来,还真以为来了一位教书先生,知识分子才戴这种眼镜,还要梳偏分头,穿中山装,口袋别自来水笔,白衬衣领子露出那么一点点,会计就像一个化了装的特务,推门而入,大家一愣,大队长也没认出亲侄儿:"走错地方啦,这里不是学校。"

"熟(叔),是我哩。"

"你咋弄成这副模样,我还以为是给夜校上课的教书先生,你不想当会计想去教书?"

"我打我的算盘么,教啥书哩。"

"你还能掂来轻重,我还以为你凉得响哩,睡哈(下)长哩。"

新女婿平时太张狂,骑个车子戴个石头眼镜活脱脱一个活阎王,其他干部就说:"会计要斯文哩,大队长,你侄儿斯文一些是好事情。"大队长就说:"他又不当县长,要那么斯文干啥呀。""你侄儿以后要超过你哩,你家以后真要出县长哩。"大队长就说:"那你就斯文一哈(下)。"

新女婿上了一趟街,专门等候小学教师。小学教师就愣一下。你想嘛,迎面走来一位穿着打扮甚至发型跟你一模一样的同龄人谁都会吃惊。要命的是小学教师不会掩饰,惊讶之色保持了足足两分钟,周围的人可都是满脸怪笑,年轻的大队会计,新女婿上演了一场古老的东施效颦。

新女婿疯了一样骑上车子一路狂奔,奔到野地里,三脚两脚把眼镜踩个稀巴烂,然后就像挨了枪击的豹子不停地出粗气,眼睛血红,下巴打战,下嘴唇长上嘴唇短,脸上的肉立起又横下,立起又横下,跟垒石条一样垒满了整个脸盘,脸就成了磨盘,鼻梁越来越高,磨盘就转开了,新媳妇得从这磨眼里过一遍。我们当地人的说法:有针眼里过得去的命,没有磨眼里过得去的鬼,麦子过一遍就成了面,豆子过一遍就成了豆腐。

年轻的大队会计以珠算般精细的思考精心设计出一个又一个居心叵测的问题,这些问题围绕一个核心——小学教师。新媳妇平平淡淡,应付自如,就像穆桂英破天门阵。可新媳妇面对的不是萧太后和虎狼般的北方武士,是一个走火入魔的疯子,极其冷静不动声色毫不退让,铁了心认定妻子心里有人。他娘都看出来了:

"娃你心太重啦,你盘问来盘问去又盘问不出个啥,娘也是立镰女人,娘细心观察大半年,也没发现啥动静,娃你何苦来?"亲叔加领导大队长也开导侄儿:"从古到今讲的是抓贼抓脏捉奸捉双,心里有没有人老天爷都管不了,你还能咋?"新女婿嘿嘿一笑:"胡说啥哩吗?把我想成啥了?我好好的,啥事都没有。"亲娘和亲叔就知道新女婿心太重了,重成了磨盘。亲爸是小队队长,是个粗人,整个家庭最精明的就算这个立镰女人和大队长亲叔。大队长亲叔对嫂子说:"心重也不是啥瞎事,干大事的人哪一个心不重?重不成磨盘就驮不起泰山,上了泰山就小天下哩。"

新媳妇真的快要憋死了。表面的从容大方无法消除心里的恐慌。几次试探着给丈夫解释,刚露个话头,丈夫就抓住话头掉转方向往男女私情上扯,新媳妇杀出一条血路拼死突围,两三次以后再也不敢冒这个险了。她面对的是一个算盘珠子上滚过来的精明刁钻的疯子。她给谁也不敢说心里的秘密,只能走一天算一天。

眨眼到了夏天。农村人晚上睡觉都开着窗户,是那种木格格贴着窗花和白纸的老式窗户,可以打开,用棍支起来,也都是精身子睡觉。后半夜,有个男人翻墙入院,在窗外脱光衣服,登窗入室,窗户挨着炕,月亮照着。新女婿精溜溜挨窗户睡,新媳妇戴个裹肚睡里边,这个瞎熊男人越过新女婿,侧身躺在小两口中间,顺势搂着半裸的新娘,新娘迷迷糊糊以为是丈夫,丈夫突然起身一把抓住瞎熊男人的下身,使劲一捏那男人就软了,丈夫就大叫:"有嫖客,抓嫖客。"我们当地人把野汉子叫嫖客,相当于城里人的情人或心上人,不是今天泛滥成灾的嫖娼卖淫。很快涌进一群人,新女婿大叫:捉奸捉双,狗子压住,保持原状。

新女婿叫上一个同族兄弟,骑上车子天不亮到岳丈家,岳丈是相邻大队支书,也是咳嗽一声地皮颤抖的人物,满脸不高兴地问女婿:"跟叫鸣鸡一样,有啥事?"女婿没吭声,同来的堂弟说话了:

"姨父,我嫂子出了点事情,你过去看一哈(下)。""啥事嘛闹这么大动静?"女婿说:"我担当不起,还非姨父去不行。""小两口吵架啦?病啦?"女婿不接话。支书岳丈就叫上两个亲儿一个同族侄儿,骑上车子,同族侄儿是复员军人民兵队长,看支书眼色带了枪。

一群男人匆匆赶路谁也不说话,气氛相当紧张。天刚亮就到了。新媳妇跟一个陌生男人精溜溜被压在炕边,陌生男人也不陌生,是一个村上的。新娘见了娘家亲人就哭喊:"爸,我是冤枉的,给我栽赃哩,我是冤枉的。"那个瞎熊男人头叩炕边:"怪我怪我,我把她害了,把我杀了,把我剁了,把我煮了,把我烂成臊子喂狗。"大队长对支书岳丈说:"从古到今可没有这么冤枉人的。"大队长的搭档支书与岳丈支书都是熟人,也说了一句分量很重的话:"这个瞎熊为你女子在家里跟婆娘没少吵架,村里人都知道。"就是新媳妇不知道。新女婿也来了一句:"姨父,你老人家好像只有我一个女婿嘛,现在多出一个女婿,我都不配给你做女婿啦,我不知道该叫你姨父呀还是叫你熟(叔)。"乡村政治家上去就给女儿一耳光,抽第二下时手腕让大队长攥住了:"在我这搭不要乱打人,出了人命我们负不起这个责任,你看见了,我们可没伤你女子一根汗毛。"大队长一招手:"给女子把衣服穿上,给口外瞎熊也把衣服穿上,支书是有头有脸的人,看见了就行了,女子交给你啦,咋弄是你的事我们管不着。"父亲给儿子侄儿递个眼色,三个壮汉上去就把女子绑了,女子没喊叫。刚出院子就听见屋里一声惨叫,不知道把那个瞎熊男人啥地方给打坏了。

一行人出了村子往回赶。女子以为回到娘家人手里就没事了。女子想错了。她爸是个乡村政治家,乡村政治家脑子转得飞快,赶到半路就做出决断,把手巾塞进女子嘴里,在女子头上摸了摸,眼泪就下来了,就一个人回去了。三兄弟心照不宣,弄来铁锨镢头麻袋,女子也是他们的亲妹子,他们往麻袋里装亲妹子的时

好人难做

候,亲妹子已经感觉到大事不妙,大限将至,就拼死挣扎,那已经是麻袋里的动作了,兄弟三人,三辆自行车,轮流驮那个大麻袋,不明白的人还以为是一伙猪贩子。行人越来越少。他们朝山脚奔。

古代有一条官道从长安直奔深山里的九成宫,隋炀帝在那里弑父篡位,李世民武则天在那里避暑,魏征柳公权在那里留下书法真迹。三兄弟在古老的官道上只跑了一阵子,就拐上小路。小路贴着一条大沟。横亘在蒙古高原、陕北高原与渭河平原之间的群山叫桥山;岐山,千山,梁山,其实是一条山,是被万里高原涌到渭北平原的一道山墙,从山墙深处伸出一条条深沟大壑,构成渭河北岸的台塬,关中西部的平原就夹在深沟大壑之间,就像大跌大宕的秦腔旋律,平处平坦如席,深处直达地心,望之让人目眩,鹞鹰常常折翅断颈。

三兄弟迎着崛山奔,那条沟就是从崛山下来的。出长安过法门翻箭括岭入九成宫,那是康庄大道。会计女婿几年后接替叔父成了大队长,三十岁成了公社主任,娶了城里姐姐,后来成了副县长,子女争气,出国的出国留学的留学,城里老婆是个中学教师,教子有方又会体贴人。会计女婿当上公社主任那年,前岳丈大队支书就郁郁而终,两个大队一直较着劲争公社主任,当初联姻就是乡村政治一步妙棋。公社主任没必要报复前岳丈,但前岳丈那个家族永远被堵在本大队。当你的地头蛇吧,能守住阵地就是大造化了。支书给女子嘴里塞手巾时就想到这种结局,三兄弟是在半路才想到的,比父亲慢了半拍。还要好好学哩。三兄弟的心就变硬了,就拐上小路,进入了崛山大沟。周公庙求子,法门寺求富贵,崛山寺求生,三兄弟给自己求生路来了,也给亲妹子找解脱来了。崛山给过周太王一族人一条生路,也给过妙善公主、后唐三公主成佛成仙的机会,她们在这里成了观世音菩萨,成了善神。据说崛山沟就是后唐三公主为救父亲流泪冲出来的。妹子你就救救咱一家子

238

吧。三兄弟就把这件事当善事来做,就再也没啥精神负担了,就大大方方下到沟底,挖很深的坑,解开麻袋正要埋人时,一个老婆子从天而降,还带来一阵噼里啪啦的石头胡基,老婆子还喊叫着:"妙善公主显灵啦,三公主显灵啦,观世音菩萨给我娃送媳妇来啦。"三兄弟愣住了,他们都看过《香山寺还愿》《火化白雀寺》,都知道妙善公主和后唐三公主,西北高原人人都知道,更要命的是老汉在崖顶大喊:"土匪杀人啦,国民党特务杀人啦。"三兄弟里复员军人民兵队长先跑,那两个也跟上跑了。

老婆子给女子松了绑,掏出毛巾,女子软拉拉两眼无神,只有一口气,证明她是个活人。只要是活人就有希望,老婆子心劲大得不得了,背上女子就走。鸢老汉要替换老婆子,老婆子就说:"哪有公公背儿媳妇的,你不嫌丢人我嫌丢人哩。"

"你能背回去吗那么远的路?"

"给我娃背媳妇就是一座山我老婆子都能背回去。"

老婆子越走越精神,进村时还喊叫开了:"妙善公主送哈(下)的,三公主送哈(下)的,观世音菩萨送哈(下)的。"村里人就笑:"五只白羊换哈(下)的。"老婆子就说:"反正不是偷哈(下)的,反正不是抢哈(下)的,反正不是拐哈(下)的。"村里人就说:"哪搭捡哈(下)个叫花子。"老婆子就说:"我娃反正有媳妇啦。"女人披头散发衣服缭乱贴在老婆子背上跟个死人差不多,很容易被人看成饿昏了的叫花子。经常有从甘肃四川逃难来的可怜人。

老婆子心劲大得不得了,煮米汤,米汤喂了三天,第四天叫儿子杀鸡,炖一只老母鸡。女人缓过来了,洗了头洗了脸,把老婆子吓一跳,往回背时是个可怜人,醒来稍收拾一下就跟天仙女一样,这么俊样的女子几十里的村庄还没见过,一家人跟做梦一样:"观音娘娘真的显灵啦。"老婆子拉住女子的手生怕女子飞了:"你可是我老婆子在观音娘娘跟前求哈(下)的,咱是一家子。"女子死里逃生就把老婆子叫娘,把老汉叫爹,那个又憨又笨的小伙子就成了她哥。村里人来看稀罕,也都相信老婆子的话,观音娘娘真的显灵啦。女子就有了一种神秘感。半年后,举行婚礼,女方没娘家人,男方的姑姑家就代替娘家人,把姑姑拜成干娘,姑父拜成干大,都是农村老实人。

王岐生从小就听人们议论他娘是祖母从崛山沟里捡来的,是甘肃逃难的可怜人。甘肃跟关中西部风俗习惯差不多。王岐生就问他娘:我舅家在甘肃吗?我舅家咋不来人?他娘就反问:"瓜娃,胡问啥哩?娘不好吗?"王岐生就不乱问了。娘比戏里电影里的演员还好看,娘带他去上学,老师都吃惊。同学们都羡慕地看他,王岐生自豪得不得了。有人说娘闲话王岐生就猛烈还击,是大人就吐大人一脸,就老远用弹弓打;碎娃胡说王岐生就单挑,或输或赢,都让对方胆战心惊。

王岐生从懂事那天起就对父亲亲不起来。流言蜚语跟淤泥一样全淤在父亲跟前了。他长得不像父亲。许多拐来的收养的娃娃养时间长了,长相就慢慢像养父养母了。王岐生就相信他有一个神秘的伟岸的父亲。王岐生这辈子都在寻找那个梦中的父亲,有时是老师有时是领导,有时是书中人物,有时是伟人。眼前的亲生父亲他视而不见。父亲去世他很节制。也很少给父亲上坟。三周年以后,父亲在他心中彻底消失了。他心中除老婆娃以外只有母亲。跑江湖再远,他都要在异乡给母亲烧纸,直到二十多年后,他才来到父亲坟前,荒草加上塌陷,父亲的坟快要从大地上消失了,他忙整整一天才堆起一个大土堆,又忙几天给父亲立了碑子,上香上供品烧纸。眼泪就下来了,他就听到一个声音,是母亲的声音,青天白日,母亲托梦给他,在白日梦里母亲说出了自己所有的经历。

相当长一段时间,王岐生都以为这是一个梦,母亲在梦中让他善待父亲,如果他不给父亲修墓立碑子母亲永远不会原谅他也不会托梦给他。母亲等于告诉人,他们是恩爱夫妻,他是你真正的父亲,你亲爸。

王岐生明察暗访,甚至去过母亲的娘家。梦中母亲所说全部得到证实。理所当然包括那个小学教师。小学教师成家不久遭到不测,大概是上个世纪六十年代末,被拖拉机撞成残废,老婆带孩子改嫁远方,小学教师拄着拐杖挎着胡胡,在乡间流浪,样板戏也唱旧戏也唱,旧戏只唱《火化白雀寺》《香山寺还愿》《劈山救母》。唱到王岐生母亲娘家那个村子,几个兄弟就受不了啦,就让民兵赶小学教师。小学教师就大骂,从骂声中人们知道撞小学教师的拖拉机驾驶室里坐着三兄弟中的一个。小学教师上告无门,就把梦中所见加上自己的种种猜测变戏法传唱。不用说吃尽了苦头。后来小学教师顺大沟上了崛山,破四旧寺庙破败荒凉,幸好在山里,没有大规模毁坏,还留了一些残址。最后几年小学教师就待在崛山。死得很惨,一群饿狼把他吃了,连骨头都啃了,就在后唐三公主坠崖身亡进入仙界的舍身崖。从远古以来,那地方一直生长着好看的牡丹,饿狼爪下留情,留下小学教师一只手,那只手攥着一朵娇艳芬芳的牡丹花,狼实在下不了口。

王岐生是在崛山沟里给薛道成讲小学教师与牡丹花的。王岐生眼泪都下来了,都哭开了,哭着哭着就唱开了,唱的是《劈山救母》中的"二堂舍子"。

刘彦昌哭得呀两泪汪,
怀抱上娇儿小沉香。
官宅内不是你亲生母,
你母亲本是华岳三娘娘……

崛山其实是哭山。周太王古公亶父带族人逃到这地方哭声震天都没活路了,周太王跟摩西出埃及过红海一样上到山顶,一直走至箭括岭看见了山下肥沃甘美的大平原周太王首先不哭了,族人就不哭了,就到山下过好日子去了。年年岁岁记着箭括岭,把崛山改成岐山,祈求到了好家园好日子,前几代还记着,后代就把崛山忘了。祭祀只在卷阿周公庙。四百年后戎狄再次追来,翻过崛山岐山把周朝赶出潼关,西周变成东周。隋唐的帝王出长安过法门避暑九成宫,好日子还不到两百年,安禄山就进长安,把大唐变成后唐。后唐已经不是李世民的李家了,是沙陀人李克用建立的新王朝,传到李存勖,也就是后唐庄宗,几个公主中有个三公主,聪慧美丽却性格孤僻,喜欢吃素念佛不愿嫁人。五代十国战乱不休,方阵之间时合时分,联姻是拉拢势力的必要手段,公主们大有用场,美丽的公主用场就更大了。三公主皈依佛门,庄宗气坏了,就把三公主赶出皇宫。三公主也不向父皇低头,独身一人出长安过法门上崛山,入白雀寺落发为尼。消息传到长安,庄宗大怒,派人三劝三公主,三公主执意信佛矢志不改。庄宗发兵火烧白雀寺,一座座神殿化为灰烬,八百僧尼无一幸免,只有三公主被达摩祖师救出。三公主一路向北,边走边哭,泪水冲出一条大沟,就是崛山沟。三公主来到西崛山香山殿潜心修炼。后唐庄宗火化白雀寺后,噩梦不断。八百僧尼的冤魂日夜缠绕索命,残暴的庄宗病倒在床,御医轮番进宫,也都束手无策。只好出榜招天下名医。三公主闻讯,化作道童,揭榜入宫。诊脉后,对庄宗说:万岁龙体要康复,须得亲人一手一眼配药医治。庄宗不高兴也没办法,只好让皇后去询问大公主二公主,两位公主谁也不情愿砍手剜眼睛。道童就对庄宗说:"崛山香山殿菩萨灵验,诚心去求,一定能求来灵丹妙药。"崛山求生,能使人死而复生。庄宗就相信了道童的话,就派人去崛山香山殿求药。差人进香山殿还没等上香祈求,就看见供桌上放着一包药,也来不及打开看就匆匆赶回长安交给庄宗。庄宗打开一看,里边是血淋淋的一手一眼,当时就吓出一身冷汗,几天后病也好了。文武百官都称赞崛山香山殿菩萨灵验,庄宗便择吉日与皇后及文武百官去香山殿还愿。一队人马浩浩荡荡出长安过法门,上崛山,入崛山沟,见一平地宽广平坦,便停辇小憩,这块平地就叫龙凤坪。来到香山殿,看见女儿三公主高坐佛台,少了一手一眼,庄王啥都明白了,立即降旨为女儿添手添眼,重塑金身。工匠们将"添手添眼"听成"千手千眼",从此各地寺庙里的三公主塑像都是千手千眼。庄宗和皇后受女儿感化,更感于五代乱世生灵涂炭,民不聊生,战乱不休,世间最紧缺的是大慈大悲,庄宗和皇后就步女儿后尘告别皇宫遁入佛门。三公主潜心修炼,在香山殿种花植木,弘扬佛法,崖畔牡丹盛开,三公主也要把牡丹花移植到寺庙里来,就不顾安危,去摘牡丹花,失身坠入悬崖,进入仙界,成为观世音菩萨娘娘。农历六月十九就是观世音菩萨成道节,有盛大的开光庆典。在当地人的传说里,最早的观音菩萨是姜嫄圣母娘娘,接着就是乱世中的三公主。据说来崛山最早传佛的是来自西域龟兹的高僧鸠摩罗什,译成汉语就是神童。

"你母亲对你期待很高,一直用她所期待的人来塑造你。"

"我很幸运遇到那么多好老师。"

"最感人的还是那个你未曾谋面的小学教师。"

"他在崛山流浪时不唱《火化白雀寺》,不唱《香山寺还愿》,不唱《劈山救母》,唱他自己编的曲子《白牡丹》,翻来覆去只有两句:崛山沟深又深,/啥人在沟里埋白牡丹。曲子失传了,词还留着。"

王岐生苦恼的就是无法还原悲怆至极的二胡曲子。王岐生天天坐在崛山沟里跟潜心修炼的圣徒一样,王岐生听到的全是呜呜的大风,从蒙古大漠刮来的长风越过陕北高原,进入关中平原时就一下子灌满了崛山大沟,崛山沟就响起来了。那个小学教师就是

好人难做 243

在风满崛山沟时拉响二胡扯起嗓子唱他的《白牡丹》。王岐生似乎从大风里捕捉到只言片语,又无法还原,急得团团转。

"把人能活活憋死。"

薛道成就说:"不要心急,慢慢来。"

"我真想自己动手,可又弄不来,你碰到过这种情况没有?"

薛道成就如实回答:"我十年前就碰到过这种情况,最近才发现。"

"哈哈。"王岐生笑两下就笑不出来了。

薛道成如实回答:"太初有为,我很羡慕伏羲创太极创八卦,我很羡慕后稷种瓜种豆种麦种谷种高粱,我很羡慕文王演《周易》,司马迁写《史记》,那是大发现大创造,可惜我只能羡慕,日死日活弄不成。"

苜蓿河那个招待过薛道成的蔫老汉站在崖畔上瞅着崛山沟里的薛道成和王岐生,一眼就看出他俩的病根子,老汉就用当地的民间谚语开导他俩:

想当年,
我跟你爸下过棋,
你爸把我马踏啦,
我把你爸车(驹)对(干掉)啦。

他俩再也不抱怨了,薛道成继续整理寺里的仙人古籍,王岐生继续枯坐沟底在大风里捕捉早已失传的《白牡丹》曲子。

历史上的后唐庄宗李存勖跟民间传说出入很大。历史上李存勖善用兵不善治国,即位后先智后昏,疏远将领,重用戏子,让戏子当封疆大吏,当特务监视官员,让戏子当军队总指挥,戏子甚至敢抢将士们的妻女家眷;李存勖亲自登台演戏,自称"李天下",被戏子抽了耳光也能忍受,自编自导自演戏剧《刘山人寻女》,根据岳丈刘山人与皇后真人真事编写,李存勖自己扮演刘山人。不少戏班子奉他为戏曲之祖。终于激起兵变。关键时刻,由戏子担任总指挥的高级将领临阵叛乱,李存勖被乱箭射死,戏子将军又放火烧毁李存勖尸体,安葬时只剩下几根白骨。有良心的戏子感念他对戏子的好处,编演许多有关他的戏曲,已经不是历史上那个真实的善骑射、晓音律、相貌雄伟的李存勖了。

精通文史的薛道成没办法告诉王岐生真相,就让王岐生活在期望里吧。

第十章

张万明回家的次数越来越少,远远看见县城他就愁,他就知道等待他的是什么。狗日的周怀彬跟特务一样突然出现在他面前,又匆匆离开。第二天,跟张万明打扮一样的周怀彬就出现在大街上。为了制止这种戏仿,张万明费尽心机,买的都是比较冷僻的款式,可周怀彬一夜之间就能弄出仿制品,当然是伪劣产品,只贴近个大概,粗看看不出来,这年头谁有心思仔细生活呢?周怀彬就这么丑化我们的张万明同志。

跟马萌萌幽会就提不起神。马萌萌很兴奋。马萌萌这种兴奋理所当然地要蔓延到单位到家里。有人挖苦周怀彬:"你老婆这两天对你好啦?"周怀彬就说:"女人一会儿高兴一会儿不高兴这很正常,就像大海的波浪有起有伏。"人家就说:"那波浪是嫖客掀起的吧?"周怀彬就说:"那我可要感谢嫖客给我老婆带来好心情,等于给我周怀彬带来了好心情,他起到了补药和丸药的作用,不过我告诉你世界上没有那么好的嫖客,影响女人情绪的只有千古不变的月亮,这是科学,明白吗?瓜熊。"张万明正好跟几个朋友路过,听见周怀彬的高论,朋友们就立竿见影,叫张万明补药,丸药。张万明咋听着都别扭。张万明就借口有事离开大家回家。

张万明心情就变坏了,张万明同志从来没有这么沮丧过,这辈子他给自己树立一个原则,生气不超过五分钟,他信奉快乐原则,让张万明一天不高兴的人和事是要入世界吉尼斯纪录的。张万明生气的方式也很简单,就是不说话,懒洋洋待家里,任凭老婆摆布,乖得跟猫一样。你就想象张万明同志在老婆身边待的时间有多少。这回连老婆也觉察出来张万明要收心啦,老婆就没吭声,一如既往伺候这个野马一样的男人。老婆越来越有信心。

张万明同志在家里已经待了一个礼拜啦,张万明同志接到电话就编谎话推脱,生意上的,朋友们的,还有小妖精们的,张万明编起谎来跟喝豆豆米汤一样畅快方便,眼都不眨,随口即来,圆悠得很。老婆看到了胜利的曙光。老婆啥都知道,有道是世上没傻瓜,人家不揭穿人家忍着,老婆忍得太久了。希望突然降临,梦想即将成真,老婆喜极而泣,也是躲在厨房里吸吼了一阵子,赶紧擦了眼泪,还用凉水冲冲眼睛,不能让死鬼男人察觉出来,不能功亏一篑。老婆子保持了镇静,保持了以往的家庭气氛。反而是张万明同志毫无觉察,继续咀嚼他的坏心情,马萌萌的消息来了,是个短信,他们幽会的时间到了,张万明都忘了,张万明手抖了一下,脸上的肉抽了一下,喉结也就是我们当地人说的鸡喔喔跳了一下,张万明就开始编谎,跟特务发报一样手机成了发报机,打出一长串假情报。老婆知道张万明要折腾几下,那都属于最后的疯狂,属于撤退前的战术性反扑,属于打扫战场,都忍了一辈子啦,还忍不了告别式的胡骚情吗?老婆子很大度。

张万明接到梁局长急电。梁局长就会利用时机,审时度势,从来都是领导的强项,张万明在家里窝了一个月啦,张万明收心前要来一次最后的疯狂属于告别江湖的封笔之作,张万明自己都觉察到了,马萌萌这个瓜皮却没有感觉到,只有跟张万明生活了一辈子的老婆和梁局长感觉到了。

梁局长可谓火烧眉毛,而且是熊熊大火。情妇们觉察到梁局长的新情人。女人们在这方面都是天才,无中生有捕风捉影,何况真有其事。更要命的是情敌不是靓女,不是小妖精,不是已经职业化产业化的情妇,是社会底层毫不起眼的保洁员,环卫工人,一个平常女人,平常她们正眼不看的,可她们不能不看,看一下肯定吓一跳,她们当中一位学历最高情商智商都很高的情妇一语中的:"戈壁滩上寸草不生,生起来可就石破天惊,可就是一棵大树。"

环卫女工就成了一棵树。当然是情妇们理解的那种树,这种树应该属于妖精中的妖精。大巧无巧中极高明的巧,大象无形中近于天象的象,大言稀声中故意逗人去联想去想象去进入无限空间的巨大的空白。

进入产业化职业化现代化的情妇都有很高的文化素养,甚至精通艺术,她们不约而同地把这个普通的环卫女工无限拔高,越想越玄乎。有人甚至越过老子进入周易八卦,周文王在殷纣王大牢里用七年时间推演出六十四卦,三百八十六爻辞,四百五十条卦辞爻辞,四千九百多字巨大的预测系统,囊括天地宇宙万千气象的神秘符号,没有缜密的心思是无法完成的。她们中一位学心理学的情妇插了一句:"文王姬昌出于求生的本能,死亡的巨大威胁把他的才华全都挤出来了,在死亡的阴影里待七年时间,我们可没有那么好的心理素质,这个扫大马路的女人有啊。"伏羲没死亡相逼,创制的太极八卦就过于简略,概括性强,太抽象。另一位从事公关极富社会经验的情妇抓住了问题的关键,但必须文化一下,她也是高学历,不能太直接,她就用伏羲过渡一下:"简略的东西更具创造性,太极图式就一阴一阳两个符号,这世界不就是一男一女的事情吗?伏羲把整个自然界概括成天地雷风水火山泽,宇宙的形象不就这样子吗?中国人的概括抽象与西方人不一样,中国人抽象中有形象,伏羲用的全是形象化语言。你们把那个简单的环卫女工复杂化了,自己吓自己。"大家都愣了,过渡也结束了,就可以直接发挥了,公关小姐告诉大家:"实践能力跟学历成反比。"大家都不吭声了,往事历历在目,大家彼此防范彼此为敌彼此拆台个个都像韩非子的高徒,都像马基雅维利的得意门生。梁局长也不像他给人家张万明表白的那么被动,老梁相当多的时候很老练很权谋很韬略,就像历史上的恺撒大帝征服了野蛮人等于唤醒教育了野蛮人,野蛮人稍懂一点点技术就焕发出更大的力量,反过来摧毁了罗马。此时此刻大家都把矛头对准这个不要脸的老梁。大家忙活半天,环卫女工下山摘桃子来啦。大家也都明白了:面对面她们不一定是环卫女工的对手。大家就感叹中国的高等教育有多么失败,全世界的高等教育都很失败,其中有两位就是欧美留学回来的。大家最终把目标敲定在老梁身上。为了对付情敌,大家走在一起;为了对付老梁,大家又分道扬镳。

那段时间环卫女工身边经常有打着遮阳伞戴着大墨镜的时尚女人走来走去,环卫女工身边可谓战云密布,头顶全是间谍卫星,全是电波交错。老梁在暗中观察,捏着一把汗。那个环卫女工就像个孩子,在大炮筒里捉迷藏,在导弹发射架上溜滑滑梯,狙击步枪当放大器。那些居心不良的妖精们都跟环卫女工对上话啦,暗中的老梁眼睛发黑,地球已经毁灭好几回,睁开眼睛,太阳还在,妖精走了,环卫女工埋头干活,没什么反应。老梁一会儿画十字,一会儿双手合十念叨大慈大悲的观音菩萨。老梁这辈子只有当年追老婆和现在追求环卫女工时没耍手段没用心计,很笨拙地赤诚相待。老婆后半生就生活在阴谋诡计里了。环卫女工的丈夫生前没骗过她,这个老梁也在她身边返璞归真,环卫女工比老梁的妻子幸运。杀手们纷纷撤离,环卫女工安全了。老梁松一口气。老梁也知道他的灾难开始了。

十分钟后老梁就被众情妇推到悬崖顶上,人家在报一个个数字,接着报上纪检委反贪局的电话号码和网址,其中任何一项都能

好人难做 249

让他粉身碎骨。他就跟张万明一样动用男人全部的智慧和心计来编造谎言来对付这些诡计多端的女人。他一边应战一边感慨：狗日的张万明无权无势无钱就凭所谓的狗屁魅力迷那么多女人，比他的女人多好几倍，竟然毫发未损，甚至分手后还惦念着疼爱着这个家伙，世道不公到这种程度，天理何在！老梁一边擦额头上的汗一边感慨，他跟女人们在床上折腾的时候都没有这么费劲，这么大汗淋漓。

张万明告诉他对付女人不能野蛮不能粗暴要用智慧，可智慧这玩艺在他老梁手里一点作用都没有。老梁突然一惊，他怀疑自己从来就没有智慧。手机落地上，里边还有女人的声音，老梁很恐怖，脚抬起来了，但踩不下去。没有智慧不等于丧失理智，这一脚下去踩响的可是一颗地雷，他就全毁了。这帮吸血鬼不但要钱要权要地位要荣誉还要他的生活。生活是无辜的呀。老梁同志就很理智也很明智地收起脚，伸出手，捡起手机万般无奈地应付这些妖精这些夜叉。老梁同志不止一次问过张万明："你狗日的能回到老婆身边？"张万明说："这太简单了，待老婆身边老婆高兴死了。""我不是指你人，我是指你的心，你狗日的野惯啦能把心收回到老婆身上？"张万明就教训他："老婆这么好，上敬老人，下养娃，从不给我惹麻烦，我不把心收回到老婆身上我还是人吗我？"老梁就问了一句愚蠢至极的话："你老婆肯定没有情人漂亮，你能找到那种感觉吗？"张万明就眯起眼睛心里想：贪官为啥叫贪官？名副其实啊！可人家张万明轻描淡写说了一句：

"人要知足，一个萝卜不能八面切，否则你会一生不快乐。"

老梁同志自觉失言，脸红了半天。张万明当时都站起来了，都要走掉了，老梁同志脸这么一红，张万明就觉得老梁属于可以教育好的同志还能做朋友，就在老梁肩上拍一把。老梁现在还能感觉到张万明留在他肩头那重重的一掌，老梁就不慌了，老梁有救兵了,老梁就十万火急地向张万明发去两百多字的短信。

张万明那边正好处于黎明前的黑暗,浪子回头前的最后疯狂。张万明马上回短信:"我去打扫战场你老兄不介意吧?"老梁就杀气腾腾地回电:"让她们永远消失永远消失。"张万明还不放心又试探一下:"朋友妻不可欺,朋友的二奶小蜜同样不可欺呀。"老梁就回电:"你是踏地雷堵机枪眼大慈大悲的观世音菩萨大英雄,老弟多保重。"老梁已经把张万明归入烈士名单里了,但老梁很理智,把烈士换成了大英雄。

老梁把情妇们的联系方式全部发给张万明,连她们的背景资料档案也通过 E-mail 发给张万明,包括她们的照片,能整理成一本书。

老梁可以过一段安生日子了。

老梁结束了劳动锻炼。隔一段时间回那个陌生城市跟心上人环卫女工待几天。老梁告诉人家,他是个退休的中学校长。老梁儒雅又有官相,又不是大家印象中很严肃很威严那种官,老梁属于威而不猛、温而有信那种让人尊敬的人。人家不信他是退休干部,人家就理解老梁同志保养好,心态好,咋看都是个四五十岁的人嘛,比实际年龄年轻十多岁。人家就以为他退休没事做,出来做做力气活,在劳动中健身,关键一条,孩子们坚决反对父亲再婚,老梁妻子就这样进入虚拟状态。张万明告诉他:这是善意的欺骗,目的是为了恢复你的情商。那种诚朴的情感已经被情妇们毁掉了,老婆又没有这个能力。张万明还文绉绉地写了一个古语:礼失求诸野。老梁的妻子是中学老师,老梁从来没有给自己的儿女辅导过功课,妻子全包了。老梁辅导起功课竟然驾轻就熟。这大概是感情因素吧,心诚则灵,老梁身上有灵气了。孩子加上这个朴实的女人。老梁很容易拿那些急功近利的情妇来做比较,老梁就对情妇们有一种生理上的厌恶。老梁都惊叹自己以前那么能折腾,又要

好人难做 251

工作又要经营自己,又要忙里偷闲会情妇,那么多情妇,跟赶场一样。张万明就解释:男人对一个女人又忙又累,三个以上甚至更多反而不累。老梁可从来没想过这个问题,还是张万明鬼精灵,你听张万明那个混账的理论:"女人去幽会得提前几天做准备编谎言找借口,无意识中已经进入情绪与欲望当中了,情欲酝酿了好几天,等见到情人,情人可以说是以逸待劳,四两破千斤,一次幽会的性记忆超过正常情况下的几十倍几百倍。老婆怎么能比?丈夫怎么能比?这种女人要回到正常生活非常艰难。"老梁从来没有摆脱过情妇,老梁就很关注这个问题,就反复提醒张万明说细一点越细越好,张万明不可能说那么细,但却很生动,你听张万明那张皮嘴:"给人做过情人的女人回心转意的过程就相当于从大海回到河流再回到小溪,再回到泉水,家就是一个小小的泉眼。"老梁当时就坐不住了,就拍张万明的肩膀:"你这狗日的,你等于说你把人家女人从泉眼里引到小溪流引到大江大河,引到海里,又从海里撤到江里河里再撤到小溪再撤到泉眼里,我的爷爷,这种事你弄过几回?"

"反正不是一回两回,你就没听过进攻容易撤退难吗?"

"照你这么说,妓女就不能从良了?"

"心回来了,身就不一定了,抗体那么强,除非年纪大了,体力不支了,收心也收身。"

张万明替他收拾残局,老梁替张万明捏把汗。张万明不图他老梁一点好处,是诚心帮忙,当然也有愧疚心理,马萌萌原本是老梁未过门的儿媳妇嘛,马萌萌现在就属于张万明形容的从泉眼里跳进河里江里,在海里翻卷着滚动着。狗日的张万明咋从马萌萌身上撤退呀?马萌萌可不是好惹的。

最难受的不是丈夫周怀彬是父亲马奋棋。

马奋棋养这么一个宝贝女儿都觉得没脸见人。马奋棋没事就不到单位来,来了也是一身奇怪的打扮,高领风衣,大墨镜,活脱脱一个套中人,不苟言笑,笑也没人看得清,面孔被遮住了。马奋棋一直怀疑王医生在背后日弄他编操他,散他闲话,这些闲话都成故事了,王医生上街马奋棋就不理识他。女儿马萌萌伶牙俐齿胡搅蛮缠无法交流。跟女婿周怀彬说吧,周怀彬不知真傻还是装傻:"萌萌待我好,待我爸我妈好,萌萌这么好我满意极了,你还有啥不满意的?你不满意也来不及了,我已经把她娶过来了,她是我的人了。"

"可她在丢我的人,我是她父亲,她该收敛些,你个瓜熊你这么放纵老婆比杀她还残忍你明白吗?"

"姨父你说啥哩?我听不懂,你说通俗一点,你是大知识分子净说些云里雾里的话,神仙才能听明白。"

"你会后悔的。"

"明明是你后悔啦还赖我头上还说我后悔,姨父你咋说话哩?"

马奋棋摔门而去,周怀彬在背后嚷嚷:"惹不起你女就跑来惹我,告诉你,我两口子都不是好惹的。"

马奋棋没返回家,回到办公室,一个人长吁短叹,王馆长明知故问:"老马咋啦?打牌输啦?""我还有啥心思打牌,牌是啥样子我都记不清了。"王馆长就说:"儿女自有儿女福,咱做父母的把他们养大对得起天对得起地,操那么多心干啥?"马奋棋心里好受一些。

马奋棋就到城外野地里乱逛。一群碎娃爬树顶上刻大人名字。当地人习惯,大人名字忌讳小孩乱叫,女人都不叫丈夫名字,都是娃他爸,娃他妈,碎娃彼此侮辱对方就是喊对方家长的名字,接着交手,打得头破血流。老师手里的学生名册家长一栏是保密

好人难做 253

的,有点像古代帝王的名讳。常常有瞎熊把人家大人名字用粉笔写马路上墙上,就得使一些侦探手段慢慢侦破。这些碎娃干脆把人家大人名字刻在高高的白杨树上,随着树生长,名字在三五年后就大起来了,想毁都毁不了,除非伐树。树不能随便砍伐,要林业部门批准。马奋棋看着看着心就沉下来。

马奋棋把心事讲给老婆,老婆不以为然:"你把萌萌当啥人?萌萌嫁出去了,有丈夫,萌萌跟张万明有没有来往都是没影影的是非话,别人乱嚼舌头,你都信,谁在我跟前嘀咕一声看我不把他舌头拔了。有你这么做爹的?怀疑女儿的清白,还怀疑女儿会怀嫖客的娃,你都不知道你在说些啥?""你冷静一下,你想想咱萌萌的脾气。"老婆子想一会儿,不得不承认丈夫的话有道理,老婆就宽丈夫的心:"你没养过娃你不明白,娃娃养着养着就亲了,抱养的娃娃长着长着就失样了,就看不见亲爸亲妈的样子,就跟上养父养母走。"马奋棋就讲了王岐生的事情,老婆就一口咬定:"父母待娃不好,别人再教唆日弄,娃就没定性。"老婆见过王岐生,老婆就说:"王岐生一看就没定性,半崖悬着哩,空中飘着哩。"这倒是真的。

马奋棋还是心烦,一个人顺背街乱转,就走到城外边,几条公路在这里交汇,形成一个城郊市场。马奋棋全家进城后很少到这里来,县城虽小,有些地方竟然好多年都去不了。马奋棋鬼使神差来到这里,就看见他最不想见的那个人,就是那个卖烧饼的瘸子。马奋棋不由自主摘下眼镜,瘸子很容易认出马奋棋,瘸子满脸惊喜,手里的铁铲都放下了,马奋棋硬着头皮往跟前走,走着走着就转过了脸,嘴里就老板老板叫开了,还问人家生意好不好,瘸子就说:"五六年没见你啦,还当你调走了。"

"老婆娃过来了,有人做饭,就不在外边吃。"

"有老婆伺候比啥都好,外边的饭不养人。"

"你老弟的烧饼养人哩,我记着哩。"

马奋棋又跟五六年前一样,在相邻的摊摊上要一碗面皮一碗醪糟鸡蛋,在瘸子这边一个烧饼一个南瓜合子,连吃带口片。

瘸子现在很辛苦,妹子嫁人,儿子上小学,上到三年级,花费越来越大,他的生意却越来越差,城里建了小吃一条街,摊位租金高,租不起。

"你看你看,租不起的都在这做生意。"

这里有烧饼面皮醪糟凉粉扯面,卫生条件差,都是打工的来这里吃饭,图个便宜,公家人、旅游的人连看都不看,这也是马奋棋五六年没来过这里的原因之一。人往高处走,马奋棋在小县城里也相当高了嘛。马奋棋吃饱喝足,点上烟,给瘸子也让一根,瘸子夹耳朵上,瘸子手不能停。马奋棋又口片了一会儿,临走时碰到瘸子的儿子,放学回来吃中午饭,兴冲冲跑过来,瘸子就让儿子叫叔,"你叔来啦,给你送过电动汽车你忘啦。"小学生满脸通红,一看就是个灵醒娃。

"给你爸拿回来不少奖章吧。"小学生低下头嘿嘿笑。瘸子就说:"年年得奖章哩,还在少年宫朗诵会上拿过奖。"相邻那家卖面皮的女人就说:"娃这么乖,你就给娃这么当爸哩,买不起电视,连收音机都买不起,娃偏偏爱听广播,还能跟着广播员学普通话。"马奋棋就很吃惊,马奋棋好多年前在乡文化站的时候跟女广播员有过一段感情纠葛,那女子后来疯了,嫁给卖烧饼的瘸子,生了一个儿子,就是这个小学生,那女子出车祸死了,儿子鬼使神差喜欢听广播,小小年纪说普通话,马奋棋的汗都下来了。

小学生变戏法地举着一个漂亮精致的小收音机让马奋棋看,马奋棋木头人一样看着小学生,小学生一板一眼告诉马奋棋:"这是少年宫朗诵会上奖给我的。"木头人马奋棋,竭尽全力说出一个完整的句子,"你给咱农村娃争光啦,碎碎个娃还能说普通话",大学生都不一定会说普通话。马奋棋的儿子学师范专业,普通话测试三次才过关,天天抱着收音机跟着中央人民广播电台的播音员学习半小时,也就这水平。小学生扭开收音机,正好是午间新闻,小学生放两分钟,关上机子,给大家表演一番,一字不差,活脱脱一个城里娃,只有城里娃才能说这么标准的普通话。大家啧啧称赞。马奋棋从木头状态里解脱出来了,马奋棋就赞美小学生手里的收音机,"这可是你凭本事得来的,你要把它看成桌子那么大,把它当成一个大家伙。"小学生就说:"我把它看得比黑板都大,比汽车都大。"提起汽车,马奋棋又蔫了。到底是个娃娃,他妈妈就是让汽车轧死的,那时娃才三四岁,大人不敢告诉实情,看样子娃到现在也不知道实情,这样也好,有利于娃娃成长。

马奋棋离开瘸子父子就戴上大墨镜,就到售报亭买一份《小说月报》,不用说上面有马奋棋的故事,《疯娃吹喇叭》。

疯娃吹喇叭(《小说月报》2009.12)

娃上学的地方在城外乡村小学,校舍还可以,师资力量差,娃能在这样的学校上学就不错了。

他们家离县城有三十多里,父亲是个瘸子,拄一根拐杖,又叫三条腿,干不了农活,有点小手艺会烤烧饼,他们一家就在县城外边租一间民房,用汽油筒做一个大炉子烤烧饼,维持生计。娃四岁那年,母亲出车祸死掉了,母亲疯疯癫癫迟早要出事。娃知道母亲死了,咋死的娃不知道。娃也没想过问过。娃六岁时,瘸腿父亲就把他送到两三里外的农村小学,也是城郊一个小学,瘸腿父亲托亲戚帮忙才把娃送进这个小学校,娃户口不在本地,学费比别人多。老师给娃讲过。有一次娃跟人家打架,老师就把瘸腿父亲的真实状况说了几句,娃眼睛就红了,老师就不忍心往下说。

娃从此打不还手骂不还口。那些调皮的同学总是喊三条腿,瘸子瘸子,拐子拐子,还学他爸一瘸一瘸地走路。老师说话后,娃就沉默了,眼睛里连愤怒之色都没有了,静悄悄地走开。让人家堵住了,就静静地望着对方,任其百般挑衅,就那么一动也不动地望着对方,眼睛也不能含泪,一点点潮湿都不能有,眼睛发红或潮湿,人家就喊:"尿水向前!尿水向前!"娃练就了这种平静的眼神,招惹他的同学就越来越少,最终减少到零。

娃的幸福生活就这样开始了。

从当地师范学院分来一位女教师,教语文的,一口流利的普通话让娃们全都惊呆了,他们在电视里广播里才能听到这么好听的声音,两三里外的县城,从小学到高中,基本上都是普通话授课。农村学校终于盼来了讲普通话的老师。语文老师不但自己讲普通话,还领大家一句一句跟她学,肯定是南腔北调,娃们还是很卖力,小学三年级么,都是些碎娃么,学东西快,关键是娃娃们觉得普通话好听洋气,意味着文明。语文老师领大家集体朗诵一段时间,就开始单练,先从班长开始,读课文,班长刚读两句,大家就笑翻天,女老师也忍不住笑了两声,忍住了,叫大家不要笑,不要打击同学积极性。班长还是受了不少打击,下课就有人学班长。班长红着脸去追打,身后又有人学那腔调,惟妙惟肖。真他妈怪,学普通话难,学走样的普通话就这么快,班长周围全是惟妙惟肖的走样的普通话,夹杂着哄笑,班长的威信降到零度以下。

下节语文课,班干部们坐立不安,上课铃响之前,不管男女,直奔厕所,如临大考,考试前全校学生都挤厕所,拥挤状况如同春运期间的火车站。语文老师这回越过副班长直接点了

好人难做　　257

学习委员。学习委员是个女生,平时伶牙俐齿,胆子大,爱发言,普通话却读得磕磕绊绊,满脸通红,汗都出来了,老师还是表扬了学习委员,人家走调不太厉害,基本上顺溜。女娃用功心细,提前练过好几遍。老师也有了信心,就想多点一个同学扩大战果,就点了瘸子的儿子。大家都惊呆了,因为大家听到的是一个广播员的声音,快接近老师的水平了,用我们当地人的话说就是醋溜普通话,乡镇一级的广播员都是这种介于方言与普通话之间的"醋溜普通话",大人说醋溜普通话听着别扭。小孩嗓音清脆别有一番风味,可惜乡镇广播员没有童声。语文老师其实也是农村出身,在城里上大学刻苦学习改掉了方言土语,语文老师就问瘸子的儿子家在哪?语文老师听过那个偏远乡村的地名,具体方位她也不清楚,语文老师就把这个小男生的出色表现归结为刻苦努力。

"这两个同学课前准备很充分,尤其是这位男同学,普通话说这么好,好好努力啊。"

瘸子的儿子威信空前高涨。也有不服气的,就起外号叫瘸腿娃,父亲是瘸子,瘸子的儿子就简称为瘸腿娃,还有同学叫他第三条腿,瘸子有一根拐杖,又有一个有出息的儿子,这个儿子名正言顺成为父亲的第三条腿。不管人家叫他瘸腿娃还是第三条腿,他还是那么静静地看着人家,不过他的眼睛和嘴角有了那么一点微笑,脑袋轻轻地抬起那么一点点,向他挑衅的那些同学就不那么嚣张了,就显得有些虚张声势,眼神游移不定,慢慢显出不自信,自己不自信的同时也就明白瘸腿娃的那副神情应该是货真价实的自信。

语文老师每节课都叫瘸腿娃朗读课文,还不停地纠正他的发音,他的醋溜味越来越少,语文老师就对他越来越有信心,每天放学就让他晚回去半小时,给他开小灶,单练。语文老师太喜欢瘸腿娃了,就问他家里情况,比老师想象的更糟,小小年纪竟然没有母亲,父亲还是个残废,老师就问:"你的普通话跟谁学的?"老师认定瘸腿娃肯定跟人学过,没进过城里学校,这所小学从校长到教师大都说方言,个别老师也是典型的方言味很浓的醋溜普通话,学生就更不可能说普通话了,语文老师就感到好奇,"跟电视学的?"

"我家没电视。"

"跟收音机学的?"

"没收音机。"

语文老师连吸冷气,快站起来了,又坐稳,静静地看着瘸腿娃,眼睛含笑,又惊又喜的微笑,瘸腿娃声音小了一点,"跟你学的。"语文老师就认定这个娃有语言天赋,就鼓励娃:"老师说的还不是最好的普通话,广播里电视里的播音员才是最好的,他们也不是天生的,他们都是大学里培养的,北京就有一个广播学院,现在改成中国传媒大学了,就专门培养播音员,"老师越说越激动就站起来了,"说好普通话学外语就容易多了,外语不能用方言说,外语学得好就能到外国去上学,到美国、英国、德国、法国、澳大利亚。"这都是地理课上讲到的遥远的世界,地理老师拿来了地球仪,一边转一边给大家指那些国家的具体位置,学生们就像在看另一个星球。如此遥远的世界一下子让语文老师给拉近了,还能学习那遥远国家的语言,还能去那里上学。娃的眼睛那么大,娃出去的时候一蹦一跳,语文老师从窗户里看到那娃在校园里那么一跃一起地走着,双肩包破旧不堪,衣服也是脏兮兮的,头发乱蓬蓬,双手拉着双肩包的背带,给人感觉就是一双跃跃欲试的翅膀,娃的头一点一点昂起来,胸膛挺起来,娃的目光到了天上,虽然是短暂的一瞥,老师知道娃把天空装进小小的胸膛里了。老师的眼睛湿漉漉的。老师刚刚毕业,二十出头的少女。少女桌上有一个小收音机。少女当年也是一个不会说普通话的农村学生,考上大学,学校每人发一台收音机,学外语用的,也可以学普通话,少女就跟着收音机里的播音员学会了普通话。少女问娃有没有收音机时,娃就看桌子上漂亮的小收音机,少女当时就打算把这个小收音机送给娃,可一个念头让少女放弃了给娃收音机的打算,娃还有更好的机会。少女就这样成熟起来。这一刻她才完成了从学生到社会的角色转换,大学生也是学生嘛,毕业前夕,大学里的老师就这样告诫这些即将走向社会的学员。

不久,瘸腿娃参加少年宫举办的六一儿童节会演,农村小学破天荒地与城里五所小学一起角逐诗朗诵,还拿了一等奖。一等奖三名,农村小学成功地把两所城里的小学挤下去。瘸腿娃获奖,奖品就是一个小收音机。

语文老师私下做了工作,找校友,各个部门包括文化局,少年宫,教育局都有校友,校友笑她:"你就那么自信,你们学校能拿到奖?"她那么自信,校友就说:"行行行,就奖收音机,现在的娃都玩电脑,连电视都看不上,谁还用收音机呀。"

"想想办法嘛?"

"办法有,追加经费,买高档一点的收音机。"

三百多块钱的收音机,有天线,有耳机,电脑控制频道。城里娃都爱不释手,瘸腿娃这样的农村娃就算奢侈品了。一起登上奖台的那两个城里娃,跟奥运冠军一样又是高举奖品,又是打V手势。瘸腿娃不停地摸手里的奖品,奖品装在纸盒子里,瘸腿娃摸了摸,就用目光寻找他的老师,就用惊喜的目光看着老师,激动得说不出话。

白天各自忙各的,晚上父子俩边吃饭边听收音机,然后儿子做作业,父亲还要准备明天的东西,发一大盆面,把菜切好。父亲就把收音机放跟前,声音放小,听戏听评书,还可以听电视节目,有调频立体声,还能听音乐频道的时尚歌曲。父亲白天做小生意的时候就用老牛腔来上几段戏。瘸子父亲脸上的忧愁在慢慢消失。

大家很快就知道瘸腿娃得到了一个了不起的奖品。瘸腿娃的中午饭就在父亲这里吃。一缸子开水,一个菜盒,一个烧饼。瘸腿娃吃完饭还要帮父亲干半个小时活。边干活边跟着收音机学普通话,学得那么像,瘸腿娃说普通话的时候,大家就觉得这娃已经不是这个小地方的人了。瘸腿娃带上小收音机上学去了。大家就对瘸腿说:"这娃了不得,这娃迟早就走了,就到大地方去了。"瘸腿就拍着汽油桶制作的铁炉子说:"我娃走阿达我就带上我这铁炉子上阿达。""北京上海那么漂亮,让你在大街上摆铁炉子?让你在天安门广场丢人现眼?"瘸子微微一笑:"我又不是大冷松,我娃又不是逛山,我娃去北京上海肯定是上大学,我就把铁炉子支在校门外边,学生娃不吃烧饼还不吃菜合子?"瘸腿就这么把大家给问住了。瘸腿就乘胜追击:"娃上大学费钱,咱不光烤烧饼做菜合子,咱烤红薯、烤肉、城里人兴这个。"大家叫起来:"烤红薯还凑合,烤肉你会吗?"瘸腿一句话就让大家闭上了嘴:"烤肉嘛,又不是造原子弹,又不画图纸,去吃上一回啥都就知道了。"

瘸腿娃获奖回来,瘸腿就让相邻的这家卖面皮的女人帮他看一会儿摊子,瘸腿就拉上娃到十几米外烤肉摊摊上要十串肉,犒劳娃,娃乖的,娃一定要他一起吃,推来让去,烤肉的小伙子就叫起来:"瘸子小心倒了,爬地上娃还要喂你哩。"瘸子就吃了一串,就把人家的手艺记肚子里啦。瘸子来这搭五六年,没吃过一次烤肉,平时嘴硬的:"烤着吃肉?胡弄哩嘛!

好人难做　261

咱又不是草原人,咱又不是洋人,咱是周公的后代,咱有那么伟大的先人,咱的先人几千年前就把肉烂成臊子,臊子面不好吃嘛,臊子夹馍不好吃。"瘸子手细,瘸子要解馋就割两斤猪肋条,烂成臊子,吃大半年。有一次儿子放学回来站烤肉摊边看烟气缭绕的铁鏊子,一群娃坐长条板凳上每人拿一把烤肉串吃得龇牙咧嘴,就像一群猎狗。瘸子就咳嗽一声,娃就过来了,瘸子就给娃塞一个烧饼,"狗娃,回去夹上臊子。"娃就往回跑。卖面皮的女人就说:"娃长身体哩。"卖鸡蛋醪糟的汉子说:"狗日的,就不知道给娃多给一个,碎小伙子五个肉馍都能吃了,给自己啬皮,给娃都啬皮哩嘛?"瘸子挥着铁铲:"哎呀,咋不提醒我哩,我这朵脑长裤裆里啦。"娃得了奖,瘸子出手大方,关键是瘸子还得了烤肉的手艺。卖面皮的女人提醒瘸子:"小点声,小心烤肉的小伙听见。"瘸子就笑:"我又不在咱这搭卖烤肉,我娃到阿达上大学我就在阿达卖烧肉,我又不抢他生意。"瘸子越说越得意,挺胸扬肚,铁铲子翻着热烧饼,嘴里就唱开了,老牛腔吼秦腔:

"刘彦昌哭的呀两眼汪,
　怀抱噢噢娇儿小沉香。"

有一天语文老师来家访。老师骑着自行车,后边带着瘸腿娃,瘸腿晚上收摊才回家,租人家民房,老师就直接到瘸子的摊位。大家见到了年轻漂亮的女教师,也见识了女老师悦耳动听的普通话。女老师离开后,大家还在梦中,卖面皮的女人先叫起来:"我的爷爷,跟电视里的人说话一样。"吃饭的顾客说得更具体:"人家这水平快赶上李瑞英海霞李修平了。"卖鸡蛋醪糟的汉子说:"娃能得上奖,都是遇上好老师啦,你看人家这水平,你挨屎要对娃好哩,你对娃不好,我先把你腿卸了,叫你爬着打两个拐子,叫你过日子。"卖面皮的女人说:

"娃小小点就没妈,娃可怜的,你是顶着两个人养娃哩,你千万不敢胡骚情。""对着哩对着哩。"瘸子不知说啥是好,就一个劲搓手。卖面皮的女人就说:"你看人家这老师,乖的,俊的,年轻的,人好的,怕不是娃他妈把神罚下来啦,护他娃哩。"卖面皮女人的男人蹬着三轮车送货过来,瞪女人一眼,女人赶紧闭上嘴,惊慌不安地四下瞅瞅。瘸子的疯老婆当年出车祸的地方离这不远,疯老婆听见汽车里的广播,疯老婆就奔过去,就轧在汽车轮子底下,卖面皮女人的男人正好蹬三轮车送货碰上了,还冲上去帮着救人,救护车把人拉走了,交警过来了,肇事卡车的驾驶室里还放着广播员的声音,是一个女播员在播报本地新闻。蹬三轮车的男人给自己老婆讲过这些。周围几家生意人都知道这个秘密。瘸腿的疯老婆以前当过广播员。广播员显灵啦。

　　卖面皮的女人那张臭嘴还真把大家给提醒了,所有的人,包括瘸腿都不说话。天机不可泄露,瘸腿娃永远不会知道这个秘密。

　　瘸腿娃每天晚上做完作业,就开始听收音机,父亲睡着后瘸腿娃就插上耳机,打开天线。渭北高原的上空,电波一道一道,全涌过来了,千万条江河融入大海一样形成一个巨大的旋涡,旋涡中间就是那根细细的天线,地球全被电波覆盖了,电波一圈一圈扩大,苍穹越来越低,整个宇宙像头盔一样扣在瘸腿娃的脑袋上,瘸腿娃就像坐在帐篷里一样。

　　瘸腿娃已经学英语了。他们的英语课比县城小学晚了一学期,没有英语老师,语文老师兼任英语老师,就是那个能说一口漂亮普通话的女老师。瘸腿娃已经学会了一百个英语单词,十几个英语短句,老师讲过的课文他全背下来了。不用说,英语课堂发言最多的是瘸腿娃,瘸腿娃的发音准确,记性又好。女老师就表扬他:"学好外语才算真正有语言天赋。"女老师就讲历史上的唐玄奘,中国历史上懂外语最多的大学者。娃们都知道《西游记》,娃们第一次听到了崭新的唐僧唐玄奘。有些坏小子不怀好意地恶作剧,捂着脸要笑的时候,女老师话锋一转,提到了造原子弹的钱学森,发现石油的李四光,连鲁迅先生都提到了,女老师说他们都是留过学的,他们漂洋过海学下真本领为祖国服务。坏小子就不笑了,就严肃起来。也不能全怪他们,《西游记》里的唐僧在碎娃们心中太无能了,碎娃们全都服孙悟空。女老师就像大家肚子里的蛔虫,知道大家想啥呢,女老师就说:"唐僧是孙悟空的师傅,孙悟空能翻十万八千里为什么自己不去取经呢?他不会外语,他师傅会,离开他师傅,在异国他乡他寸步难行。"大家恍然大悟,都噢噢叫起来了。等大家安静下来,女老师又来一句:"学会外语等于打开另一个世界。"

  瘸腿娃每天晚上夜深人静的时候就戴上耳机,拔出天线,进入另一个世界。瘸腿娃甚至把自己想象成宇航员。瘸腿娃不知道屋外的天空电波密布,苍穹低垂,简陋的小平房已经有点太空舱的意思了,耳机已经十分接近宇航员的头盔了……

  静极——谁的叹嘘?

  密西西比河此刻风雨,在那边攀缘而走。

  地球这壁,一人无语独坐……

  好多年以后,瘸腿娃才知道他听到的不是天外之音,是广播电台的播音员在朗诵西北高原一个叫昌耀的诗人的作品,那是一个专辑,半小时,好几首诗,瘸腿娃就把这首诗记住了,懵懵懂懂听不大明白,但一个词"独坐",瘸腿娃听懂了。瘸腿娃就卸下耳机,独坐了一会儿,瘸腿就呜呜哭起来。此时此刻,高原狂风大作,挟带着黄沙黄土遮天盖地呼啸而来,瘸腿娃就狠狠地哭了一阵子,跟无声手枪一样,不用担心惊动这个世界,瘸腿娃嘴都哭歪了,都没有声音了,眼泪都干了,才发现他手里抱着收音机而不是脑袋,他还以为自己抱头大哭呢。他就好奇地看着手里的收音机。我们现在才知道瘸腿娃还有一个外号。语文老师来这个学校之前,坏小子们叫他瘸腿娃,还叫他疯娃,他妈妈是疯子,人家就叫他疯娃,也属于简称,疯子的娃娃就叫疯娃。疯娃在语文课上刚刚崭露头角,人家就嚷嚷"疯娃吹喇叭"。疯娃获奖捧回收音机,人家背地还叫他疯娃吹喇叭,吹不响喇叭就把喇叭吹炸了。收音机里有无数个小喇叭。这是对他伤害最深的外号。他一直憋在心里。现在他哭出来了。估计妈妈在天上听见了,让狂风做掩护,让他狠狠地哭一场。他戴上耳机,给妈妈下了保证,我不再哭啦,哭鼻子流眼泪别人会笑话。他还给妈妈说了心里话:爸爸不是瘸子,妈妈不是疯子,我不是瘸腿娃,我不是疯娃。我是爸爸的娃,我是妈妈的娃。屋外的狂风呜儿一声就跑远了,都静下来了……静极了……谁的叹嘘?密西西比河此刻风雨,在那边攀缘而走。地球这壁,一人无语独坐……女播音员的声音由远而近。娃把这首诗全记下了。那声音又重复一遍。娃终于明白是怎么一回事了,收音机根本就没打开,娃把那声音当成妈妈的声音了,妈妈听见了他的心里话,妈妈就用诗一样语言回答了他。在那些坏小子们的流言蜚语里,妈妈原来不是疯子,妈妈当过广播站的播音员,干下了丑事就疯掉了。娃把这些都憋在心里,娃很想问瘸腿爸爸,每次都鼓足勇气,看到爸爸那么辛苦,娃就憋住了。现在他相信妈妈当过播音员是真的,妈妈干丑事是人家瞎编的。现在娃也明白他为什么感到语文老师那么亲,妈妈也曾经有过这么好听的声音,妈妈也曾经跟语文老师一样那么美好。世界上谁有这样好的妈妈。娃全都明白了。娃就卸下耳机回去睡觉了。

语文老师给男朋友发一个短信,答应了人家的求婚。那一边的喜悦是可想而知的。刚刚上升到未婚夫的这个小伙子一路狂奔,短信不断。电波穿过渭北高原的上空,跟一条大河一样,波涛汹涌。河流越来越宽,融入大海的那一刻一下子就静下来了。估计那傻小子都下车了,从车站到小学校打出租车半小时,还在发短信询问婚礼的日期。

半年后他们结婚,语文老师告诉新郎:"我想做母亲了。"

女儿马萌萌做母亲是迟早的事情,也是老人们盼望已久的事情,亲家母早就溢于言表了。马奋棋习惯性地扶一下眼镜。他在办公室里读完《疯娃吹喇叭》。他再也不恨这个写小说编操他的作者的了,作者是不是王医生已经不要紧了。孩子才是最要紧的。人活一辈子不就是为娃嘛。他就开始翻阅县志,他就很容易地翻到有关崛山的资料。本地人都知道北山里的崛山寺。县志里有更详细的资料,马奋棋认认真真抄下来。这是挽救女儿马萌萌最后的机会了。

那是很庄严的一幕,正好是礼拜天,下午,女儿女婿来看岳父岳母。吃过晚饭,马奋棋就开始谈古论今,不讲周公庙诸葛亮庙也不讲周原遗址,就讲北山里的崛山寺。崛山全名耆阇崛山,《无量寿经》中有:"如是我闻,一时佛在王舍城,耆阇崛山中。"指中印度阿耨达王舍城北,释迦牟尼成佛的一处山峰。相传东晋时西域龟兹高僧鸠摩罗什来长安讲经,途径崛山,发现此山与印度佛教圣地佛祖释迦牟尼成佛的地方耆阇崛山极为相似,便命名此山为耆阇崛山。马萌萌嘻嘻一笑:"你想当唐僧呀,带全家去取经呀!"马奋棋不理女儿的胡闹,话锋一转直接周朝的先祖姜嫄娘娘以及周朝历代的圣母娘娘,一直讲到戏文中传唱的观世音菩萨妙善公主后唐三公主。马萌萌就不敢胡闹了,谁敢不敬观音娘娘?马奋棋纵横捭阖,又把佛祖释迦牟尼跟周文王周武王的先祖扯在一起,"娃娃,周太王古公亶父千里迢迢过了崛山才找到安身之所,老天爷在那个时候就把崛山跟佛爷连在一起拉,周家找到好家园,还要多亏一代又一代贤惠的女人,娃娃,爸老啦,过两年就退休啦,你两个要好好过日子哩。"周怀彬一个劲点头,马萌萌多聪明:"不就是急着抱孙子嘛,不就是去一趟崛山寺许个愿嘛,走,礼拜天就走,上崛山。"马萌萌兴高采烈,走时还一个劲感谢父亲马奋棋,讲了这么感人的故事,"女儿我茅塞顿开。"马萌萌喜出望外,终于有了拴住张万明这个大坏蛋的好办法啦。这是马奋棋万万没想到的。

张万明大败而归。老梁的最后时刻到了。俩人在一个僻静地方喝酒。张万明问老梁:"你老哥咋想得起日这些女人?这些女人也能日?这些女人连小姐都不如,小姐还讲规矩哩。我只弄了一个日他妈就把夹石头缝里了,把人难受得啊,当时我就在心里骂你狗日的,你明明是要悬哩么。知道四悬吗?井边打拳,上挂镰,崖边抡环,贼窝数钱。乌哇黑地上崖畔。你弄的都是悬乎事。"老梁就说:"喝酒喝酒。"张万明就说:"我总算明白你老哥为啥这么难受,我理解你啦。我也理解公家为啥又是纪检又是反贪局,又是双规又是枪毙。古今中外的婊子都梦想着既能当婊子又能立牌坊,那毕竟是一个梦,实现不了嘛,你老哥可倒好,人家既发了财又有了体面,我的爷爷,狗日的都有大大小小的头衔,个个体面得不得了,老百姓形容贪心女人吃好穿好还要日好,你老哥让人家头衔好位置好,还要吃好穿好日好,三好变五好,日他妈,谁见过那么大牌坊,比庙还大。"张万明喝多了,就说出了最伤心的一句话:"女人在我心目中的美好感觉给毁灭光啦。"

老梁第二天去自首,所有事情全揽在自己身上。好汉做事好汉当。情妇们暗中松一口气。往后的日子只有老婆娃和那个环卫女工来探监。张万明也去过。

检察部门找张万明谈过一回话,老梁日记里大量记载了张万明。检察部门的同志谈完话,就说:"你这个人很有意思。"张万明就顺竿爬:"情妇已经产业化职业化了,要不要成立一个情妇劝退工作办公室,我可以当顾问。"人家检察人员就板起脸:"胡说啥哩,再胡说小心把你抓起来。"

张万明有点失魂落魄,老婆以为他病了,带他去医院做检查,啥病都没有,就是心事太重,心理病,医生告诉老婆,不要吵架,让他高兴。老婆就小心翼翼呵护他。马萌萌约他他就去了,说好只聊天不干别的,聊着聊着马萌萌就兴奋起来,马萌萌也不管他懒洋洋的样子,强奸似的跟张万明欢乐了一回。完事了,才想起问人家张万明:"你不快乐?""不快乐。""有别的女人啦?""多得很,你想去。""骗小孩呀?这副死样子还多得很,多个辣子,只剩下妹子我一个啦,我还不知道。"

马萌萌下次找张万明时,张万明上了崛山,在山脚下跟一伙四川山西来的男男女女修日阳庵,当义工,张万明老婆也跟丈夫当义工。马萌萌给张万明招手,张万明怕惊动老婆就过去。在山旮旯里见面,没等张万明开口,马萌萌就说:"你就这么眼黑我?"张万明就说:"我老啦,耍不动啦,皈依佛门呀,你放了我吧。"马萌萌很干脆:"好说好散,咱留个纪念。"马萌萌从包包里掏出烟盒大的数码相机,叫张万明站好精神一点,张万明到泉边去洗了洗,还梳了梳头发,脱下工作装,只穿白衬衫,又是一个帅气的张万明,崛山是有名的风景区,背景又好,马萌萌咔嚓咔嚓照了十来张,张万明担心马萌萌跟他合影,马萌萌没那个意思,张万明就松口气。

张万明这口气松得太早。马萌萌一张一张查看照片,个个漂亮,效果极佳,让张万明过目,张万明也连声称好,马萌萌就说:"洗出来送你一套。""不用不用,我照片多得很。"马萌萌就脑袋一偏,满脸诡秘之色:"这么绝情?连照片都不收?张万明我告诉你,我怀娃啦,是你的娃。"张万明心里咯噔一下,就想起两个月前他们最后一次约会,马萌萌那么激动那么能折腾。马萌萌跟豹子一样跳到十几步以外:"你跑啦,娃可在我身上装着哩,我天天对着你的相片给娃做胎教,娃出生第一个见的人就是相片上的大坏蛋。"马萌萌连跳带蹦跑到大路上,周怀彬的摩托刚好过来,马萌萌把相机装进坤包,坐上摩托,坤包抱在怀里就像抱着一个娃。

　　张万明苦笑两声。这是没办法的事情。

　　周怀彬能把大活人张万明学得那么逼真,周怀彬就能把马萌萌生下的娃养成他自己的。到了那一天,马奋棋就可以脱下高领风衣,摘下头盔似的大墨镜,恢复原貌;那张脸都捂成白癜风脸了,大家都记不清了;到了那一天,马奋棋就可以扬眉吐气逛大街了。

2009年冬西安南郊

作品的命

——长篇小说《好人难做》创作谈

红 柯

作品跟人一样有因缘、有命运,该长成短篇或中篇或长篇从一开始就决定了,我喜欢伊斯兰文化中的"前定"。生活不是文学的土壤,生命才是土壤,一颗外来的种子落入生命,犹如精子进入子宫。《好人难做》缘于我小时候的记忆:那时我大概十二三岁,一个懵懵懂懂的少年,我们村一个残疾小伙子娶了一个疯姑娘为妻,这个疯女人常袒露身体,到处乱跑,她的瘸腿丈夫耐心地照料她。我问母亲她为什么这个样子?母亲告诉我她在娘家做下丑事,只能远嫁我们村的瘸子。我再追问母亲就不说了。好奇心让我的耳朵变得格外敏感,从村里人的议论中我还听到了如下内容:她在娘家与人相恋,有了身孕,那个男人不肯娶她,她又不忍出卖心上人,娘家人为此蒙羞不断拷问,打掉了胎儿,女子就疯掉了,就嫁到了我们村。这就是我认识到的最初的人性之恶和生活的残酷。那时我刚刚开始大量的课外阅读,我自己掏钱买到《呼兰河传》,记得是茅盾的序以及最后几页对老祖父对故乡的痛苦而凄凉的回忆打动了我,一个乡村少年一分两分攒好久才能攒五六毛钱,记得《呼兰河传》0.59元。我走出书店到城外黄土高原的大沟里读这本书,读到小团圆媳妇的惨死,读到冯歪嘴子,冯歪嘴子就像我们村那个瘸腿小伙子。瘸腿原来是个帅小伙子,还会电工活,一次工伤成为残废。后来我上了大学,每次回家都能看见瘸腿小伙子和他的疯妻子,生活得很艰难。再后来我大学毕业,远走新疆,有了家,我给妻子讲了这个难以忘怀的故事,我问妻子:这个女人为什么这么傻,为什么不说出那个无耻的负心汉?妻子的回答再次让我吃惊:"那是女人的耻辱,女人死也不会说出自己的耻辱。"我几乎是大叫:"你们女人太蠢,这是变相保护流氓。"妻子像看小孩一样看着我,我后半句话没说出来:"怪不得流氓活得不累,频频得手。"妻子的话还是让我琢磨了好多年。后来读库切的《耻》,我一下子就读懂了库切的真实含义。那个诱骗女学生的教授,他女儿的举动近于基督也近于佛。大学时常常会碰到那些恋爱高手,他们追逐漂亮女生,每次胜利后还要在男生宿舍详细描述猎物身体上的隐秘特征。可以想象当那女生出现在众男生面前时女生诧异男生们的眼神何以如此邪恶怪诞?我很幸运大学毕业踏入社会时来到西域大漠,这里还保持着闻一多赞美《诗经》时所说的"歌唱的年代",即人类古老朴素的抒情传统。维吾尔人的歌舞,哈萨克人、蒙古人的民歌,中心就是男女之间的爱情,简直就是情歌的海洋,包括悲惨的爱情,自有一股健康的青春的气息。1995年冬天,我们全家迁回陕西,我又见到了那个瘸腿叔叔和他的疯妻子,他们的孩子都十几岁了。生活艰难但有希望,我长长松口气。1996年春天我带学生实习,写了《奔马》,那个司机的老婆生下一个巨大的婴儿,就是我见到的瘸腿叔叔两个孩子引发的冲动。在我意识里,从来不画地为牢,分什么新疆陕西,我又不是记者写新闻报道。我以为这是故事的结束。2004年冬天我们一家又迁居西安,回老家过春节时,母亲告诉我瘸腿叔叔的疯妻子死了,母亲的原话是:"解脱了。"我再也不惊讶了,只有一种无法排解的隐痛。西安离我的老家一百八十公里,2008年我在西安南郊大雁塔下开始写

《好人难做》，写得很顺，但毕竟是第一次大规模写陕西写故乡。我对长篇充满敬畏，每部长篇完成后我都要切下一小块让读者品尝，如果尝试失败我就没必要让整部长篇丢人献丑，先伸一根手指或一只手，再亮出整个身子。《西去的骑手》《大河》《乌尔禾》《生命树》都是这个过程。《好人难做》先伸出三根手指，分别是三个人物相连的小短篇《诊所》《好人难寻》《疯娃吹喇叭》，发表后被《小说月报》转载，后被收入各种选本，我就有勇气拿出全部的《好人难做》给《当代》，发表于2011年第3期。

读者肯定会看出来《好人难寻》是美国南方女作家奥康纳的同名小说，这部小说读于1982年大二，青海人民出版社出版的《世界小说100篇》收入《好人难寻》，这是我的阅读生活中一个巨大的黑暗，完全不同于中学时读《呼兰河传》《梅里美小说选》《史记选》，大学时读卡夫卡、福克纳、博尔赫斯、略萨以及马尔克斯的《百年孤独》，他们都无法跟这个短命的女作家相比，关键在于奥康纳的《好人难寻》你无法寻其艺术踪迹，其他那些大师你都能找到其玄关所在，奥康纳让人如入深渊。早年的阅读中有三个女作家让我无限敬仰：中国的萧红、美国的奥康纳、日本的樋口一叶、也都是一篇作品《呼兰河传》《好人难寻》《青梅竹马》，让人难以忘怀。

1986年秋天初到新疆，我买到上海译文出版社刚出版的奥康纳小说集《公园深处》，也是当时中国内地最完整的奥康纳小说集，后来又买到花城出版社出版的奥康纳长篇《慧血》，还有人民文学出版社的本子，相比之下还是那篇《好人难寻》最好。已经有许多中国作家向卡夫卡、福克纳、博尔赫斯、马尔克斯们致敬了，我应该向奥康纳致敬，给我的新长篇取名《好人难做》，一字之差。

《父与子》应该是我小说创作的处女作，发表于1985年春天兰州的《金城》杂志，算是给屠格涅夫、卡夫卡一个交代，这两个作家好把握,卡夫卡父子关系极度紧张,屠格涅夫代表作为《父与子》,用当时时髦的意识流手法写出短篇《父与子》,写陕西农村的。后来在新疆写了有关陕西的中篇《红原》《刺玫》等。另一个埋藏心底的愿望:西部文学大气厚重庄严,不苟言笑,其实西部尤其是大西北还有另一面,西北人很幽默,维吾尔人有阿凡提,汉族尤其陕西关中的农民有千千万万个阿凡提,悲壮苍凉中常常有令人捧腹大笑笑中含泪的果戈理式的民间艺术,《好人难做》有愤怒也有笑声。